有天窗的畫室

大時代的大城小事

1978-1982

馬文海 著

謹以此書紀念有幸搭乘文革後大學末班車的同學們，以及他們的時代——一九七七年。

今晨我坐在窗前，世界如同一位路人，停留了一會兒，向我點點頭，又離去了。

——拉賓德拉納特・泰戈爾（Rabindranath Tagore）《漂鳥集》

目次

序曲：歸來 Homecoming
公元二〇二〇年春

畫室的拉門緊鎖著，門上鉛灰色的油漆有些剝落，拉手上沾了些油畫顏色，凹進去的地方積了很多汙垢。門旁豎掛著一塊不大的木牌，字跡雖然已經淡去，白底上的行楷「第一畫室」仍然看得出是當年系祕書袁老師的手筆。迴廊的扶手和地板也是鉛灰色，修補過的地方，油漆的顏色就深了些。牆角處殘留著不多的落葉，不知是什麼時候從外面樹上飄落下來的。

眼前的情形和四十二年前一模一樣。

四十二年前班上的十個同學，除了一人缺席，其餘的九人都站在畫室的門前，若以姓氏筆畫為序，他們是：司子傑、朱小岡、吳平、馬大文、孫路、袁慶一、張翔、揭湘沅和滕沛然。他們之中唯一缺席的女同學袁明，不幸在畢業後不久就英年早逝了，這令他們不勝唏噓。

喀麥隆留學生古阿姆・讓、恩臺比・恩臺比、阿姆巴・艾曼紐和瑞士留學生于爾格・甫倫德早就和大家失去了聯絡，除了聽說古阿姆在雅溫得大學教美術外，其他的幾人盡不知身在何處。

四十二年前，是秦老師把大家帶到畫室的。那天早晨上第一節課，秦老師穿了件筆挺的灰呢大衣，戴了頂鴨舌帽，引著班上的十個學生，穿過操場到東教學樓，走上樓梯，回頭望了望樓梯下的一架舊三角鋼琴，說：「這是架蘇聯琴，早就壞了。」又看了看旁邊成堆的蜂窩煤，說：「畫室的暖氣不過熱，還得燒蜂窩煤。」

在二樓長廊靠西的盡頭，秦老師興沖沖地拉開灰色拉門，帶些許大連口音說：「來吧，你們的畫室！」

秦老師已經於二〇一三年過世了。見到眼前已經物是人非，大家不勝感慨。

「老班長，俺看還是你來開門剪綵吧！」司子傑對馬大文說，做了個「請」的手勢。

拉門上貼著封條，白色的道林紙雖已變黃且大半剝落，卻仍看得出是袁老師的字跡：「一九八二年二月十日舞美系封」，還蓋了圖章，是袁老師刻的幾個篆字，則完全辨認不出來了。

「老司經歷了無數場開幕式，習慣了儀式感！」馬大文說，「還是老張來吧，老張是第二任班長，也經歷了無數場開幕式！」又向旁邊的老張張翔做了個「請」的手勢。

「算鑼子，要不得，我做了一年，早就卸任了。美國總統都不是終身制喔。娃兒們一道兒開門囉！」張翔說，也對周圍的同學們做了個「請」的手勢：「Please，大家一起來！」

「也行，這拉門已經三十八年沒開過了，肯定會有點沉重感！」吳平說。他們三十八年前畢業後，就再也沒有來過畫室。

「三十八年過去，彈指一揮間。」揭湘沅詠誦了一句毛主席詩詞，湘潭口音。

「就像現在高鐵車窗外急逝的風景。」吳平說。

「尼古拉大門也要打開嗎？」馬大文說了句電影《列寧在一九一八》裡的臺詞。

他們都看過這部電影，都記得那位佯作被叛軍收買的衛隊長馬特維耶夫，開會策劃進攻克里姆林宮時，插了一嘴，說「尼古拉大門也要打開」，同時，還伸出手做了個蛇行手勢。

大家正要說老馬搞笑，眼前的拉門卻奇蹟般地、慢慢地自動打開，一條條蜘蛛網絲隨著拉門被扯斷，封條也自動地飄然而下了。

「人工智能時代開啟！」大家驚訝地讚歎道。

「俺看這科技是大大地進步了，尼古拉大門有了人臉識別功能！」司子傑一邊掏出智能手機，揚了揚，感嘆地說。經過幾年的摸索，司子傑已經掌握了手機上的基本功能。

「還不是一般的人臉識別功能，連四十年後的人臉都識別得準確無誤！」司子傑說。

「據說，這叫……『老大哥技術』，這技術掃描並儲存了我們的生物信息。」馬大文說。

「我被識別認證了之後，立馬就沾上蜘蛛網了！」張翔說，一面拂去臉上的蜘蛛網。

「嗯，很可能是三十年前的老網！」馬大文說。

久違了的畫室令大家眼前一亮。九個同學按捺住心中的激動，像當年一樣地走進打開了的「尼古拉大門」，打量著這間曾經用過整整四年的畫室。

彷彿置身於四十年前的時空一樣，畫室還是那時的模樣。

母校邀請舞臺美術系七七級畢業生舉辦返校回顧展「我們的一九七七」，慷慨地提供了原先各自的畫室和迴廊作為展地。按母校的特別安排，他們在當年入學的這天重返畫室，以整理布展。

「Time capsule，時間膠囊！」馬大文喊了起來。

果然，他們發現畫室在這四十幾年間，竟然像被裝在「時間膠囊」中一樣，所有的東西，都原封不動地被保留了下來。

除了塵埃。畫室裡的一切都積了層厚厚的塵埃。

一縷縷、一片片、一堆堆、一團團的灰塵像黑色的蜘蛛絲和敗絮，浮動在地面上、牆角上、天花板上和空氣中。

朝北的四個大窗上仍然掛著黑色窗簾。屋頂的天窗，橫掛著原來的那幅黑色遮光布幔，半遮半開著。

牆角仍然站立著雕塑《被縛的奴隸》。畢業後的三十八年間，班上的同學們都在盧浮宮目睹過米開朗基羅的原作。這座石膏的翻版雖然粗糙，在天窗透過的光照下，卻像米開朗基羅的原作一樣令人感動。被綁在石柱上的奴隸健康而強壯，除了身體以外的部分並未精雕細琢，粗糙的刀痕清晰可見，像是奴隸在苦難中留下的印記。

班上全體同學在畢業後三十八年海角天涯的漂泊間，都經歷了許多。

畫室四壁上掛滿了他們三十八年前的作業：油畫人像、人體、風景、速寫、素描和設計圖，牆角堆了一摞摞的油畫框和一疊疊的素描紙，地面上積了厚厚一層擦過筆的碎報紙，散發著一股乾燥的灰塵氣味。

「哇噻！咱們的畫兒都被完好保留著！」大家說。

「聽說這間畫室在我們畢業後就沒有再使用過，所以老馬說這是time capsule，時間膠囊嗎！」吳平說。

「也可以叫memory storage，記憶倉庫！」朱小岡說。他把在美國聖路易斯家裡的車庫改成了倉庫和工作室，也堆滿了雜物和記憶。

「把咱們過去的記憶都給狼住了鎖住了！」袁慶一說，也是湖南腔，「狼住了」就是「囊住了」。

袁慶一身高一米八二，輕易一抬手，就抓到了天窗上墜下的繩子。他把橫著的窗簾全部拉開，窗外的陽光透過蒙塵的玻璃，「嘩」地一下湧進，畫室裡頓時明亮了起來，看得到空氣中的塵埃顆粒，在光照中漫無目的地漂浮游動。

「沒有鴿子啦！」袁慶一說。

歲月遷徙，天窗外再也沒有成群結隊的鴿子飛過，再也聽不到曾經熟悉的鴿哨聲。

「如今的北京成了超市，超級大城市。瞧這高樓大廈車水馬龍，誰還養得了鴿子？」滕沛然說。

又是一陣唏噓，不知從何時起，這個在諾亞方舟中銜回橄欖枝、為人間帶來希望的使者已經悄然地淡出了人們的視線。

「天也不那麼南啦！」袁慶一抬頭望著天窗，仍然把「藍」說成「南」，把「南」說成「藍」。

「外面的天空是不如從前南了！」馬大文指了指天窗說。

「小袁還是一口湖藍話！」孫路說。

「三十八年過去，原本的南色兒褪色兒了。」吳平說。

「南，越讀越順口！」袁慶一說。

「今天還算不錯，我開車時沒在霧霾中迷路！」孫路說。

「俺看那是你孫小妹用了導航。」司子傑說。

孫路是班上唯一的女同學。

「等老司也用上了導航，那時科技才算是普及了。」馬大文說。「不過，還是要祝賀老司終於換了電話，終於會打字了！」

「列寧……已經不咳嗽了。他自己感覺也好多了！」滕沛然也說了句電影《列寧在一九一八》裡的臺詞。

大家說到底是戲劇學院畢業的，臺詞滿天飛。

司子傑在大家都使用了好幾年智能手機後才終於換掉了他的古董「小電話」。

令他們更加驚奇的是，他們當年的畫架和畫架上的油畫作業，甚至揭湘沅從湖南帶來的一摞子馬糞紙上畫的人像寫生精品，還有滕沛然的古籍《英華合璧大字韻府》、線裝袖珍善本《大學》和《中庸》、馬大文的熊貓牌中短波收音機、吳平的六喇叭立體聲雙卡收錄音機「夏普」居然都在。

滕沛然拎起古籍，使勁拍了拍，灰塵像海嘯般地襲來……

馬大文熊貓收音機裡的電池早已爛成了一團漿糊……

夏普是吳平在二年級時帶進宿舍的。這臺黑銀色相間充滿霸氣的龐然大物往桌子上一放，就令幾個同學的盒式錄音機「磚頭」相形見絀。

吳平吹了吹眼前的夏普，積壓了三十八年的灰塵「呼」地被吹起又撲面飛來，周圍的人都打起了大大的噴嚏，一邊說：「味兒不正！」是他們近幾年在「微信」上經常使用的語言。

吳平按下了夏普的「PLAY」鍵，磁帶轉了幾下，響起了海頓的弦樂四重奏《小夜曲》。閒置了多年的磁帶並沒受太大的損壞，除了偶爾的雜音，《小夜曲》依然明朗、典雅、雍容華貴、娓娓動聽。

夏普六喇叭引起了大家的回憶。

「留學生古阿姆也買了一臺，秦老師也買了一臺。那時秦老師常常和周圍的人交換磁帶，秦老師的兩個兒子小蛋兒和小豆兒整天聽鄧麗君。後來我們再去秦老師家時，也常常聽古典音樂，秦老師還特意說一定要聽愛樂樂團演奏的。」

「鄧麗君的磁帶六元七一盒，挺貴的。不久，報紙上登出消息，說鄧麗君的歌兒是黃色歌曲，靡靡之音，地安門賣磁帶的那哥們兒被查處了，磁帶也被沒收了。」

「據說那些家伙們把磁帶沒收了自己偷偷聽！」

「就像我們學校組織的內部電影觀摩，是為了『批判』和『借鑒』。」

畫箱裡的顏色早已經乾得像石塊一樣堅硬，四十年前擠了顏料的調色板也龜裂得像三年自然災害時荒蕪大地的縮影。

「小袁你看這是什麼？」滕沛然從畫箱中取出一管顏色，拂去灰塵，見是「永固湖藍」，就扔了過去。

「這是一管兒湖南！」袁慶一接住，說，還是像當年那樣，把「藍」說成「南」：「永固湖南，南，吶——安——南。」

「果然是時間膠囊和記憶倉庫，沒變，永固！」大家哄笑了起來。

「像我那倉庫一樣，打掃起來工程太大，就坐在這灰塵上吧。」朱小岡一屁股坐在他原先的座位上，「呼」地掀起一片灰塵。

「記得開學第一天秦老師帶領我們打掃過教室。」馬大文說。

「我們如今早就過了秦老師當年的年齡，算了，還是請人打掃吧！」大家說。

模特兒臺和旁邊的燈架仍然在原位，襯布上卻不見了裸體模特兒小顧的身影。

「小顧……」馬大文說，「算下來已經……」

大家都知道如今的小顧應該已經年近花甲了。

畫布上的小顧仍然是二十歲出頭時的模樣。

……

「這是老吳畫的大妞吧？」馬大文指著牆上的一幅油畫人像說。油畫中一個穿白衣紮短辮的少女有點羞澀地向一旁望去，背景略略的幾筆綠色，令人想起了鄉間的青山綠水。

「老馬說對了。」吳平說，「畫中的女孩兒正是門頭溝隴駕莊村頭的大妞。」

「可惜沒有孫紅芬的畫像！」馬大文說。

孫紅芬是當年班上去門頭溝隴駕莊寫生時認識的少女。他們離開村子那天，紅芬和一群孩子跟著他們的汽車跑，那情景還記憶猶新。

「紅粉！」滕沛然說，把芬說成「粉」，模仿著司子傑的山東腔。

「老班長，俺還真有紅粉的電話。不過不敢見了，俺怕見到後難過。」司子傑說。

「嗯。不過該難過的也許不是我們，而是紅芬。」馬大文說。

「老班長說得對頭！可是紅粉……怕已經是孩兒他奶奶了。」司子傑說。

大家又唏噓了一陣，遂忽然想起什麼來，互相看了看，說咦，歲月怎麼不在你的臉上留下痕跡呢？你還是老樣子。

又說真是老樣子麼？還是到了《茶館》的第三幕？於是都笑了起來，說，變化不大。

「如果說沒有變化，好像得打點折扣。我剛剛拿手機自拍了一張照片，結果不禁令人失望！時間哪兒去了？」孫路說。

「你是我們當中變化最小的，沒有之一！」馬大文說。

「Where did our time go？我們的時間都去了啥子地方囉？」張翔說。

「啥子地方？這我知道。比如說你、老司、老張、老街、慶一、孫路還有小岡，時間就在這一張張畫兒一筆筆色兒中過去了。」滕沛然說，說的都是現在的職業畫家。

「比如說老滕、老吳和我，時間就在這一堂堂課一場場演出rehearsal中過去了。」馬大文說，說的是做了老師的滕沛然、吳平和自己。

「比如說我老吳，時間也是在這一堂堂課一次次搬紙箱搭樹屋中過去了。」吳平說，說的是他自己，「還有一次次寫論文。」

「Card boxes和tree house，紙箱和樹屋！行為藝術！我看過照片。老吳搬紙箱搭樹屋精彩！」朱小岡說。
大家都知道吳平的搬紙箱和搭樹屋是帶著學生們做的小品。
「咱中間倒沒一個從政當官兒和下海經商的。」孫路說。
「錢賺得不多，可都沒栽進去！」馬大文說。
「對頭，好樣的！沒有一隻老虎！」司子傑說。
「那是咱還沒嘗過權利的滋味。」馬大文說。
「就你老馬爬到了老班長的職位！」司子傑說。
「跟副國級的大貪來比，咱連隻小蒼蠅都夠不上！」馬大文說。
大家哄笑了起來，說老虎蒼蠅都沒有，咱們都是好樣的。
在牆角翻了半天，朱小岡居然翻出了四個留學生的畫。那些畫上還見得到他們自己的簽名：古阿姆·讓（Kouam Jean）、恩臺比·恩臺比（Ndebi Ndebi）、阿姆巴·艾曼紐（Ambah Emmanuel）和于爾格·甫倫德（Jürg Pfründer）。
大家又是一陣唏噓：「畫尚在，人卻不知在何方。」
「我搜到了古阿姆。」馬大文說，給大家看了手機上的截圖。圖中的黑人男子一身喀麥隆地方打扮，背景似乎有點荒涼。「Kouam Jean，這就是現在的古阿姆·讓，好不容易才找到這點信息！」
「有意思，學校陪養了這位喀麥隆藝術家。記得我還在國內時，他曾經拜訪過我父親，好像還帶著他的畫。」朱小岡說。朱小岡的父輩和祖輩都是有名望的藝術家前輩。
「老古？真的假的？」揭湘沅問。看見圖中黑人男子那白綠相間的長袍、散開的馬甲、頭上的紅帽和腳上的涼鞋，又說：「好一套行頭！倒像是某部落的酋長。」

「真的，是古阿姆，雅溫得大學的美術教授，Professor of University of Yaoundé，畫家，畫兒賣得挺火！」馬大文說。

「沒錯兒，一看就是他！相處了四年，咱們還畫過他的頭像呢。當時他還特地穿了民族服裝，灑了香水。」吳平一眼就認出了古阿姆。

「俺聽說古阿姆畢業後還回戲劇學院讀了何老師的研究生，只是沒機會見到。這老兄在北京時，秦老師請他吃了幾次飯，他非常高興。秦老師說他的畫兒色彩怪，挺值錢。」司子傑說。

「是有這麼回事兒。聽說他的畫兒色彩綺麗，挺有意思。」吳平說。

「後來就失聯了，聽秦老師說，國家領導人去了也沒找到他。」司子傑說。

「二〇一〇年左右，我居然聽到過他的一點消息。一個喀麥隆畫畫兒的老兄說他認識古阿姆，說老古在那兒很有名，雅溫得的Holiday Inn裡掛滿了他的畫！」馬大文說，指的是在美國伊利諾大學香檳院教書期間，見過一個在Krannert Center辦畫展的喀麥隆老兄。

「其他幾人就莫的消息囉？」張翔問。

「我倒是在香港見過一張于爾格的頭像寫生，在一本龐均畫冊裡，臺灣出版的。」馬大文說著，手機裡找出了那張畫。原作應該是水彩，一九七九年畫的，簽了于爾格的德文名兒Jürg Pfründer，可惜印刷品是黑白的。」

「聽說龐先生現在住臺灣。」張翔說。

「對頭。龐先生去年夏天還回過北京辦畫展呢，在今日美術館。」司子傑說。

「可惜我們大多在外地，沒有機會見到龐先生。算下來龐先生應該是八十四歲了吧？」大家說。

「嗯，多年不見啦。」馬大文說。又從手機上翻出張截圖：「這張頭像是Facebook上的截圖，應該是恩臺比。」

大家說這就是恩臺比，也沒怎麼變。至於阿姆巴和于爾格，就沒聽過任何消息了。

大家開始翻看牆角堆著的一大摞子畫。

「俺的第一幅油畫作業居然還在！」揭湘沅喊道。「四十年前張老師給俺看畫時的情景還歷歷在目！」

那時，揭湘沅宿舍的鋪上鋪了塊涼蓆，是從湖南揹過來的。入學的第一天，他從涼蓆下抽出一疊子畫得極好的油畫頭像，全部畫在劣質的「馬糞紙」上。

「可不是咋地！這正是老街的大作，看那簽名兒，倍兒溜！」馬大文說，指著右下角的斜體字簽名「X. Jie 77'」，是「Xiangyuan Jie 1977」的縮寫，用的是紫紅色。

揭湘沅的一張油畫靜物也是畫在自製的油畫紙上，畫面已經折損，一些顏色已經剝落。翻過來看，原來的馬糞紙不但早已泛黃和吸油，還淋上了一些汙點，說不出是屋頂漏了雨，還是蟲子撒上了尿，畫面上的「高級灰」令他們想起四十年前對蘇聯油畫色彩的熱衷和追隨。

四十年前，張老師布置的第一個油畫作業是一組靜物，擺了蘋果、香蕉、橘子和陶罐。繪畫課代表司子傑從袁老師的倉庫裡借來幾幅「蘇聯油畫」，是留蘇的先輩王寶康和齊牧冬等老師帶回來的課堂作業，其中有幾張是蘇聯學生的習作。那時中蘇友好得如同親兄弟一般。王老師齊老師的這些習作非常「蘇聯」，都是在列寧格勒列賓美術學院畫的，是去張老師家後見過的第二批外國油畫原作。

馬大文說：「我還記得畫了一學期的素描後，終於盼到了色彩課。大家都挺興奮的，用老司的話說，那是什麼成色！於是，大家就從舞美工廠卞師傅那兒弄來木條子和鐵釘，開始釘框子塗底。底料也是自製的，從那時起，畫室裡便一直瀰漫著臭膠和立德粉的味兒。」

袁慶一說：「我們一頭扎進資料室，懷抱外國大畫冊，研究大師精品，醞釀藝術情懷，一個個摩拳擦掌，感覺是春天來了，各個要大幹一場！」

司子傑說：「俺那天去袁老師的倉庫借畫兒，看見管模特兒管道具的小陳陳賢亮坐在那兒，拿了塊黃楊木，正雕著一個青年頭像呢。」

馬大文說：「管模特兒管道具的都有這一手，真是臥虎藏龍啊！」

大家說，袁老師的倉庫其實也是迷人的。那些放在玻璃櫥櫃裡的顏料、陶罐、紙張，那些立在牆角的畫架，掛著的、擺著的石膏像、幾何形體，都給人一種「藝術」的定義，抽象而強烈。

吳平說：「畫室和畫家的倉庫，都是產生藝術和思想的地方。藝術是迷人的，也許因為畫室是迷人的。」

張翔說：「老吳的話有哲理啊。其實一組靜物擺在那兒，就是音樂，就是大提琴，就是『深深的海洋，你為何不平靜』！」

司子傑說：「『靜物畫完了，水果大家分著吃了，才算得上真正的平靜。俺那次還吃到一口蘋果呢。」

馬大文說：「我吃了一瓣橘子，味兒不正。」

張翔說：「香蕉早就爛球囉，後來找了幾根蠟製香蕉充數。」

滕沛然說：「恨不得把襯布也吃了？」

吳平指了指自己的嘴巴，說：「陶罐太硬，嚼不動。老吳我牙口不好。這不，剛剛戴了個牙套。」

那天大家把這些蘇聯油畫掛在畫室牆上，畫面雖因年久而失去光澤，卻呈現出一片難以言喻、美輪美奐的灰色調。滕沛然說這灰色兒倍兒棒，走讀生勞江聲和張小艾說這種灰是「高級灰」，說這些色兒單獨看都像屎一樣難看，搭配得好就「高級」了。

馬大文說：「高級這兩個字兒，相應的英文是gorgeous，『高級死』了。」一張畫得非常好的女人體油畫掛在南牆上，作者王寶康老師卻在文革初期就自殺了，另外一些油畫風景的作者比如齊老師在文革期間也受到批判。

馬大文說：「老街早在四十年前就把高級灰用得到家了！」孫路在袁明的畫架前拿起調色板，使勁吹去了上面的灰塵，露出了光可鑑人的原貌：「這就是袁明的調色板！她當時把顏色一樣擠一點兒，暖色豎排，冷色橫排，數量均勻，排列好看，畫完了就把調色板擦得特別乾淨，特別亮，我當時挺佩服她的，她自己也挺自豪的。」

「四十年了，別提它了！」揭湘沅說，語調有點像樣板戲裡的痛說革命家史。「恍若隔世，不可思議，讓人鼻子酸酸的。」

畫室裡通往教師休息室的拉門半開著，裡面的「簡易沙發」和一張矮書桌都被厚厚的塵埃所覆蓋。牆角堆著一摞沒有畫布的油畫內框。一塊青銅似的雕塑破碎了，露出裡面的塑料泡沫，風化氧化得殘破不堪了。

大家記起了這間屋子曾經做過姜國芳老師的新房。

「我的第一個煤氣罐還多虧了姜老師的藝術指導呢！」馬大文說起當年姜老師指導畫煤氣罐的事兒。那時，煤氣戶口和煤氣罐的限制激發了人們的想像力和創造力。只有煤氣戶口沒有煤氣罐的，或者只有煤氣罐沒有煤氣戶口的青年教師們大有人在，他們都想方設法地挖門路找關係，待兩樣終於齊備時，那感覺就像是提了職稱漲了工資分了住房解決了組織問題解決了個人問題一樣地如釋重負，至少值得烙上一回韭菜盒子包上一頓肉餡餃子喝上一瓶燕京啤酒以示慶祝。

經過姜老師的指導，馬大文刻了板，在煤氣罐上印了「編號」，硬是把一個黑市上買來的新煤氣罐加工畫鐵鏽畫油漬做舊，放在水房骯髒的水泥地上，踹上一腳，「鏽跡斑斑」的煤氣罐就勢滾了幾個來回，沾了幾層塵土，發出吱吱咯咯的聲響，終於完全像一個用了十年八年的舊罐了。正在門口觀賞這一幕的導演系老師張孚琛肯定地宣布：「不愧是搞舞臺美術的，做得太像了，絕對可以蒙混過關了！」

「把契斯恰科夫的素描基本功和舞臺道具製作技術相結合，對舞美系來說實在是小菜一碟！」

「姜老師那時還是青年教師呢，比咱們大不了幾歲。」

「姜老師婚禮那天好像是老班長張羅的派對。」

「那時還沒聽說過派對這回事兒。也就是弄了些糖果，還開了個舞會，借來了古阿姆的日立錄音機放音樂。」

「秦老師也來了，還跳了舞呢。」

「表進班的陳道明和導進班的李保田也來了。他們見到原本亂糟糟的畫室被魔術般地變成了舞廳，便說這個婚禮有點意思，別開生面，不落俗套。」

「會場布置得更像間畫廊。」

「還掛了李保田的浮雕。」

「是李保田把陳道明拉來的。李保田熱衷於畫畫和雕塑，和舞美系的學生關係比較密切。有時舞美系的學生也到四樓他宿舍參觀他的浮雕，是塑料泡沫米波羅刻的，用美工刀，上了顏色塗了漆，再弄舊，看起來像青銅鑄的一樣。」

「主題也挺有意思，都是些《生存還是毀滅》、《青銅時代》這類標題。」

「我多年住在美國，錯過了李保田主演的《宰相劉羅鍋》，但看過他的《菊豆》。」

「千禧年時，學校五十年院慶結束，和劉Good，司子傑連吃了兩家餃子和四瓶『燕京』後，我獨自在棉花胡同蹓躂，突然一輛自行車停在面前，騎車人大聲喚出我的名字。那人摘下墨鏡，一看原來是李保田，刻滿滄桑的臉像他自己做的青銅浮雕。」馬大文說著，想起當年李保田在《馬克白斯》中飾演那個爛醉如泥的守門人，囁嚅地說出「昨晚喝酒喝到第二遍雞啼且做了場荒唐春夢」的絕妙臺詞。「李保田旋即戴上墨鏡，一溜煙兒似地騎車奔回棉花胡同二十二號了。」

「聽說他有時還回分到的那套房住住。」

「陳道明倒是常常見到，在電影電視上和廣告上。」

「挺好！李保田和陳道明都有藝術細胞。給他們點十個讚！」

窗外傳來了一陣輕快的鋼琴練習曲，讓人的心情一下子舒暢起來。這是琴房裡傳出的車尼的作品二九九號，和四十年前的琴聲一樣。這琴聲彷彿是一陣被遺忘了許久的鴿哨，令人有些分不清是身在現實還是生出的時光倒流的錯覺。

「嘟——」張翔的手機響了，跳出一條微信短訊，是馬大文發到群裡的一張老照片。

「哇噻，老馬，我還是第一次看見此照，謝了！」張翔舉起手機，屏幕上是一張黑白照片。與其說是「黑白」，不如說是「灰白」。照片的顏色很淡，人和景都像被罩在深度的霧霾之中，背景模糊不清。照片中有孫路、張翔和朱小岡，三個人肩揹手提油畫箱站立著，都戴了折疊涼帽，張翔和朱小岡還穿著喇叭褲，顯得十分青澀和稚嫩，卻都咧開嘴笑著。

「這是在八〇年咱們仨去山東實習寫生時照的。實習的第三站，咱們住在青島一所小學校裡。記得那天還去海邊撿了一大鍋海蠣子，找了火煮著吃了，然後就縮在床上打撲克娃娃兒牌，玩爭上游。我笨，老被孫小妹和小岡爭了上游，一晚上鉤、框、鋸、帽全都上貢了！」張翔對孫路和朱小岡說。

「其實所謂實習，就是出去玩玩，是學校給咱們的補償，因為那會兒實在沒什麼地方去真正實習了。」朱小岡說。

「忘了那個時候每天都吃什麼了，沒啥好吃的，挺瘦，可是也不覺得嘴饞。」孫路說。

「外出實習的時候？我記得。」馬大文說。「那年和老范、奶酪去山東，到了臨沂，在城中大小飯館挨個兒蹓躂，想找一家經濟實惠捎帶衛生的去處。但所到的飯館兒裡清一色都是水餃，清一色煙霧彌漫，地面上鋪了厚厚一層蒜皮。記得那滿堂食客，各個都是山東好漢，各個在喝酒抽煙劃拳，鬧鬧哄哄，把山東話說得山呼海嘯。看那桌上，擺的盡是大盤大盤熱氣騰騰的各式水餃。我們無奈，最後還是吃了一通臨沂水餃，豬肉白菜餡。後來，老范得出個結論，說臨沂，換一個名兒，就是『一鍋水餃』！」

「我那時太小，懵懵懂懂的，好多事兒都沒印象了。」朱小岡說，他那時才二十出頭。

「上海第一站住小岡奶奶家。早晨起來第一要務是百米賽跑上一號改大手。第二站住蘇州。本以為蘇杭出美人，結果我和小岡都失望了，大街上的女娃兒還不如《韓熙載夜宴圖》裡的仕女風度優雅呢！」張翔說。

「我想起來了，小岡奶奶家是真正的上海里弄老宅，廁所是木桶，和客廳只隔一層布簾子。」孫路說。雖然四十年過去，孫路卻變化不大。

「噢扒尿噢扒屎改小手改大手都在那嘎躂！」馬大文說。

「對頭！老馬的四川話不是一般的地道！」張翔說。

「我是在網上查的！」馬大文說。

「小岡奶奶家好像在著名的淮海路，原名叫霞飛路吧？」張翔說。

「霞飛路，Avenue Joffre，以一個法國元帥和軍事家命名。」馬大文說。

「老班長在寫書，追憶往事啊。對頭！」司子傑說。

「很欽佩在老馬的回憶文字裡，對曾經歲月中所熟悉的人和事持有的一種善意欣賞和回味的態度。」吳平說。

「往事如煙，卻並不如煙。」揭湘沅說。

「世界如同一位路人，停留了一會兒，向我點點頭，又離去了。」馬大文說。

「老馬還是那個四十年前的文藝青年！」揭湘沅說。

「街，還是老的味兒正。」馬大文說。揭湘沅的網名叫「老街」。

門外迴廊裡響起了一陣熱烈的喧鬧聲，聽起來似曾相識。

「Good morning！古貌林，Good！顧得！」

「膩說的是英魚還是漢魚嗎？窩這個人就是魚言不好！」

這絕對是劉楓華「劉Good」和新疆哈薩克人阿合贊的聲音。劉Good愛說「Good」，阿合贊說的「魚言」是指語言，「英魚」是指英語，「漢魚」是指漢語。

第二畫室和第三畫室的同學們都湧上來了。

這也許真是他們在不自覺間生出的錯覺。

但是，重返校園，彷彿跌進時下流行的時光隧道中，穿越著，他們各自鮮明的特點和那些塵封的故事便越過許多歲月，又都毫無困難毫無保留地再現了出來……

01 楓丹白露 Fontainebleau

公元一九八〇年冬

裸體模特兒小顧從屏風後款款走了出來，畫室裡的喧鬧聲一下子不見了蹤影。

畫室在東教學樓，是一棟兩層的灰磚建築，上下都有一排迴廊。四間畫室都在上層。秦老師說，這棟樓是日本人在三十年代建的，最初用作通訊學校的宿舍，鋪過榻榻米。後來易主，改建成畫室，加了天窗，是仿照蘇聯的式樣。

畫室裡方磚鋪地，擺了十幾個畫架，靠窗的牆角放了全身石膏像《被俘的奴隸》。幾個大窗都掛了黑色的窗簾，屋頂上裝了天窗。天窗下面，橫掛著一幅調光用的黑色絨布，透過天窗，柔和明亮的天光自然地照射進來。

小顧從容自若、落落大方地登上模特兒臺，輕輕退去身上的睡袍，半坐半臥在一堆精心搭配過的襯布上。她的身軀稍稍扭轉，左手撐著臺面，右手搭在小腿上。她的嘴角上揚，頭微微低下，一縷黑髮蓋住了前額……她做得熟練、自然，好像是排練過了千遍萬遍似的。油畫課老師張老師俯下身去，低聲對她講了句什麼，小顧便莞爾一笑，身子稍做調整，自然光照下，加上側面的一架流動燈光，她美麗的身軀就像一首詩一片雲一陣輕快的鋼琴曲，似真似夢似幻般地展現在學生們的面前。

學生們大多數是男生。除了在畫冊上，他們只是在課堂上才見過女裸體。他們屏住了呼吸，畫室裡的空氣也彷彿凝結了似的。

三個喀麥隆留學生互相望了望，低聲用法語說了些什麼，個子高些的阿姆巴輕輕地吹出個呼哨。

校園的遠處傳來一陣鴿哨聲。鴿哨悠揚悅耳，時高時低，時短時長。鴿群漸行漸近，只一會兒功夫，就經過了天窗的上空。只見一大群鴿子盤旋著，一轉兒又一轉兒，像是一支飛舞著的樂隊，在灰色的天空下飛過，閃現出無數翩翩舞動的光斑。

學生們對畫油畫女裸體已經盼望了很久。不久前，藝術院校女裸體課開禁，學校曾就我國婦女裸體能否也准許外國人觀繪一事請示過上級單位。上級終於首肯後，張老師才鬆了口氣。張老師費了些周折，終於從美院請來了他們用的模特兒。這時學生們已經在內部資料室翻閱了不少外國原版畫冊，認真地琢磨了心目中的光影、色調和筆觸：光影要像倫勃朗，色調要像安格爾，筆觸要像謝洛夫。如今，終於到了高班畫長期女人體油畫作業的時候了。

全北京城的女裸體模特兒屈指可數。小顧被幾個藝術院校爭相邀請，應接不暇。舞臺美術系七七級布景一班有「國際友人」，畫女裸體也自然優先，布景二班和燈光班就只好等到下週和下下週才能輪到。

這時，他們已經進入到了第三學年。三年中，除了三次去農村寫生，他們的每一個上午，就都是在這間畫室裡度過的。

學生們開始調整各自畫架的角度，一邊看著前面的小顧。

光照下，小顧完美無瑕的身體彷彿散發著芬芳的氣息，像是宇宙間靈秀之氣的凝聚，是造物主創造的又一個傑作……

混濁的空氣中飄散著調色油松節油和油畫顏料的混合味道，是畫室的味道。

鴿哨聲漸漸遠去，學生們的緊張情緒慢慢舒緩下來。畫室裡仍然像三年前入學考試時一樣安靜。入學考試也是在這間畫室裡進行的。那一年的錄取比例幾乎是一比一百。如今坐在畫室裡的中國學生，都算得上是過五關斬六將百裡挑一的天之驕子了。

又一陣鴿哨滑過畫室的天窗。

像是在回應鴿哨聲的召喚似的，有人開始在畫布上打起了輪廓，油畫筆劃過綳緊的畫布，響起了一片「嚓嚓」聲。

十個中國學生中的八個是「大齡生」。這是一個特殊的群體，他們在十年文革期間無書可讀，無學可上。三年前恢復高考後的第一次入學考試，是他們等了七、八年之久的「末班車」。終於擠了上去，他們的命運也從此得以改變。他們知道，這次若錯過了，就再也沒有他們「上車」的機會了。

小顧身後的襯布層層疊疊，在天窗和燈光的照射下，顯得迷離，令人有些眩暈，彷彿看到了搖曳的樹影、薄露的清秋、轉換的四季和交錯的時光，彷彿是置身於田園詩般的恬靜和優雅之中了。

坐在後排的吳平陷入遐想。突然，他喃喃自語起來：「科羅……楓丹白露……」又發出了一聲感嘆，八字眉下的眼睛若有所思。留學生們好像聽出了點名堂，問那是「深壓」？吳平費力地解釋了一會兒，他們才說：「Oh，那是Fontainebleau！窩們去過！」

這不禁令人羨慕不已。大家都記得去畫家吳冠中家拜訪時，聽吳先生親口說過「楓丹白露」，說的是法語。那是在上二年級的時候，吳先生在工藝美院辦展覽，戲劇學院有個老師跟吳先生關係挺好，幫著聯繫了，約好時間去了吳先生在前三門的寓所。那樓挺破的，挺擠，沙發也是破的。吳先生特別熱情，從床下拿出厚厚一摞子畫來，給大家邊看邊講解。張翔特別注意到吳先生用扁筆畫的樹，不像一般人那樣從上到下地畫，而是一筆就畫下來，挺輕鬆的。後來吳先生給大家看了一本法文的原版科羅畫冊，指著畫面上夢幻般的樹林，說出了Fontainebleau這個詞。

大家說起了Fontainebleau就很興奮，說：「Fontainebleau！楓丹白露……窩們也想去！」

他們覺得楓丹白露是個完全不同於門頭溝隴駕莊河南輝縣上八里和山東大漁島的地方。吳平一定是在感嘆眼前的模特兒，酷似科羅的油畫《躺在鄉間的仙女》，仙女和鄉間是何等地「楓丹白露」！

大家在學校資料室的畫冊裡見過科羅的這張畫。科羅將美麗的少女裸體與田園詩般的鄉間風景結合在一起，以「回歸大自然」。畫中少女體態的起伏、柔和的轉折與鄉間風景的丘陵、叢林相映成趣，渾然和諧，顯示出自然造化的巧奪天工。

吳平與旁邊的張翔、馬大文今年都是二十六歲，住在同一間宿舍，都在努力學習英語。

「What's the matter?啥子事嗎？」站在石膏像《被縛的奴隸》旁的張翔說了句英語和四川話，一邊抬著手臂在畫布上勾畫輪廓。張翔大臉盤，眉間長了顆痣，每每令人想起岷江岸莊嚴神祕的樂山大佛。他今天穿了件棕色燈芯絨外套，口中一邊吹著口哨，是「深深的海洋，你為何不平靜」。

「每有深壓。Nothing也每有。」喀麥隆留學生古阿姆搭了腔。他戴了一副寬邊眼鏡，配上他寬厚的嘴唇，人也顯得寬厚。說著，又同旁邊的阿姆巴和恩臺比說了一陣法語。三人都咧開嘴笑了，露出的白牙在他們深棕色的皮膚上十分醒目。

這三個喀麥隆留學生是中國政府為援助第三世界，免費為非洲培養的「舞美」人才，每月領到生活費一百二十元人民幣，比拿「行政九級」月工資二百元的副院長曹禺先生低，卻比月工資八十元的秦老師高出四十元，而這四十元則不低於一個普通工人的月工資。一次張翔跟三個喀麥隆留學生說起他們拿高額獎學金的事：「你們的獎學金比俺國教授還高。俺國還免費給喀麥隆建了國會大廈，俺國對你國真大方。」沒想到恩臺比回答說：「No！你國從我國得到許多好處！」

三個喀麥隆留學生初來時既不會講一句中文，又沒有絲毫的繪畫和設計基礎。他們在中國學生入學前就已經在語言學院學了一年中文，到現在已經在中國住滿了四年，中文說得不錯了。他們三人都穿著燈芯絨喇叭褲，是在地安門商場前地攤上買的處理品，「出口轉內銷」。

有幾個同學轉向他們，見他們還在用法語交談，而眼前的畫到現在卻還一筆沒動。這是課時一週的長期作業，他們實在不知道該如何下筆，這樣的作業對於他們實在是勉為其難了。

這時，畫室的拉門「嘩」地一聲開了一道窄縫，一個留長髮蓄絡腮鬍子的西洋青年掂著腳擠著眼溜了進來，胳膊下夾了個油畫內框。大家回頭一看，見是瑞士人于爾格．甫倫德，插班的留學生，在宿舍四樓和法國留學生班泰年住一間屋。張老師看了看腕上的錶：八點四十五，于爾格遲到了整整一節課。

于爾格穿了條蘋果牌牛仔褲，罩了件中式對襟亞麻布大褂，一道道灰色條紋，三個衣兜被什麼東西撐得鼓鼓囊囊。他自覺慚愧，向張老師說了聲：「窩來晚了。對不七，窩很多包歉！」一邊掏出衣兜裡的東西，攤在地上，原來是一堆油畫顏料和幾隻油畫筆。給張老師看了，張老師說這些顏料和筆行，不過模特該休息了，讓他趁著課間擺好畫架，上課時抓緊時間起稿子。于爾格聽不大懂，三個喀麥隆學生就用法語向他解釋，他便「喔，喔」地表示同意。

幾個月前，英國老維克劇團在北京人藝的首都劇場演出《哈姆雷特》，學校組織觀摩。臺上的哈姆雷特正巧也留長頭髮大鬍子，和臺下的于爾格有幾分相似。因為西洋人但凡留長頭髮大鬍子者看起來都是一個樣，令中國人分不出張三李四王二麻子。總之劇終謝幕散場，墜著金色琉蘇的紫紅色大幕緩緩合攏，席間的燈光漸亮，觀眾卻意猶未盡，仍然沉浸在對「生存還是毀滅」的思考之中。他們瞥見臺下的于爾格，先是一怔，繼而認定他就是臺上的演員，遂嗤嗤地笑起來，有大膽者終於鼓起勇氣，走上前去和他握手，請他簽名，有照相機的則一定要和他合影留念。

于爾格有些不解其意，糊裡糊塗地和他們握了幾次手，合了幾次影，給他們簽了幾次名，才知道是錯把他當成了臺上的王子哈姆雷特，終於哭笑不得，連聲說：「Oh，my God！上帝啊！」又忙不迭地用半生不熟的中文替自己解圍：「不對不對！窩，不是一個淹員，窩是一個，歪國，留學生！」旁邊的法國留學生班泰年中文好些，幫他解釋了好一會兒，觀眾明白了，卻十分失望。于爾格和班泰年便攤開雙手，意思是「無可奈何」，也像是臺上哈姆雷特說的To be, or not to be, that is the question，生存還是毀滅，這是一個問題。

課間休息了，小顧就披上了她酒紅色的睡袍。她的頭髮散開著，這使她看起來特別像內部電影《亂世佳人》裡的斯嘉麗。

古阿姆打開一個鋁製飯盒，裡面裝了三個黃澄澄油汪汪的蛋撻，讓小顧先拿一個吃。大家都沒見過這樣不可思議的食物，紛紛湊向前去伸出手，古阿姆連忙說：「只有三個，給女的！」女生袁明和孫路上前各拿了一個，男生們只好嚥了下口水。

蛋撻是留學生食堂馬師傅做的。馬師傅是結巴，一口京腔，卻是從人民大會堂調過來的國宴級廚師，中西餐全能。

留學生食堂在宿舍樓一層靠樓梯的左手，學生中只有班長馬大文去過一次，是去年五月喀麥隆國慶的前一天，隨同班主任秦老師和副院長牧虹，代表院方設宴慶祝借的光。馬大文回來後跟大家說，副院長牧虹是《團結就是力量》的詞作者，還描繪了那鋪著雪白檯布的餐桌上，洋洋灑灑擺了二十道菜，最令他興奮的是還喝到了茅臺酒、北冰洋汽水和可口可樂。

那天，馬大文回到宿舍，臉色顯得十分紅潤，精神顯得十分煥發。

「臉紅什麼？」大家問，是京劇樣板戲《智取威虎山》裡座山雕的土匪黑話。

「精神煥發！」馬大文答，是京劇樣板戲《智取威虎山》裡楊子榮的土匪黑話。

「怎麼又黃了？」大家問。

「防冷塗的蠟！」馬大文答。「最重要的一點是，因為我喝了茅臺酒、北冰洋汽水和可口可樂啦！」馬大文大聲興奮地宣布。

「可口可樂？天吶！老馬是咱班上第一個喝過可口可樂的人！連最貴族的老吳都沒喝過！你給我們說說是過啥子味道嘛！」大家在內部電影裡看到過可口可樂的招牌，注意到那四個斜體字，下面一條橫線像白絲巾般地飄起，令人看了就覺得心情蕩漾。

「啥子味道？說不上來呀！」馬大文使勁回憶著。

「比麥乳精如何？」吳平問。

「不如麥乳精香。」馬大文說。

「比俺那疙瘩湯如何？」司子傑問。

「你那疙瘩湯咱只聞過，可口可樂好像沒你那疙瘩湯味兒正！」馬大文說。

「那到底是過啥子味兒嘛？」大家都問。

馬大文終於記起來了：「喔！味兒嘛，有點像止咳糖漿加牛黃解毒丸！」

「啊？」大家都感到十分詫異。「那就是說專治咳嗽感冒著急上火的良藥？良藥苦口，不怎麼『可口』？」

「嗯，是不怎麼可口。至於『可樂』嘛，倒是挺可樂的。我連著喝了幾大口，沒承想裡面的氣泡挺多，冒著沫子，喝了一嘴泡沫，而且還有點辣，害得我連打了幾個嗝，把周圍的人逗樂了。」

馬大文這話倒把大家逗樂了。

這時，秦老師走了進來。秦老師時常到宿舍樓裡轉轉，和學生們聊天。

聽大家在討論可口可樂，秦老師說：「這個可口可樂，我小時候就有，只是沒喝過。解放後美國成了敵國，可口可樂也跟著帝國主義夾著尾巴逃跑了。後來抗美援朝，我當志願軍時喝過一回，是繳獲美國兵的戰利品。味兒嘛，甜了吧唧，苦了吧唆，喝不慣。不過，聽說美國兵喝那玩意兒能喝得上癮！」

儘管那味兒是「甜了吧唧，苦了吧唆」，大家還是嚥了一下口水。

秦老師又說：「時隔三十年可口可樂重新登場，有些人還不能接受呢，說這是腐朽的資產階級生活方式。聽說報紙上還以內參的形式發表過文章，叫《可口未必可樂》。」

「和我這『可樂未必可口』的說法正好相反。」馬大文說。

大家哄笑了一陣。可口可樂還沒有正式上市，只有在涉外場合才見得到。友誼商店也有，但要收外匯券，且只對外賓開放，班上同學只有留學生喝過。

馬大文繼續講著他在宴會上的見聞，說那桌子上還擺了兩個裝食鹽和胡椒粉的精緻小瓶，被秦老師舉起來左看右看，誠心地誇讚了一番。馬大文說他還看到了廚房門口的電氣冰箱，是大號蘇聯「莫斯科人牌」，打開門就冒出一股涼風，雞鴨魚肉北冰洋可口可樂都是從裡面拿出來的，怪不得樣樣都新鮮可口。

「電氣冰箱？」大家十分驚訝。「聽說安林老師五十年代就有過一臺，也是莫斯科人牌，管那叫『老莫』。那年夏天天兒熱，安老打開電氣冰箱『老莫』的大門，坐在籐椅上吃西瓜，呼呼地吹著涼風，安逸得很。沒承想過幾天那『老莫』就壞了，涼風沒了。安老跑遍北京城沒地兒能修，有人還說起了風涼話：「您圖涼快，打開了莫斯科大門，克里姆林宮大門也得打開呀！您老還是把這莫斯科人送到它的老家莫斯科克里姆林宮加點兒涼風兒吧！」

驚訝感嘆之餘，馬大文總結說馬師傅的菜做得比學校食堂邱師傅的要「油水兒大多了」。說這話時，他特意看了看周圍，見到大家都嚥了一下口水，自己也跟著嚥了一下。

「古阿姆他們筷子用得很溜啊！」馬大文又加了一句。

再上課時，于爾格竟後來居上，很快就把所有的顏色都在調色板上擠了些。他的擠法與眾不同，是把黑挨著白，紅挨著綠，黃挨著紫。他嘴裡一邊嚼著口香糖，右腳輕輕地掂著，一邊三下五下，就勾畫出一個形狀出來。

畫室裡的同學們差不多都已經勾出了小顧的輪廓。吳平的身旁放了一臺六喇叭「夏普」立體聲雙卡收錄音機，黑色的喇叭網上還保留著嶄新的商標，紅、銀色底上，黑白兩色印了英文字MULT-AMP SUPPER WOOFER 3-way 6-speaker W Double Cassette SHARP，比起之前的「三洋」盒式單卡錄音機「磚頭」，算是鳥槍換了炮。

這時吳平已經用松節油調熟褐鋪出了大體的明暗。他向後仰了仰，自言自語道：「凡・代克棕……透明畫法。」又舒了口氣，按下了夏普的PLAY鍵。

卡式磁帶在夏普裡轉著，很快地，畫室裡就響起了斯特勞斯的《春之聲圓舞曲》。

《春之聲》的旋律如春天的氣息撲面而來，像大地回春，像冰雪消融……她生機盎然，充滿了青春的活力，給人以無窮無盡的愜意和舒暢。

「老吳，這個……斯特勞斯，對頭！」說話的是繪畫課代表司子傑，因為崇拜俄羅斯畫家列維坦而得了綽號「司維坦」。不過，大家當著面還是叫他「老司」，他也把吳平叫「老吳」。「這個……斯特勞斯，問題是太他媽好聽了。俺這兒聽著聽著，就隨著音樂圓舞起來，俺這畫兒也就舞起秧歌來了。」

司子傑是山東人，講話時常常把「我」說成「俺」。他平時注重儀表，具體表現在他打了髮蠟的頭髮和擦了鞋油的皮鞋上，這兩樣都一塵不染，光可鑑人。他說著，原地踩出了幾個舞步，皮鞋底打在地板的方磚上，發出一陣悅耳的踢踏聲。他用手指彈了一下前面的畫布，畫布繃得很緊，像鼓面一樣，是毀了個床單代用的，塗了自製的底料，不時地發出兔皮膠和立德粉的臭味。

「老司，舞美，翻成米國話就是dancing art，舞出美來，美出舞來，也沒錯啊！」靠牆站著的班長馬大文說。

馬大文是東北人，入學時揹來一塊狍皮墊子，鋪在床鋪的草蓆墊子上防冷，引來舞美系的同學專程趕來參觀和誇讚。他的衣袖上常常套了一副深藍色的套袖，聯想到他床上鋪的狍皮墊子和百貨商店的賣貨經歷，吳平說老馬就是個林海雪原牡丹江的皮貨商。馬大文留短髮，兩腮瘦削，右手不時地撫摸一下被眼鏡壓著的鼻子。他是跟著收音機學的英語，剛剛通過公費出國留學初試，嘴裡有時就冒出一些英語單詞和句子，受燈光班于海勃的影響，習慣把美國說成「米國」。

「這個……老班長，米國話俺不懂，俺就懂點日國話：啊伊嗚哎喔，卡奇哭凱靠。」司子傑說，把班長說成「老班長」，又加了句：「薩喲那啦。」

「Dancing art，老馬？What is dancing art？你在說啥子喔？」張翔學的是許國璋英語。他先是一頭霧水，繼而突然醒悟過來，不禁大笑：「哈哈哈哈！曉得了，曉得了！舞臺美術，簡稱『舞美』，dancing art，翻譯得高，要的，要的！」

一旁專心畫畫的揭湘沅「老街」也運過神來：「舞美，dancing art！哈哈哈哈哈！逗霸，逗霸！個真滴笑死個人噠！」揭湘沅身穿勞動布工作服，前胸衣袋上印了四個白色油漆小字：「安全生產」。他足登「麂皮防油工作鞋」，看起來既美觀又實用。揭湘沅是湖南人，入學前在長沙汽車大修廠當氣缸檢修工，這一套裝備本是配給的豪華「勞保」，也是他入學後的主要行頭。老街時年二十九歲，是班上年齡最大的，雖然是「人像畫兒大師」，卻有著一張娃娃臉，面貌格外年輕，令人想起湖南話「伢子」

一詞。「老街」也在努力學習英語，讀的是《英語九〇〇句》。他說：「老馬，Old Horse，dancing art這過譯法是哪一過的發明呢？」

「是我們東北那嘎噠老鄉的發明。」馬大文說著，講了那天得到一張老鄉的名片，英漢對照，老鄉正是省城話劇院的「舞美設計」，也就是名片上寫的Dancing Art Designer。

「唉呦喂，得嘞！」靠近拉門的滕沛然「老滕」發了言。滕沛然是北京人，說一口老「天橋兒」北京話。「老滕」的頭髮厚且長，形狀和輪廓都不太分明，看不出是分頭還是一邊倒，但因為在東方紅汽車製造廠當過電工的經歷，使他看起來也像個電工。這時，他剛剛畫出了一大片光影，瞇起眼睛看了看，覺得不夠滿意，遂皺起眉，抓起一塊抹布，呼啦啦地把畫出的光影抹掉，又左手握筆，頃刻間就嘩啦啦畫出了另一片光影，說：這回還湊合。又畫了一陣，看了看調色板上的顏色，說：「這色兒！立格兒愣倍兒棒。」

滕沛然目下也在學習英語，學的是陳琳英語《跟我學》。聽到這樣的樂子，自然不會錯過：「Dancing art？您內瞧瞧，我這兒本想翻譯成dancing beauty呢。」又套用了電影《地道戰》中的一段臺詞，「高，實在是高。高家莊：馬家河子……各莊的地道，都有很多高招。老馬的馬家河子實在是高！」

「不過，若把舞美寫成簡化字『午美』，那就是mid-day art，午間之美了。」馬大文說。

身高一米八二的湖南青年袁慶一「小袁」提出了抗議：「哎哎哎，安靜一點諸位！這麼好的音樂都讓你們糟蹋了。」又嘆了口氣：「咳！《春天圓舞曲》，春天來了！」這時的袁慶一不胖也不瘦，穿了件勞動布工作服，頭髮有點長，是明確的「三七分」。這時，他已經開始構思他的自畫像體油畫《春天來了》。然而，他忽地發現揭湘沅的眼鏡鏡片上反出了天窗射下的光采，是一種奇妙的藍光，遂覺詫異，說：「老街別動，你眼鏡上那一筆湖南絕了！」

「眼鏡上的湖南？絕了？」才滿二十歲有點懵懵懂懂的朱小岡也覺詫異，湊了過來，觀察了揭湘沅眼鏡片的反光，發覺袁慶一說的「湖南」實際上是「湖藍」，便問：「哎小袁，那你畫箱裡的藍色兒又是怎麼叫呢？」說著，指了指那小半管湖藍。

袁慶一不假思索：「湖南啊！」

班上的人都聽到了，都笑了。

班上的兩個女生之一，二十七歲的北京人袁明教他發音：「小袁你說：我是湖南人，手拿一管兒湖藍！南：訥——安——南。藍：勒——安——藍。你說！」袁明個頭不高，圓臉，眼睛不大，幹事兒很利落，說話笑咪咪的，像她的爸爸袁老師。

袁慶一就跟著：「藍：勒——安——藍。南：訥——安——南。」又一字一頓地說：「我、是、湖、藍、人，手、拿、一、管、兒、湖、南！」

班上哄堂大笑，除了古阿姆、阿姆巴、恩臺比和于爾格，他們沒聽懂。

張老師也笑了。張老師高個頭，方臉盤，頭髮向後梳理得一絲不苟，很有風度。雖然是上課，張老師卻不限制學生們聽音樂和講話。學生們說歸說，笑歸笑，卻一點兒也沒誤手下的畫。

另一個女生，二十歲的孫路說：「小袁你說：我身高一米八二。」

袁慶一就說：「我、身、高、一、米、八、厄、厄。」

孫路的個頭和袁明差不多。她紮了個馬尾辮，額上一堆厚厚的劉海，這使她看起來更像個高中生。

孫路說：「二、二。」

袁慶一學：「厄、厄。」

又是一陣哄堂大笑。

模特兒臺上的小顧也忍不住笑了。

喀麥隆同學聽不懂。三人說了一陣法語，大概也說了一個笑話，也哈哈大笑起來。

滕沛然連連搖頭：「不可救藥。小袁，你那舌頭得好好捋捋啦！」

袁慶一卻並不在乎，又練習了幾遍「湖藍」、「湖南」和「一米八厄厄」，卻還是說不準確，就說：「這北京兒話兒，不兒好兒學。算兒了算兒了。」他終於放棄。

過了一會兒，袁慶一躬著身，用一隻四號油畫筆蘸了稀薄的顏色，一舔一舔地描抹著背景上襯布的花紋。畫了片刻，又脫口說出一句顧城的「朦朧詩」來：

春天，春天已經來了
很近
在別人不注意的時候
換上淡紫色的長裙
是的，她醒了

「很文藝啊，小袁！」大家說。

見袁慶一的脖子上還掛著口笛，朱小岡搶了過去，袖口上擦了一把，使勁吹了四下，發出了響亮的哨聲：「嘟，嘟，嘟，嘟！」

袁明和孫路「咯咯」笑了起來。大家想起了早晨長跑時的事兒，也都笑了起來。

今天的早操是跑步，就是跑出校門，從棉花胡同出去，到交道南大街口右轉，繞過寬街，進南鑼鼓巷，再進棉花胡同回到校園，叫「全校中長跑拉練」。

全校就是四個系加兒童班。四個系是導演系、表演系、戲文系和舞美系，就是舞臺美術系七七級和表演系的「兒童班」，全稱是「表七六兒童劇演員班」。

導演系和表演系的學生每天早晨六點起床，每週三天早晨練臺詞，三天早晨練形體。他們都習慣起早，這時各個都穿著運動服，運動鞋，看起來精精神神，跑起來都健步如飛。戲文系舞美系的學生習慣貪晚，早晨不願意起床，這時都穿著喇叭褲和直筒褲，尖皮鞋和懶漢鞋，是硬被各班班長叫起床的，看起來都昏昏沉沉，跑起來都拖泥帶水。

「一厄，一厄，一厄一，一厄三四！」體育老師張老師喊著，把「二」說成「厄」，不時地吹著口笛，又拖長聲喊著：「一——厄——三——四，一厄三四！」張老師留小平頭，穿一身藍色運動服，胳膊上和褲腿上印著白條，顯得十分精幹利落。

學生們也模仿張老師的語氣同樣地喊著。表演系導演系的學生們喊得整齊嘹亮，戲文系舞美系的學生們喊得參差不齊。

張老師喊了幾次「一厄三四」，就把隊伍交給了舞美系的體育委員袁慶一。

袁慶一抓起掛在脖子上的口笛，吹出一個長音：「嘟——」又吹出四個短音：「嘟，嘟，嘟，嘟！」代表張老師的「一，厄，三，四！」

然後，放下口笛，決定向張老師一樣地呼喊。他覺得要說好北京話，就必得多加「兒」音，多用捲舌，便清了清喉嚨，捲了捲舌頭，大聲地喊了起來：「一兒、厄兒、山兒、是兒！」

沒等他拖長聲把這些數字再喊一遍，整個隊列的人都哄笑起來。

兒童班幾個十四五歲的少年學著袁慶一的口音喊道：「一兒、厄兒、山兒、是兒！」

舞美系的幾個同學給予了發揮：「山兒是湖藍的岳麓山兒！」

又有另外的幾個同學給予了另外的發揮：「到湖藍兒，打南球兒！」

張老師聽到了，咧開嘴笑了笑，見到隊伍太吵太亂，就向袁慶一擺了下手，吹了下口笛，又喊道：

「一厄、一厄、一厄一、一厄三四！」

隊伍裡仍然聽得到有人在放聲高喊：「一兒——厄兒——山兒——是兒！」

……

「小袁逗霸！」大家齊聲說，接著，畫室裡響起了一片歡呼聲：「一兒——厄兒——山兒——是兒！」

聽了幾首斯特勞斯，吳平說：「對了，咱們也不能只顧自己，得照顧照顧小顧啊。」

張翔說：「對頭。要的要的。」就轉向小顧：「小顧小顧，得小小照顧。小顧，你要聽點啥子音樂嘛？《軍港之夜》？」

小顧又是莞爾一笑，爽朗地說：「鄧麗君行嗎？」

「喔yeah！誰有鄧麗君？」吳平沒有鄧麗君。大家面面相覷，都說沒有。正要說聽點李谷一朱逢博什麼的吧，小顧卻變魔術般地從襯布下取出一盒磁帶，遞過來：「我有！」原來小顧早就準備好了。

磁帶在夏普裡轉了幾下，鄧麗君甜美的歌聲就在畫室裡迴盪起來：

甜蜜蜜，你笑得甜蜜蜜
好像花兒開在春風裡

開在春風裡
在哪裡，在哪裡見過你
你的笑容這樣熟悉
我一時想不起
啊，在夢裡
……

「鄧麗君的歌兒比《軍港之夜》好聽，比《鄉戀》和《山丹丹開花紅艷艷》都好聽！」
「那是因為不做作！」
「正是，還是『靡靡之音』好聽！」

方塼地面上漸漸積起一層擦過油畫筆的碎報紙，畫架間站著滿手油彩的七七級同學們。他們享受著畫室裡的歡快，享受著從天窗上照下來的陽光，享受著他們仍然年輕的夢想，他們相信他們的天空會永遠地廣闊而晴朗……

三個喀麥隆留學生終於在畫布上勾出了小顧的輪廓。只不過他們的基本功還不行，走不上科羅的巴比松楓丹白露和蘇聯社會現實主義的道路，而是「有心栽花花不開，無心插柳柳成蔭」，他們畫出的小顧形體不準，結構不對，卻意外中畫出了一些風格和味道：古阿姆把小顧畫成了畢加索的「亞威農少女」，阿姆巴把小顧畫成了馬蒂斯的「宮女」，恩臺比則把小顧畫成了莫迪里阿尼的「軟墊上的裸女」。他們眼見中國同學揮灑淋漓，一個普通的鼻子竟被分出許多光色，遂不知所措，不時停住畫筆，四下張望，在畫室裡轉了一圈，又「拉熊拉熊」地用法語討論了一陣，長吁短嘆地說：「這個煙色，窩不明白！」

阿姆巴在揭湘沅的畫前停住。他嚼著口香糖，趿拉著懶漢鞋，穿著滿是油彩的襯衫和大喇叭褲，寬褲腳上也沾了油彩。他看著揭湘沅的畫，一邊頑強地爭辯，一邊為自己的畫面缺少層次，色彩單調而憤憤不平：「維什麼窩，看不到她的臉上，有你畫的這些綠色？」

于爾格則不但勾畫出了小顧的輪廓，還塗上了顏色，不但塗上了顏色，還塗上了綠色，不但把顏色塗在了畫布上，甚至還塗在了自己的臉上手上、牛仔褲上、對襟大褂上和鬍子眉毛上。他高聲宣布：「窩，完成啦！」

于爾格的宣言引起了大家的注意。張翔歪過頭去，仔細端詳了一眼，說：「要的！堪比畢加索！」司子傑也歪過頭，也仔細端詳了一眼，說：「不是堪比梵谷，這比梵谷畫得好。俺唯一的遺憾就是看不懂捏！」

看了看留學生畫的小顧，張老師無言以對：堪比畢加索，不等於畢加索，堪比馬蒂斯，不等於馬蒂斯，堪比莫迪里阿尼，更不等於莫迪里阿尼，至於科羅梵谷和蘇聯社會現實主義，就連堪比的邊兒都沾不上了。

張老師思忖了一會，對于爾格說：「這樣吧，你最好先起了輪廓，再按步驟慢慢畫，深入畫，我們有六個上午呢。」

說著，張老師帶著他在畫室裡轉了轉，看到中國同學各個都正兒八經按部就班地打著稿子，鋪著底色，離「完成啦」還有說不清的距離。于爾格想了想，覺得張老師的話很有道理，遂抄起一把調色刀，三下五下，刮掉了畫布上的小顧，刮出了一種朦朦朧朧迷迷離離飄飄渺渺混混沌沌的效果。他向後退了一步，瞇起眼睛，彷彿置身於瑞士萊茵瀑布的水氣之間和阿萊奇冰河的匯流之畔。

「Brouillard，就是這個名字。」于爾格說了句法語。看到張老師的詫異表情，三個喀麥隆人討論了幾句後，古阿姆翻了一下帶在身上的袖珍法漢詞典，用中文說出了討論的結果：「這張畫的名字，叫《嗚》！」

「《無》？」滕沛然湊了過來。

「《舞》？」司子傑也湊了過來。

「《霧》！」于爾格說，忽然忍不住咯咯笑了起來。

全班都大笑起來，小顧也笑了，張老師也笑了。

「《霧中的少女》。」馬大文肯定地說，又倒過身，歪著看，彷彿真地看到了達・芬奇蒙了一層神祕面紗的少女《蒙娜麗莎》。

馬大文也注意到了四個留學生的畫，對吳平說：「有點兒像馬克倫。」

馬克倫是吳平認識的青年畫者，住在學校附近的胡同裡，又對旁邊的張翔說：「這畫兒該送去參加星星畫展。」

留學生沒聽說過馬克倫，卻聽懂了「星星畫展」。平時不大說話的恩臺比說：「參加星星畫展？十嗎？」又對周圍的其他三人說了句法語，三人「噓」了一陣，也說：「星星畫展？十嗎？」又哈哈大笑起來。

他們也知道星星畫展。去年夏末，離學校不遠處的中國美術館外出現了歷史上罕見的一幕。館內正在展出《建國三十週年全國美展》，館外公園的鐵柵欄上，卻滿滿當當掛滿了油畫、水墨畫、木刻和木雕，其內容、風格和手段與館內的截然不同。這是「星星畫展」的第一次展覽。展覽上自由、大膽、甚至有些叛逆性的作品，像我國自行研製的原子彈氫彈導彈炸在中國藝術界和文化圈，讓看慣了文革和解放後繪畫的觀眾大吃一驚。

一班隔壁的二班正在「第二畫室」畫男裸體模特兒。男模特兒腰間兜了個白布袋，看起來十分怪異。樓梯右手的燈光班則在「第三畫室」畫油畫《新疆男子頭像》。模特兒臺後面的屏風上掛著一塊暗紅色調的新疆地毯，襯著假扮「新疆男子」的中年漢子。「新疆男子」頭戴圓帽，身穿鑲了花邊的襯衫，大圓臉，腫眼泡，蓄了小鬍子，感覺上還不如地安門商場前賣羊肉串的小販「買買提」二順子來得「形似」和「神似」。此刻，「新疆男子」身後龐大的鑄鐵爐子裡正燒著蜂窩煤，冒出來的灼灼熱氣已經把他烤得口乾舌燥，大汗淋漓，昏昏欲睡了。

男裸體和「新疆男子」令人大倒胃口。有幾個布景二班和燈光班的男生想像著走廊盡頭的布景一班，模特臺上優雅地躺著科羅的「鄉間的仙女」，夏普裡響著斯特勞斯的《春之聲》，學生們和國際友人們畫得熱火朝天又笑聲不絕於耳，便羨慕得心急火燎，如同熱鍋上的螞蟻。

有幾個一門心思要畫女裸體的男生索性放棄了男裸體和新疆男子，不停地在第一畫室前的長廊上走來走去，恨不得立即拉開那道神祕的拉門一探究竟。

模特臺上的小顧仍然像「鄉間的仙女」一樣的恬靜而優雅。

突然間，外面不知何故傳來「轟隆隆」一連串巨響。

「《暴風雨》來了！」馬大文喊道。

大家想起昨晚在北教學樓觀摩表演系的課堂練習《暴風雨》片段，那震耳欲聾的「暴風雨聲」，是一個學生躲在屏風後猛敲一塊吊起來的三合板發出來的。後來那學生上場時，才知道那是演王子斐迪南的尹永斌。尹永斌的斐迪南演得相當出色。

「凡是過去，皆為序章。」馬大文說了句《暴風雨》裡的臺詞。

「噓……」恩臺比示意要安靜。

「轟隆隆」一連串巨響又從畫室外傳來，震得模特兒臺後的屏風都搖晃起來。

「蘇聯來了，快鑽地道！」古阿姆喝了聲。

大家都記得中蘇關係緊張時高喊的「深挖洞、廣積糧、不稱霸」，如今已成了過去，便爆發出一陣哄笑。

「嘩啦」一聲，畫室的門被拉開，進來的不是「蘇聯」，而是院系領導等一群人檢查教學蒞臨指導，呼呼啦啦十來個。布景二班和燈光班的幾個男生趁機尾隨著蜂擁而入。

吳平趕緊按下夏普的「STOP」鍵。

領隊的是班主任兼設計課主講秦學惠老師，頭戴一頂鴨舌帽；跟著的是設計課主講齊牧冬老師，清瘦，白髮，穿了一件淺色風衣。還有留小平頭的設計課主講李暢老師、黑臉膛的設計課主講邢大倫老師、戴厚眼鏡的設計課主講王勒老師、個兒不高的設計課主講鍾林軒老師、笑容可掬的忠厚長者系主任錢辛稻老師、戴黑呢帽的繪畫課主講安林老師……都是舞臺設計界和美術界的可敬前輩。

尾隨在後面的，是隔壁二班的繪畫課代表劉楓華「劉Good」、穿喇叭褲戴蛤蟆鏡的李強、廣西大漢王猛、敦厚穩健的戴敦四、燈光班的「記憶畫兒大師」方國文、瘦高個兒穿一身黑衣的于海勃及哈薩克人阿合贊又名阿合扎提。這些人笑嘻嘻地溜進畫室，頓時把畫室擠成了中國畫構圖中的「密不透風」。

老師們在擁擠的畫室裡轉了一圈，看見每個人都畫出了些模樣，臉上便露出了滿意的笑容。

一位大家不認識的長者，穿淺色毛料中山裝戴解放帽，像是上面來的領導，經過于爾格的《霧》

前，略帶疑惑地瞇了瞇眼，點了點頭，說：「喔，大理石效果，舞臺美術畫布景倒蠻實用的呀，蠻好蠻好！」說的是吳儂軟語。又看到于爾格的牛仔褲中式褂和長頭髮大鬍子，先是一怔，又笑了，說：「這位同浩，儂的頭髮長了，理一下好伐啦？年輕人，留長頭髮伐好，伐來塞！」

大家把注意力轉向于爾格。劉Good和李強突然想起自己的頭髮比于爾格的還長，便慌忙向石膏像《被縛的奴隸》背後躲去。一旁的安林老師也急忙向下壓了壓他的黑呢帽，原來安老的頭髮比于爾格劉Good李強的還長。

于爾格聽不懂吳儂軟語，猜不出是怎麼回事兒，待古阿姆向他解釋了，說年輕人留長頭髮不好，這才恍然大悟，便摸了摸自己的頭髮，用半生不熟的的漢語說：「Oh，是哲樣？可是，膩們的馬克斯、Engels，他們也是長頭髮大鬍子！」

周圍的人都聽懂了，長者也聽懂了，腦中遂浮現出「馬恩列斯毛」的偉人形象，馬克思、恩格斯的鬍子最長，列寧的鬍子略短，斯大林只是唇上鬚，毛主席則沒有鬍子。

沉默了幾秒鐘，大家終於忍不住了，遂爆發出一陣熱烈的笑聲。躲在「奴隸」後面的劉Good李強王猛阿合扎提也忽地躥出來，同學們都禁不住鼓起掌來，老者自己也忍俊不禁，寬容而和藹地笑了。大家忍不住看了看老者，老者戴了頂解放帽，頭髮似乎不長也不短，恰到好處。

對面的鋼琴房裡傳來一陣鋼琴練習曲，是車尼的作品二九九號，彷若遙遠的楓丹白露森林間流溢出的噴泉，愉快而輕盈，是鮑莉莉老師的鋼琴課結束曲。

四個留學生已經隨著音樂，在畫架前手舞足蹈起來。

車尼的作品二九九號令人心情十分愉快。

02 末班車 The Last Train

公元一九七八年春

布景一班第一個到校報到的是馬大文。

這是公元一九七八年二月二十七日星期一正月廿一的黃昏，天還很冷。

出站的隧道裡人滿為患。旅人們穿著灰色藍色黑色草綠色和保守而克制的花布棉襖或軍大衣，揹著扛著拖著提著抱著各自的行囊和包裹，像電影裡逃荒的難民一樣，擁擠著，咒罵著，抽著煙，吐著痰，空氣中瀰漫著說不出的怪異的腥臭味。

馬大文留短髮，清瘦，戴著眼鏡，背上揹著個大行李，用麻繩緊緊地打了個「井」字，像「拉練」的解放軍，卻比解放軍的大。他手裡提著包裹，一隻裝在網兜裡的搪瓷臉盆搖晃著，不時地撞到身旁走過的人，惹來了敵意的咒罵。

他對這些咒罵並不在意。經過了十一年之久的等待，他終於在昨天趕上了這輛「大學末班車」。

「讓他們的咒罵見鬼去吧！讓暴風雨來得更猛烈些吧！我要開始我燦爛輝煌的旅程了！」他心裡高聲詠誦著：「啊，海燕！」

詠誦了幾遍，覺得自己有點太小資太文藝了，就做了次深呼吸，覺得十分舒服和愜意。

檢票員對著喊話筒喊著，聲音機械而呆板，像放電影轉速出了毛病，重複著三個字：「往前走，往前走，往前走……」

一位漢子胳膊上打著的石膏被擠得碎裂，便豎起眉毛惡毒地罵著身邊的每一個人：「你們這些龜孫，弄啥哩！娘勒個腳！我日嫩姐！」周圍的人就用同樣惡毒挖苦的話詛咒他和他的胳膊。

當馬大文終於隨著人潮擠出了檢票口時，棉襖的後背已經濕透了。他回頭望見北京站高大的鐘樓，金色的琉璃瓦屋簷在夕陽餘暉的照射下閃著光亮。正門口上並排懸掛著的毛主席華主席巨幅畫像，他們正慈祥和藹莊嚴肅穆目不轉睛且毫無倦意地注視著廣場和難民般的旅人。

外面的空氣冷冽而清新，馬大文像逃離了牢籠一樣，長長地舒了口氣。

北京站前的廣場上也是人滿為患，遍地是爛紙和垃圾，遍地是橫躺豎臥風餐露宿的旅人。他們的行囊和包裹亂七八糟地堆放著，令人想起電影裡鬼子進村時的大逃難。他們逃離到這有著新鮮空氣的廣場，都知道春天和家離他們還很遠，眼下並沒有什麼理由能令他們愉快起來。

對著出站口，遠遠就看到一幅巨大的標語橫在一面牆上。標語紅底白字，下邊還加了英文：

熱烈慶祝《毛澤東選集》第五卷出版發行

Warmly Hail the Publication and Distribution of Volume V of the Selected Works of Mao Tsetung

標語是去年的，有些褪色，令人想起熱烈慶祝粉碎「四人幫」時燃放鞭炮所留下的紙屑和粉末。

「這是要讓上下火車的外賓和全世界人民都知道的特大喜訊。」馬大文說。他認不全那英文，掏出張紙把它抄寫下來。他來北京前學的英語還僅限於This is a book和Long live Chairman Mao，就是「這是一本書」和「毛主席萬歲」，他的腦子裡甚至還殘留著一些文化大革命時的「餘毒」。

站前廣場上最前面的，是各大專院校接領新生的接待人員：清華的、北大的、人大的、北醫的、北外的……他們站在各自的橫幅下，不時地向出站口張望。

馬大文沒費多少力氣，就找到了「中央戲劇學院」的橫幅，紅底白字，主席體。橫幅下站了招生辦的兩位老師，胸前戴著同樣顏色的校徽，也是主席體。他們一眼就認出了一身東北裝束的馬大文，說是馬同學吧？你是我們的人，就差你了，又指著路口不遠處的一輛七人座麵包車說，上車吧。

和戲文系的幾位新生擠在塞滿行李的麵包車裡，離開了人山人海的北京站，沒多久就上了長安街，經過王府井，經過天安門廣場。

司機說：「繞個彎兒，讓你們看看天安門！」司機一口京片子，車上的人都十分興奮。

馬大文旁邊的車窗半開著，不時地灌進來冷颼颼的風。夜幕低垂，華燈初上。被探照燈照亮的天安門從車窗外掠過，遠不似想像中的宏偉和壯觀，倒顯得有些失真和清冷，令人想起照相館裡的布景和模型。紅牆正中的毛主席標準像，正如畫報上電影裡看到的一樣，嚴峻而慈祥地注視著遠方。馬大文想起十一年前，毛主席和他的親密戰友林副主席等領導同志在這裡八次接見紅衛兵，都被他錯過了，至今還有點遺憾。那時他才十二歲。

路上的機動車輛不多。一部兩節的無軌電車來了，頭上拖著兩根摩電的「辮子」，像一個善於花樣溜冰的人，在空中的電線上熟練地滑過，不時碰撞出一片鮮豔而奪目的火花。

騎自行車的人很多，各個都身手不凡。一輛加了個後輪和「自行傍子」的二八車，眼見要撞到一輛轉彎的電車，卻表演雜技般地向旁邊一偏，靈活地躲了過去。自行傍子是自製的，漆成了淺藍色，裡面的小女孩沒事人一樣地吃著手裡的冰糖葫蘆，一邊咯咯地笑著。

偶爾會在馬路邊的牆上看到一條標語，天色雖然已經暗淡下去，紅底上的白色美術字仍然看得清楚：

緊密團結在黨中央周圍，為實現四個現代化努力奮鬥！

偶爾也會在路口的牆壁上出現一幅巨大的廣告牌，上面畫了一個巨大的女人頭像，旁邊有幾個雪花膏模樣的瓶子。那女人穿了紅色旗袍，頭髮燙過，紅唇微笑著，絕不是以前宣傳畫中工農兵的形象，倒像是民國月份牌上的美人圖，是只有在電影裡才見過的，這令人有些詫異。

進南鑼鼓巷右拐再進東棉花胡同，麵包車停在左手的三十九號。黃色的街燈下，見到牆上的校牌，白底紅字，上書「中央五七藝術大學戲劇學院」，保留了「戲劇學院」四個字的主席體，還是「四人幫」時期的叫法。那時，原有的九所中央直屬藝術院校被綜合在一起，叫了「中央五七藝術大學」，江青任名譽校長。聽說那時的階級鬥爭十分複雜，門口的這塊校牌就曾經在夜裡被人偷偷摘下毀了兩次。

校園比入學考試時還要安靜。

門口的報欄裡張貼著今天的《人民日報》，套紅的大字標題赫然在目：「五屆人大第一次會議在北京隆重開幕，華國峰總理在會上做政府工作報告」。馬大文注意到「開幕」的幕字用的是新簡化字：「大」字下面加了個「巾」，大巾為幕，有點意思。照片中的五屆人大會場主席臺上，並排掛著毛主席和華主席的畫像。「一個嶄新的時代開始了！」馬大文心裡說。

迎面看到的四層灰磚辦公樓，牆面大半被常春藤「爬山虎」的枝蔓攀爬，縱橫交錯，纏纏繞繞。枝蔓上仍然有很多綠葉，比大東北的冰天雪地多了許多春天的氣息。

馬大文想起了考試時的命題作文《文藝之春》。

考試是在兩個月前的十二月。十二月十一日，上午考了素描，下午考了創作。次日，上午考了彩畫，下午考了口試。十七日上午考了政治，下午，馬大文坐在滿滿一教室的考生中考了最後一項：語文。他一氣呵成地完成了這篇作文，激情洋溢地謳歌了「百花盛開的文藝之春」：

> 從白雪皚皚的黑龍江來到首都北京，雖然仍是隆冬季節，這裡的文藝舞臺上卻已經春意盎然，百花盛開了……

馬大文的准考證是第〇五〇一號。

在北京參加考試期間，馬大文參觀了中央工藝美院已故老師李斛的畫展，觀摩了京劇《逼上梁山》，他把這些都寫在了作文裡加以讚頌。李斛和《逼上梁山》都曾在文革期間受到批判，如今，是再一次地「天亮了，解放了」，馬大文的「家庭出身」也終於不再是高考「政審」不可逾越的障礙和鴻溝了。

「這些穿托爾約克皮鞋的豬！」他想起了《美術家》裡的句子。《美術家》是烏克蘭作家舍甫琴科的小說，書中那些「穿托爾約克皮鞋的豬」是指那些富人和權貴。他拖到二十四歲才上大學，就是因為被文化大革命和這些穿托爾約克皮鞋的豬們所左右了。

他並不知道「托爾約克皮鞋」到底是什麼樣的皮鞋。他腳上穿的皮鞋是上海知青俞偉傑回上海探親時捎回來的，已經有些破舊了，但這樣的皮鞋即便在大上海也算得上「老克拉」，算得上講究和時髦的。俞偉傑的祖父是上海南京路亨得利鐘錶行的董事長，算是大資本家，這當然是解放前的事了。俞偉傑有親戚在香港，是海外關係。他自己則一心嚮往著美國，而美國對於馬大文來說，則像火星一樣地遙不可及。

「大學」這兩個字對於馬大文，也曾經像火星一樣地遙不可及。此刻，他雖然已經在去大學的路上了，卻並不清楚他要從頭學起的「舞臺美術設計」到底是什麼。他只是一門心思要上大學而已。不過，他總算趕上了這輛大學「末班車」。他深呼了一口氣。

辦公樓門旁邊的牆上還殘留著一小塊標語，原有的紅紙已經被雨水和陽光沖曬得失去了顏色，剩下的「提高」二字，讓人無法猜測出它的全部內容。

離收發室不遠的一間鋼琴房裡，傳過來一陣鋼琴練習曲，輕快、流暢、悅耳，間或也傳來女聲伴著鋼琴的練唱「啊啊啊啊……啊啊啊啊……」，音階從低到高，再從高到低，彷彿是老家黑土地上忽地飄起了一群五彩繽紛的風箏，給灰色的天空加添了盎然的春意。

校園不大，只有五座樓而已，前前後後，只要一轉頭，就可把全校景色一覽無遺，盡收眼底。

宿舍樓是「筒子樓」，也是灰磚的，也是四層，也被常春藤「爬山虎」的枝葉爬滿。

「看到嗎？三層右數第三個窗，就是你們的宿舍！」個頭不高的系祕書袁老師笑眯眯地說。

窗框的淺黃色油漆看起來是不久前才刷上去的。

袁老師帶著馬大文走進宿舍樓，一邊沿著樓梯上了三樓，一邊說我的女兒和你們一班，叫袁明，明天的明，明天就會來學校報到，你們多多幫助吧。袁明在東北插過隊，當過知青，能吃苦。

三樓樓道兩旁的宿舍有的關著門，有的敞開著，有人進進出出搬著東西，給人一種「新的一頁從這裡翻開」的感覺。

「你就在這屋住！」袁老師開了一間宿舍的門鎖，又拉了燈繩，說：「閉火也好用！」

這間宿舍朝南，放了四張雙層床，四張桌子和四把椅子，一個書架。

「你們四個人住這間屋。」說著，袁老師掏出一個小本的《工作日記》，看了一下，說：「張翔一會兒到，是四川的。司子傑，山東的，同時考上了浙江美院，明天一早到，你跟著學校的麵包車去接一下站吧。還有一個叫吳平，是北京的，這兩天也會到。」袁老師仍然笑咪咪地說。

馬大文放好了行李，看到床鋪上鋪著挺厚的草墊子，就說：「這兒整得挺暖和呀。」

袁老師說：「嘿嘿，就是裡面有臭蟲。」

馬大文說：「袁老師沒啥事兒，我抗咬。」

袁老師又「嘿嘿」笑了，說：「到時候你就知道臭蟲的厲害了。你們可以到總務處領點敵百蟲。」

馬大文打開行李捲，展開裹行李的狍皮墊子，鋪在草墊子上。

袁老師看了覺得稀奇，說：「嘿嘿，這可是好東西啊！袁明下鄉去東北，老鄉就給了她這麼一張皮子。」

馬大文把狍皮墊子鋪在草墊子上，用手捋了捋墊子的毛。

這時，樓道對門有了動靜。袁老師探過頭去，見一個男青年懷裡抱了一捲被褥，跌跌撞撞地走過來。

袁老師問：「這位同學，你是滕沛然吧？是那個東方紅汽車廠的電工吧？」

那個青年說：「哈哈我是，袁老師啊，您還給我們監過考呢。」

袁老師說：「喔，你們的准考證都是我填寫的。現在時興用簡化字，我就把舞臺的『舞』寫成了中午的『午』。」又給馬大文介紹了，說：「嘿嘿，你們是一個班的。」

馬大文說：「喔，袁老師，我在我們東北那嘎噠工作時還創造出不少簡化字呢，比如商業的商，裡面的八口沒了，還有系統的系，絞絲少拐了兩個彎兒。」

袁老師笑了：「那你得把倉頡氣壞了吧？」

馬大文說：「可不是咋地，氣得差點兒吐血！」又對滕沛然說：「我好像見過你，那天靜物考試的時候。你好像是左撇子，那色兒那味兒整得像曹達立吧？」

滕沛然說：「吆喝，行啊！記得準啊！曹達立是我老師啊！」

馬大文說：「我是半個左撇子，半個右撇子，時左時右，不是左派也不是右派，是中間派。」

滕沛然說：「吆喝，行啊！咱們是一個協會的！左撇子協會。你時左時右，就做個名譽會員唄！」

這話把袁老師逗樂了：「行，時左時右，左右逢源。左撇子時是腦子好使，右撇子時是腦子進水。滕沛然你住對門，你那屋還有三個同學隨後到。」又掏出了《工作日記》，看了一下說：「嗯，他們是：揭湘沅，挺少見的姓。文化大革命那會兒倒是常見，那個大揭發大批判什麼的……袁慶一，他們倆是湖南長沙的。還有一個朱小岡，你們班最小的，北京的，剛剛高中畢業。你們班就倆女生，袁明和孫路，和二班的蔡蓉、黃其智，四個人住一間，在二樓。」

馬大文說：「我還沒見過她們呢。」

滕沛然突然驚叫一聲：「唉呦喂，一個臭蟲！」他指著馬大文的草墊子。

馬大文順著滕沛然手指的方向看去，一個不大的深紅色的臭蟲正停在草墊子的邊上，虎視眈眈地注視著馬大文，一邊散出一陣微臭，一邊等著天黑之後吸他的血呢。滕沛然放下懷裡的被褥，抓起牆角的一個大號墩布，掄起來就要去砸，那臭蟲呼地竄進草墊子下，逃得無影無蹤了。

滕沛然嘴裡「嘖嘖」著，馬大文和袁老師也「嘖嘖」著。

袁老師說：「你這是高射炮打蒼蠅，大材小用啊。」

滕沛然說：「哈哈，這主兒有點兒忒狡猾勒。」

馬大文說：「還行，沒有我們那嘎噠的蚊子小咬瞎蠓邪乎。」

袁老師說：「袁明也這麼說。可是狐狸再狡猾，也鬥不過好獵手啊！學校有敵百蟲，不怕！嘿嘿。」

馬大文知道袁老師說的是《智取威虎山》裡的臺詞，就說：「嗯吶。二〇三首長說得對。明天到總務處那嘎噠整點敵百蟲去！」

張翔的火車晚點，半夜十二點多才趕到宿舍。這時，馬大文已經躺在了靠窗一張床的上鋪，拿著個本子在寫著什麼。見張翔進來，就作了自我介紹，知道原來都是屬馬的，今年二十四歲。

張翔穿了件米色卡其布夾克，挺新潮。放下大包小包，張翔揀了馬大文對面床的下鋪，鋪好床。果然是來自天府之國，張翔學者風度，不但善擺龍門陣，擺起來還抑揚頓挫，朗朗上口，像在演講一般。擺了一會兒韓包子賴湯圓鍾水餃和龍抄手，張翔吹了一陣口哨，像軍號一樣嘹亮，是「深深的海洋，你為何不平靜」。

馬大文說：「不行不行，我的下晚飯就啃了個大餅子，還是從東北帶來路上吃的乾糧呢。你說的這些好是好，可就是水中月鏡中花，越說越餓。我明天一大早還要去火車站接司子傑，咱們完了再聊。」

張翔說：「要的，要的！明天再接著擺龍門陣，我也得瞇一哈。」說是「瞇一哈」，卻舉起《許國璋英語第三冊》，默唸了起來，嘴巴在一開一合著。

樓道裡傳出了鼾聲，對門的滕沛然已經大睡了。馬大文也很快就睡了。

突然，馬大文被張翔的四川話吵醒：「錘子，砍腦殼地，龜兒子，咬死過人喔！」

「爪子嘛？誰人的錘子，老張？」馬大文警覺地探頭一望，見對面下鋪的張翔並沒拿錘子，卻亮著手電筒掀開草墊子捉著臭蟲呢。

「爪子嘛！龜兒子咬了我十個大包！這裡的臭蟲多得很喔！」張翔指著草墊子說：「你看那過落裡全是臭蟲！老馬你咋個沒挨咬？」

聽張翔這麼一說，馬大文也覺得渾身發癢，借來張翔的手電筒往鋪上一照，發現了五個臭蟲，已經被自己壓扁了。

「咬的時候沒啥感覺啊！」馬大文說。

「那是老馬的骨頭硬啊！」張翔看馬大文瘦得像鋼板，便讚許地說。

「東北人抗咬！瘦人抗咬！」馬大文說。

「唉呦喂！這兒還真有臭蟲唉！成災了唉，姥姥！」樓道那邊響起了滕沛然的叫喊聲，燈也亮了。

又聽到「砰」的一聲巨響，那臭蟲大概被他用墩布擊中了。

「臭蟲來了！」又有什麼人在樓道裡喊了起來。

「臭蟲來了！！」緊跟著又有另外什麼人在樓道裡喊了起來。

「臭蟲來了！！！」似乎全樓道裡的人都喊了起來。

「深麼來了？快鑽地道！」樓道盡頭朝南的兩間宿舍門開了，探出來三個黑影，看不清楚面貌，聽聲音不像是四川人，不像是東北人，不像是湖南人，更不像是北京人。

「是新疆班的吧？」樓道裡有人問。

「他們是外國人，舞美系的！」有人答。

「他們的宿舍沒有臭蟲？」有人問道。

「他們的床不鋪草墊子，鋪的是席夢思墊子！」有人答道。

「席夢思墊子是啥墊子？」除了狍皮墊子，馬大文還沒聽說過這種席夢思墊子。

「席夢思，席夢而思，有鋼絲彈簧的，安逸得很喔！」張翔說，連做了幾個被彈起來的動作，做得很有「彈性」。

「喔，是鋼絲做的！怪不得抗咬抗臭蟲。」馬大文說。想了想，又說：「明天整點敵百蟲來就好了！」

「要的，要的。我得瞇一哈囉。」張翔一夜沒睡，這時不禁呵欠連天，睡意闌珊，許國璋英語也不看了，一下子「瞇」了過去。

窗外天色漸亮，滕沛然張翔馬大文迎來了校園裡的第一個早晨。

司子傑到了，揀了靠門的下鋪，東西放在上鋪。他試了試草墊子，挺軟，說：「像俺在鄉下插隊時的穀草垛。」又說：「軟臥，下鋪。俺坐過火車，還沒坐過軟臥呢。硬臥上鋪倒是躺過一回，是跟別人輪換著躺的。軟臥要縣團級以上的幹部才夠資格呢。這會兒一下子能睡四年軟臥下鋪，不錯！」

很快，司子傑就在床頭書桌前釘了根竹竿子，又從背包裡抽出塊布，灰巴拉嘰的，用別針釘了幾條細繩，繫在竿子上，成了塊不錯的簾子。

馬大文說：「司子傑你在床頭這嘎嗟拉起這個簾子，就是高級軟臥包廂了！」

司子傑說：「俺這是下鄉那陣在山東臨沂費縣買的，是沂蒙山特產的土布，也就兩三毛錢一尺。」

張翔說：「要的要的！女娃兒來了，簾子一拉，就在床頭椅子那坐著，等你接見，巴適得很！」

「巴適」就是很好。

樓道對門宿舍的揭湘沅和袁慶一到了，兩人講著湖南話，有點像在朗誦毛主席詩詞。

過了一會兒，朱小岡也到了。朱小岡高中剛畢業，看上去很小。小岡八字眉，小眼睛，酷似掛曆上的樹熊，因為年紀太小，有點懵懵懂懂的。聽不懂湖南話，插不上嘴，他把東西放下了，不知道該幹些什麼，就「呵呵」地笑著。

又過了一會兒，樓道裡走過來一個男青年，高個兒，平頭，大眼，八字眉。青年穿黑色燈芯絨懶漢鞋，肩揹一捲被子，一手拎了個油畫箱，一手抱了一摞東西，像是紙板，用油紙包得很嚴實，外邊的繩子綑成個井字，貼著標籤，畫了酒杯和箭頭，大意是：「玻璃易碎，小心輕放，切勿倒置。」

「你們是舞美系的吧？好像在哪見過。」青年看見這夥人似曾相識，就問。

「唉呦喂，這是畫雲的那位吧？口試那會兒見過！就在我前頭，拿了張油畫《雲》。那雲，原子彈爆炸一樣，氣勢不小，大夥都挺服的！」滕沛然認出了這位青年，說。

「你是吳平吧？咱們住同一間宿舍，就是說同一節車廂，軟臥，我住上舖！」馬大文說。

「喔？軟臥？還沒坐過。本人正是吳平，口天吳，和平里的平。」青年說：

「趕情兒府上是在和平里？」滕沛然說：

「還差一段路。」吳平說，又按標籤上的提示，小心地輕放下帶來的油紙包，箭頭朝上，說：「我住朝陽門水碓子乙二樓一單元二〇三號！」

「吳平你屬什麼？」馬大文問。

「屬馬！」吳平答。

「馬是什麼馬？」馬大文說了句京劇樣板戲《智取威虎山》裡的臺詞。

「捲毛青鬃馬！」吳平答的也是京劇樣板戲《智取威虎山》裡的臺詞。

「要的，都是好馬！我——老張、你——老吳、你——老馬，都是屬馬，今年是馬年，是咱娃兒們馬到成功的一年！」張翔說。

「是馬兒們都上了末班車的一年！」大家說。

大家遂互相稱呼起「老張老吳老馬」，又延伸稱呼起「老揭老滕老司小袁小岡」來。

吳平見司子傑對面的那張空床，就說：「這兒沒人，我就跟這兒的樓下住，方便，缺點是缺少點兒隱私感。」「樓下」的意思就是下舖。

「好。軟臥下舖，縣團級待遇，上廁所優先。」馬大文說。

這時，又走進來一個瘦高個兒男青年，小平頭，穿一身黑，有點「小資」，自我介紹說是燈光班的于海勃，北京口音。知道張翔在學英語，打了聲招呼：「古貌林！好杜有圖！吃了嗎？」

「古貌林！好杜有圖！啥子都沒吃喔，龜兒子臭蟲兒倒差點把我給吃了！」張翔說，使勁撓了撓脖子，又說：「謝謝海勃接站！」

一班的張翔、揭湘沅、袁慶一，二班的蔡蓉、黃巨年和燈光班的王志純，都是袁青老師派于海勃接的站。

住隔壁宿舍的王志純來了，抓起桌上的暖壺倒了一茶缸水，水不熱，咕嘟咕嘟幾口就喝完了，一邊抹抹嘴，憨厚地笑了。

「志純，古貌林！吃了嗎？」于海勃打著招呼。

「膩刷啥？『古貌林』是幹甚咧？鵝莫吃咧！鵝不饑！」王志純說，濃重的山西口音，沒聽懂「古貌林」三個字。「膩刷啥」的意思是「你說啥」。志純穿了件米黃色卡其布上衣，分頭，很洋派。

「志純，你那老鄉倍兒厲害，你也厲害！」于海勃說。

于海勃講起了去北京站接站的事兒。昨天下午，于海勃在出站口接來了王志純。志純旁邊跟著兩個後生，吵架般地喊著話，一聽就是山西口音。倆後生一高一矮一胖一瘦，都穿著空心黑棉襖黑棉褲，原來是他鄉遇故知，都是山西萬榮漢薛西井人氏。倆人互相當胸懟了一拳，高的瘦子問：「咋啦？鬧甚的來？膩考上哪兒咧？」矮的胖子答：「鵝考上北大咧。咋啦？膩鬧甚的來？膩考上哪兒咧？」高的瘦子答：「膩考上北大咧？鵝考上清華咧！」

「鵝們都考進北金咧，是啦是啦！」

大家說這一高一矮一胖一瘦黑棉襖黑棉褲後生都考進「北金」，厲害了，志純也厲害了。

「鵝呢不高不矮不胖不瘦，又莫穿黑棉襖黑棉褲，呢鵝能比？人家呢才厲害咧！」王志純說。

「不高不矮不胖不瘦又莫穿黑棉襖黑棉褲就考進北金咧，志純，你更厲害咧！」大家說。

又互相寒暄了一會兒。外地來的幾個同學說了些話，都是些火車上人多，擠不進廁所撒尿，晚點一兩個小時又沒吃上飯的事，說著說著，就又覺得「鵝們呢肚子都餓咧」。

忽然間有個短髮女青年拎著個包，氣喘吁吁地趕進來，一邊說：「吳平你把這包忘在門口了，丟三拉四！」

「喔？王蘭你怎麼來了？」吳平回頭一看，又瞧了瞧床上的油紙包說：「這個包沒忘就行！」

「錢包也忘了！」王蘭遞過來一個錢包。

「我說怎麼感覺這身上的份量不太對勁兒！」吳平說。

大家注意到了青年吳平丟三拉四的習慣，也羨慕有女青年給拎包，更好奇那個油紙包裡到底包的是些什麼。

馬大文正要開口問，肚子卻咕嚕嚕響了起來，就說：「昨晚的大餅子早就消化了。」

司子傑說：「俺夜來就吃了碗疙瘩湯，稀溜溜的，這會兒肚子槓餓得慌！」

張翔說：「來份韓包子賴湯圓鍾水餃龍抄手就好了。」

揭湘沅說：「來一塊臘肉紅燒肉外加炸醬麵就好了。」
袁慶一個兒很高，這時餓得有點彎了腰：「有點湖藍咯臘肉就好嘍！」
朱小岡感嘆地說：「湖南挺好，臘肉還是湖藍色兒的，多新鮮！呵呵。」
滕沛然說：「唉呦喂，湖藍色兒的臘肉，沒聽說過！」
司子傑的肚子也咕嚕嚕響了起來，大意是說：「俺這會兒啥色兒的臘肉都能吃。」
滕沛然說：「得，門口鑼鼓巷就有油餅兒豆漿，咱們出去啜一把？」
大家豪爽地說：「行啊，油餅豆漿是好吃好喝！」
張翔說：「要的，不是豆汁兒就要的嘛！」又轉念一想，說：「我身上只有四川糧票，莫的龜兒子全國糧票，人家不賣呀！」
其他幾個外地同學紛紛說是啊，身上的糧票要嗎是黑龍江的，要嗎是湖南的，也沒地兒去換全國的呀。
失落之際，滕沛然說：「得！我這兒還有二斤北京糧票，夠哥兒幾個用了。」滕沛然說的北京糧票，在北京使用起來，就等於「全國糧票」。
說起糧票，馬大文想起來袁老師說過，外地同學的戶口和糧食關係就要轉過來了，食堂在西北角，校內吃飯還便宜些。又說對了，袁老師給咱們的校徽在我這呢。說著，就把校徽分給大家。
學生的校徽是白底紅字，也是主席體。袁老師說，那時老院長歐陽予倩寫信請毛主席給校名題字，主席就題了「國立戲劇學院」寄過來。後來要迴避解放前國民政府的那個「國立」，就改叫了「中央戲劇學院」，套用了中央美術學院的「中央」兩個字，也是主席給題的。
每人遂把校徽戴在胸前。

大家互相看了看穿戴：褲子都是直筒褲，基本上分不出特點，上衣式樣也有限，大同小異。揭湘沅、袁慶一、滕沛然的都是勞動布工作服，深淺新舊不一，袖口上有釦子。揭湘沅的略顯深些和新些，左胸印了四個白漆仿宋字：「安全生產」。馬大文、司子傑的上衣是簡化了的「中山裝」，不吊兜，叫「人民服」更合適。馬大文的上衣顏色最淺，質地最舊，似乎要刻意表現出「勞動人民的本色」。吳平和朱小岡的上衣既不是工作服也不是人民服，看不出明確的式樣。張翔的米色卡其布夾克，三開領，九成新，看起來十分別緻。大家看看自己的校徽，又看看別人的，都覺得校徽跟服裝最配的還是張翔。

司子傑說：「老張這夾克配這校徽，上中南海的舞廳跳舞都夠派頭了。」

張翔說：「No no no，上中南海的舞廳得穿銀灰色中山裝才對頭。舞伴兒嘛，就得是演電影的和文工團的嘍。」又說：「看來你娃兒舞跳得不錯？」

馬大文說：「咱們的專業是舞臺美術，簡稱『舞美』。舞美，舞美，舞起來才美！」

揭湘沅的工作服看起來也很不錯，因為「安全生產」那四個字令人想起宣傳畫上的工人階級，毛主席說：「工人階級必須領導一切。」

這時，馬大文又注意到了揭湘沅腳上的鞋，覺得也十分別緻，就問：「這鞋挺貴吧？」

大家一下子就把目光投向揭湘沅的鞋。這鞋與其說是鞋，不如說是靴：高靿，兩接頭，亞光，一截深，一截淺，深淺分明，就說：「這鞋怎麼也得十幾元錢一雙吧？」

馬大文說：「好鞋。在我們那嘎噠，恐怕還得憑票或者憑領導批條。」

馬大文在百貨商店做過宣傳員櫥窗設計還賣過貨，知道些國家的經濟政策。

揭湘沅謙虛地說：「逗霸。這是勞保，勞動保護，學名叫麂皮防油工作鞋，是俺最豪華的裝備。發的，沒花錢！」

羨慕之餘，大家又嘖嘖稱奇，說：「這鞋防油？畫油畫兒，非得有這麼雙鞋才成！」

司子傑抬起腿，腳上的三接頭皮鞋已經灰塵滿面了，就問：「誰有皮鞋油兒？借俺用用吧。」

馬大文說：「我這嘎噠有。」說著，指了指床下的一個牛皮紙信封，加了句，「我參加工作那年買的，用了七年半還沒用完呢。」

司子傑說：「老馬，咱們互通有無，我有點兒髮蠟，你也可以用。」司子傑是瘦臉，留長髮，用髮蠟更合適。

馬大文說：「髮蠟我也有，『滿洲國』那會兒的老貨。」馬大文雖然更瘦，卻是短髮，髮蠟根本用不上。

滕沛然看到馬大文鋪上有一張狍皮墊子，又注意到他衣袖上的深藍色套袖，就喊了起來：「唉呦喂，這不是皮貨商楊子榮的皮子嗎？何人所贈？」「何人所贈」這四個字也是《智取威虎山》裡的臺詞。

「『皇軍』所贈。在哪嘎噠？牡丹江五合樓！」馬大文也說了句《智取威虎山》裡的臺詞。

大家就湊到前面去參觀，連聲說好。

馬大文謙虛地說：「這狍皮墊子還行，不但防潮，還抗臭蟲！」又想起來：「對了，咱們得去總務處那嘎噠領敵百蟲了。」

司子傑發現了馬大文床頭的畫冊，裝裱著自己的東北油畫小風景，全是蘇聯式的灰色調，每張畫的下面都加了標題如《黃昏的道路》、《炊煙》、《夏天的早晨》和《薄冰》，就說：「東北的風景是好樣的，老馬起的名兒也是好樣的。」

正說著，揭湘沅和袁慶一的肚子也咕嚕嚕響了起來，就說，得了，吃油餅去吧。借老滕的糧票。油餅八分錢，豆漿五分錢，翻了翻兜，還夠。

待布景二班、燈光班和戲文系的新生們先後住滿了樓道兩旁的宿舍，還有二樓住進了女生，加上原來表演系兒童班的，技工班的和幾個住校的青年教師，宿舍樓一下子空前地熱鬧起來。

畫室的拉門半開著，看得到裡面的三位喀麥隆留學生，他們正在費力地聽著秦老師和孫先生「舞臺技術入門」的補課，一邊做著筆記。

木桌上放了一個很大的舞臺模型，是用三合板和木條做的，天幕吊桿柵欄天頂和舞臺臺口樣樣俱備。

從天窗射進一片柔和的光，照著模型和舞臺。秦老師坐在模型的左邊，抽著「香山」，煙霧不時地噴在那舞臺模型上，營造出一種不可思議的舞臺氣氛和燈光效果。

模型的右邊，坐了戲文系的孫教授孫家琇，人稱「孫先生」。

「這兒是沿幕和側幕。」秦老師說，指著舞臺模型裡掛著的墨綠色紙條，表示的是沿幕和側幕。

「Now, we see the masking,including boarders and legs，沿幕和側幕。」孫先生用英語說了一遍。

「boarders and legs，煙幕和則幕，窩們明白。」古阿姆說。

「沿幕和側幕。」秦老師糾正說。

「煙幕和則幕。」三個留學生跟著說。

「Good！Glad to know you all understand！發音不那麼重要，明白意思就好！」孫先生說。

「孫先生」其實是位女士，是著名的留美學者和莎士比亞專家，英文相當好，也是反右運動中被《人民日報》點名批判的著名右派。只是在中國，對於學術上有名望的人，特別是民國過來的人，就一概被稱為「先生」了。

三個喀麥隆留學生的中文實在太有限，無法理解秦老師「布景技術課」中的初級專業術語，儘管秦老師已經七七八八地額外教了他們一年，在他們身上已經花費了不知多少口舌和心力，他們還是聽得一頭霧水。因為培養三個喀麥隆留學生是上面指定的國際事務，不得已把已經年過六旬的頂級教授孫先生請來大材小用，用英語講解。

「沿幕和側幕是為了防止舞臺穿幫。」秦老師說。

「煙幕和則幕……穿幫是深麼？」恩臺比問：「是穿鞋嗎？」

「差不多。」秦老師說：「沒有沿側幕，就像是一個人沒穿鞋，或者沒穿褲子。」

「那是深麼？」留學生們齊聲問。

秦老師做了個穿褲子的動作。留學生們攤開了雙手，表示不明白。

秦老師又做了個躲藏到屏風後向前看的動作，伸出手向前指去，表示視線的穿幫。

「那是深麼？」留學生們齊聲問：「是hide and seek，捉迷藏，還是要shake hands, 窩手嗎？」

「不是捉迷藏，不是窩手，是握手。」秦老師轉念一想，又說：「也不是握手，是穿幫！」

孫先生哭笑不得，略加思考，對留學生們說：「是sight line，視線。You are supposed to cover the parts you don't want the audience to see，明白？這就是說：不要穿幫。」

「Oh，要穿褲子？不要穿幫？」阿姆巴說，一邊站起身來擺動了一下他的紅色燈芯絨喇叭褲，是在地安門商場前地攤上買的，兩元錢一條。

「Correct，不要穿幫。」孫先生說。

「不要穿幫！」三個留學生齊聲說。

「把這些專業術語掌握了，再練練畫兒，趕上班裡的其他同學，任重而道遠啊！」秦老師語重心長地說。

「Get to know all these technical terms, polish your drawing skills, catch up with the other students in the class. There is a long way to go——聽懂了嗎？」孫先生做了翻譯。

「聽懂了，路很遠，不要穿幫。」三個留學生齊聲說。

「星期天到寒舍吃飯，算是跟你們的中國同學正式見面。有好吃好喝，硬菜喔！」秦老師說。

「好吃好喝？恨好！寒舍是深麼？硬菜很硬嗎？」他們問，這句話聽懂了。

「寒舍就是我humble的家。」孫先生解釋著。

「Hamburger？包子？中國漢堡，我們吃過！很好吃的！」他們說。喀麥隆留學生的英語很有限。

「你們還挺逗的！漢堡包我也吃過，那年在東德。」秦老師說，「好了，就這樣定了。到時候我來學校接你們。有好吃好喝，硬菜喔！」最後一句話他們聽明白了。秦老師便誇獎他們有進步。

「有好吃好喝，硬菜，不要穿幫！」三個留學生一齊說。

秦老師和三個留學生一起走下了樓梯。

校門口鋼琴房前站著鮑莉莉老師和張孚琛老師，他們操著上海話，說工資要調整了，儂曉得伐啦？住鋼琴房隔壁的工友楊師傅，正從一輛平板三輪車上卸下一堆蜂窩煤，一面和蹲在地上抽煙的慕百鎖老師抱怨，說這次換的大米怎麼這麼多的砂子？鋼琴房再往裡，遠遠地看得到幾個青年教師，正聚在繪景教研組王錫平老師家門前蒸河南白麵「懶龍」，有個小個頭的女老師坐在旁邊的竹櫈上，正在仔細地摘著韭菜，煤油爐的煤油氣味漂散到了校門口。舞美系的幾個中年教師還沒分到住房，目下就和家屬住在鋼琴房東面的幾間北房裡。

灰色的辦公樓裡，走出了邢大倫老師，花白的頭髮隨意地攏向後面，見到收發室裡剛剛取出《北京晚報》和《參考消息》走出校門的設計教研組王韌老師，便停住了腳步，點燃了手中的「香山」，繼續和他討論起教學大綱和青年教師的工作量問題。

剛剛從東北寫生歸來的孫家銓老師穿了件灰大衣，圍了條紅圍脖，一個沾滿油彩的油畫箱綁在自行車的後架上。前面貨籃子裡放著一顆大白菜。

信箱旁的小黑板前，聚集了幾個外地的學生，見黑板上沒有名字，知道今天又沒匯款寄來，便失望地搖了搖頭。

還有人推著自行車躲在門口的電線桿子下，低聲地談論著：劉少奇快要平反了。忽然間，他們瞥見了三個留學生，立刻警惕地閉上了嘴。

校園的上空被如血的夕陽鍍上了一層暖暖的玫瑰紅，令北京的早春顯得孤獨而精巧。

操場上的籃球架間奔跑跳躍著汗流浹背的校隊隊員們，各個高頭大馬。體育課張老師響亮地吹著口笛，不時地叫聲：「好球！」

03 雲 The Clouds

公元一九七八年春

吳平從朝陽門水碓子家裡搬來的東西不少，都胡亂地放下了，四處散著，堆著，惟有對他的畫兒非常愛護。他小心地打開那個油紙包，裡面是一摞子油畫寫生習作，畫在油畫紙上，用襯板精心裝裱過。他仔細揭開夾在中間的墊紙，取出一套《青島組畫》，精心地釘在西牆上，又取出一幅金髮碧眼的外國少女側面像，是臨摹雷諾瓦的油畫，精心地釘在南牆上。最後，打開一幅大畫《雲》，精心地掛在書桌前。頓時，《雲》就像是一陣嘹亮的集結號，一下子招引了不少觀眾。

《雲》上，一團團的雲朵輕攏漫湧，被夕陽染成了金橙色。海水深而藍，像是遠在天邊，又似近在咫尺。海浪從海平線上滾滾而來，鋪排相接，噴濺著白色的泡沫，擊打在沙灘上。雲光奔瀉，一個紅衣人牽著一條黑色狗在海邊徘徊……

大家站在《雲》前，莊嚴地凝視著，肅穆地端詳著，半晌說不出話來。

「庫爾貝。」揭湘沅總結性地說出三個字。

庫爾貝是法國十九世紀畫家，喜好氣勢宏大氣派莊嚴的構圖，且對無盡的大海懷有一種莫名的熱愛。他善於表現海與天的光線，刻意在局部使用鮮艷明亮的顏色。

「庫爾貝。」張翔也說。

「庫爾貝。」司子傑、馬大文也一致說。

見那《雲》中所用顏料豐富而不同尋常，大家非常好奇：「用的是進口顏料？」

「出口轉內銷。」吳平回答。

「南是什麼南？」袁慶一問，指了指畫上的海水，「南」是湖南話，指的是「藍」。

「南是普魯士藍。」吳平回答。

「紅是什麼紅？」馬大文問，指了指紅衣人。

「紅是中國銀珠。」吳平回答。

「棕是什麼棕？」張翔問，指了指天空。

「棕是凡．代克棕。」吳平回答。

「黑是什麼黑？」司子傑問，指了指那條狗。

「黑是象牙黑。」吳平回答。

「綠是什麼綠？」滕沛然問，指了指樹叢。

「綠是橄欖綠。」吳平回答。

「灰是什麼灰？」朱小岡問，指了指海邊的沙灘。

「灰是高級灰。」吳平回答。

顏料果然是出口轉內銷，高級。

正當大家要接著問下去時，屋子裡走進了班主任秦學惠老師。

秦老師四十八歲，穿一件長呢子大衣，戴一頂嗶嘰鴨舌帽，兩樣都十分好看。他腰板筆直，態度和藹，像是訪問四國歸來的乒乓球代表團團長，剛走下飛機舷梯。

大家忙給秦老師讓座。吳平指著牆上的畫，說：「秦老師您給說說！」「說說」的意思就是「點評點評」、「指導指導」。

秦老師掏出一盒煙，是「香山牌」。帶些許大連口音，秦老師說：「嗯！說說？說說就說說！」大家忙湊了過來。

秦老師把「香山」在桌上頓了頓，看了一眼，說：「沒過濾嘴，這煙有勁兒！」劃火點著了，使勁抽了一口，又看了吳平的畫，豎起拇指說：「嗯，有想法！」「有想法」的意思就是「有意思，有構思」。

大家注意到，秦老師右手的食指和中指都被煙燻黑了。

「喔！」大家又仔細觀察了青島組畫，注意到組畫的構圖富裝飾性，紅磚碧海藍天，又抓住了青島的強烈陽光感，有點像德意志，有點像西班牙，有點像阿爾巴尼亞，更像青島，便一致認為，吳平的畫的確是「有想法」。

秦老師又講了不少學校老師的事，說起張重慶老師的海景，齊牧冬老師和李暢老師的設計圖，孫家鈺老師的「玩」色彩，這些都需要「有想法」才行。

「秦老師，人常說，搞藝術的人不能眼高手低，那您是啥子想法呢？」張翔問。

秦老師又抽了口「香山」，說：「啥子想法？我看呢，先得眼高，就是說先得有想法！眼高看，手緊跟！」

「喔秦老師，俺明白了，就是說要眼高手也高。」司子傑說。「俺聽說學校裡是臥虎藏龍，老師們各個是眼高手高的高手。有個叫王寶康的老師，五十年代留蘇的，秦老師可認識？」

提起王寶康，秦老師無比感慨：「太認識了！大才啊！那色彩，倍兒棒！可惜英年早逝，可惜，太可惜了！」說著，吐出口煙霧，伸出手搧了搧，彷彿要搧去那些不愉快的往事一樣：「那是六六年九月二十八號，文革開始不久，正是中秋節的前一天，國慶節的前三天，就在北教學樓東北角的鍋爐房，王寶康用一根鐵絲上吊自盡，才四十三歲。可惜可惜啊！」

大家問：「那是因為什麼自殺的呢？」

秦老師說：「還不是因為他人品好，工作能力強！他受到黨委重用，也就是楊尚昆夫人、黨委書記李伯釗的重用，擔任學院黨委委員和舞美系支部書記、政治協理員、系副主任。彭羅陸楊倒臺，楊夫人，就是李伯釗也受到迫害，王寶康也就跟著倒霉，被關了牛棚。他的母親當時住在棉花胡同二十二號院宿舍，因為是地主出身，也被街道批鬥。王寶康是個大孝子，他沒有結過婚，跟著母親過，母親被揪鬥對他是極大的打擊。他是個自尊心倍兒強的人，受不了這麼大的屈辱和傷害！」

大家都知道「彭羅陸楊」指的是北京市委第一書記彭真、解放軍總參謀長羅瑞卿、中央宣傳部部長陸定一和中央辦公廳主任楊尚昆。這段黑暗的往事令大家不勝唏噓。

揭湘沅問：「聽說學校有幾張王寶康老師的油畫人體，能看到嗎？」

「肯定能。可惜存世的不多了，都鎖在東教學樓袁青老師的材料倉庫裡。」

臨走，秦老師宣布：「咱們班全體，星期天晚上都到我家，開班會！」

大家問：「開班會……飯後？」

秦老師說：「飯前。你們中午都少吃點，留著肚子。我準備了好吃好喝，還有涮羊肉！」說著，秦老師嚥了下口水：「同時，給你們引薦一下班上的留學生，也算個外事活動，你們要一起同學四年呢！喔對了，他們的迪斯科跳得倍兒好啊！」

因為班上有「外賓」，秦老師就特意給他們講了三條「外交禮儀」：「第一：你們得注意要女士優先。比如男女一起上轎車，男士得給女士開車門，讓女士先上。男女一起來到畫室，男士得給女士開拉門，讓女士先行；第二：你們吃東西時，得閉上嘴，不能一邊吧唧吧唧嚼，一邊嗚啦嗚啦說，嘴裡的醬肘子豬腰子豆製品啥的不能給人看到；第三：千萬不能隨地吐痰！」

說時遲那時快，像舞臺上的「音響效果」一樣，樓道裡突地傳來一陣洪亮的咯痰聲，繼而「啪」地一聲巨響，那咯痰人就把痰吐在水泥地上。

大家一振，忙問：「秦老師，那有了痰可吐在哪兒呢？」

秦老師說：「吐在痰盂裡啊！」

司子傑問：「那要是有痰盂也不往裡吐呢？」

馬大文說：「痰盂邊上貼個條子：請將痰吐在痰盂裡。」

司子傑說：「這事兒老班長幹過。」

大家說起昨天早晨，一個穿軍大衣的新生學雷鋒，好像是舞美系的，他手握墩布，吭哧吭哧地拖地板，完了又拖廁所。拖完後仍不斷有人隨地吐痰。馬大文寫了個字條，中英對照，故意把字寫得歪歪斜斜：「請將痰吐在痰盂裡Please aim the spittoon.」他把字條貼在痰盂邊的牆上，躲在一旁觀看。

過了一會兒，一個新生走過來，「咔」地一聲咳出一口痰，「啪」地一聲吐在地上，抬頭瞥見那字條，低頭瞄了一眼散著腥臭氣的痰盂，說了句：「哎呀，晚了！」

又過了一會兒，另一個新生走過來，「咔」地一聲咳出一口痰，含在喉嚨裡，抬頭瞥見牆上的字條，唸出聲來：「請將痰吐在痰盂裡。」運了運氣，又說，「嘻嘻，還有英文！」對著那痰盂，「啪」地一聲，卻不偏不倚，把痰恰巧吐在字條上，就撓了撓頭，說：「Oh！Sorry！嘻嘻！」

大家哄笑起來，說這個故事有意思。

吳平說：「這主兒沒aim準！」

滕沛然說：「欠練！」

馬大文說：「旁邊要是沒有痰盂呢？」

大家答不出來，就轉向秦老師。

秦老師笑了笑：「那就吐在自己的手帕裡！」

大家恍然大悟，摸摸衣兜，卻發覺都沒帶上手帕。又都嚥了下口水，恨不得明天就是星期天。

「秦老師的府上是？」大家問。

「東城區華豐胡同十九號，不遠。」秦老師說著，又掏出煙盒，已經空了。今天的三盒半限量已經抽完了三盒，還有半盒在家裡。他搖了搖頭，加了句：「見見我的兩個小兒子，小蛋兒和小豆兒。小豆兒大名叫秦燁，愛畫畫！」

星期天終於到了。

按秦老師的話，午飯時，每人都少吃了一個饅頭，留了肚子。

午飯後，兩間屋的男生們討論了見到三個留學生時如何打招呼的問題。

「聽說他們講法語。」馬大文說。

「空你七哇。」袁慶一說。

「小袁你那是日語。」司子傑說。

「崩如！」袁慶一又說了一句法語。

「小袁你光這一句不行，不夠用。」朱小岡說。

「灑驢！」袁慶一又說了一句法語。

「他們應該會講英語！咱們練練吧。」吳平說。

「哈囉！好啊悠？OK？」揭湘沅說，鞠一躬，伸出手去，在空中握了握。

「好像不太正式。說好杜有圖怎樣？」張翔說，不太肯定。

「好杜有圖！我看可以。」馬大文說：「魯迅在《理水》中的遠古先祖們就說這樣的英語！」

「老馬逗霸。」揭湘沅說，又加了句魯迅式英語：「古貌林。」

「哈哈！古貌林！Good morning！咕嚕幾哩……魯迅有意思！」張翔說。

「對頭！俺給魯大師點個讚！」司子傑說。

「嘻嘻嘻嘻！」滕沛然聞聲走了過來：「老司，北京話說大師得這麼說，大字兒說成『的』，輕聲，魯的師！」又轉向馬大文：「馬的文，馬的師！哈哈哈哈！」

「滕的師！古德！」馬大文說。「古德」的意思是「good」。忽然想起了滕沛然的字典，叫《英華合璧大字韻府》，便說：「老滕，咱們查查那清朝人怎麼說？」

「成啊！」滕沛然爽快地應承著，一邊拿出了「韻府」，就是詞典。

「英華韻府」是大清同治年間出版的線裝書。

「我三大爺給我的，剛從哈德門花市兒家裡翻騰出來。我三大爺說現而今你們都在學英國話，這『韻府』興許能派上用場。」滕沛然說。

「韻府」散發出一股「敵百蟲」和「六六六」的味道，大家說可能是宮裡的滅蟲工作搞得好，但無論如何，這「韻府」夠得上「善本」。不過大家覺得清朝好像沒過去多久，就不把這善本當成多大一回事，遂笑嘻嘻地圍了過去。

「就查查Good一詞兒吧。」大家說。

「成啊！」滕沛然又爽快地應承著。

大家都向那韻府湊近。

滕沛然說：「Good！」說著，信手一翻，竟然一下子就翻到了「G字頭」的一頁，大家嘖嘖稱奇。遂湊近前去，發現韻府裡的英文全是用漢字注音，「Good」一詞也是。

大家不禁忙不迭地齊聲讀了出來：

Good，古德。古，去聲，德，輕聲。好、妙、佳、良、優、甲、強之意也。

又舉例說明：

Good morning，古貌林，早安，早晨吉祥之意也。

大家不禁想像著當年在紫禁城儲秀宮或體和殿，太監李蓮英或小德張給老佛爺西太后請安，大可使用此「韻府」中之例句，中西結合，華英合璧，曰：「老佛爺古貌林，萬歲萬歲萬萬歲！」

大家說笑了一通，覺得有些肚餓，是因為中飯留了肚子，少吃了一個饅頭。去秦老師家吃飯的時間還早呢，有人就問誰有吃的。想起吳平的書架上還有些麥乳精，就每人拿了湯匙，挖了一口乾嚼了，很香，卻意猶未盡，遂提議說早點去秦老師家吧，興許能先吃點瓜子兒什麼的墊補墊補。

張翔看了看腕上的上海錶，才兩點半，就說有點太早了吧。

吳平若有所思。他想起來一個人，叫馬克倫，是畫畫兒的，挺有意思，就住在不遠的胡同裡，便說我們早點走，順路去拜訪這哥們兒，看看畫兒。

大家說好啊，正想多認識些人呢。這個馬克倫聽起來倒像個外國人，說不定挺有意思呢，就跟著吳平出了校門。

吳平說：「這個馬克倫，我很早就認識他。有一次，我揹著油畫箱子在街上畫寫生，看他正帶著一幫孩子也畫著呢，我們就認識了。後來他給我看了他的一張油畫速寫，確實畫得不錯。他早期畫畫兒比較大膽，顏色咔咔咔咔幾大塊，感覺很好，那些孩子挺服他的。因為在胡同裡長大，他的社會底層意識，就是市民意識特別強，所以特想接觸一些上層人士，我就介紹他認識了一些人。那時他在鼓樓旁邊的一家小吃店賣包子，一邊老想著考中央美院和工藝美院，那倆『美』卻都沒去成。後來聽說中美要建交，就一門心思要去這個『美』了，美國的『美』」。

大家說這個馬克倫可真是個主兒，是個人物。

這一帶的胡同並不規則，而是有窄有寬。胡同裡的房子都是灰牆灰瓦，一個模樣。跟著吳平，右轉，從棉花胡同穿過南鑼鼓巷，沿著雨兒胡同，拐到東不壓橋胡同，來到一個小拐巴，見到巷子上方扯出一條紅布標語，貼了一塊塊白紙，上書：「嚴厲打擊一切刑事犯罪活動」。大家讀出聲來，說：「簡稱是『嚴打』呀。」

小拐巴一個破舊木頭門前，有四個男孩兒在打鬧。其中一個年齡略大點的，也就是七、八歲，一手把一個小點的男孩兒推倒在地，一手抵擋著旁邊一個男孩兒的攻擊。

「我小時候也玩兒過這些。還玩兒放屁簾兒，就是放風箏……等寒暑假時人湊多了，就玩兒疊羅漢、騎馬打仗，就更有意思了。對了，還玩兒『從大旗』。兩隊孩子面對面站著，互相挽著胳膊，伴著步伐齊唱：我們有求從大旗呀，我們有求從大旗呀……」朱小岡說。

「我小時候下午放學後都排隊結伴回家，前邊兒的還常常扛了木頭槍，是時刻準備著要打敗美國野心狼。」滕沛然說。

摔倒在地上的男孩兒抱著推他那男孩兒的腿，不肯鬆手。他們都互相說對方是美國佬，喊著「打倒美國佬」，各個的臉上都流著豆大的汗珠。

一個戴眼鏡的男子路過，幹部模樣，聽到孩子們的喊叫，就說：「不喊打倒美國佬了吧，中美快建交了！」

男孩兒們都不理他。

午後的陽光照在胡同裡，彷彿隔絕了城市的喧鬧，連孩子們「打倒美國佬」的喊聲，都像喊著「石頭剪子布」一樣抽象而籠統。胡同裡的世界仍然是個柴米油鹽與世無爭的世界。

馬克倫就住在破舊的木頭門裡。木頭門上貼著紅紙對聯，隱約看得出兩年前四人幫倒臺時的口號「大快人心事　揪出四人幫」，已經被風雨沖淡剝落，顯露出下面鐫刻的楷書「忠厚傳家久　詩書繼世長」。

吳平高喊一聲：「馬克倫！」沒人應。又連喊了四五聲，裡面一個蒼老的聲音答了話，是位先生，上海口音：「啥寧？」

「我！」吳平回答。

「儂是我？儂啥寧？啥事體？」蒼老的聲音繼續問。

「阿拉是朋友！」吳平回答。

「儂是伊個朋友？我伐曉得伊啥辰光回來！儂伐要港啦，伐要港啦，再會！」

聽蒼老的聲音這樣說，吳平就說：「沒戲。馬克倫這主兒大概又賣包子去了。」

想起附近胡同裡還有一人可見，就說：「還有一個人叫周夢遊，也是畫畫兒的，特別小資，也挺有意思，咱們去試試，看在不在家。」

「小資？咋個小資法？」馬大文問，又自己介紹了：「我想無外乎是窩頭切成片兒，抹了層豬油當三明治？」

「像俺？喝疙瘩湯加點檸檬汁兒？」司子傑說。

「泡妞兒拍婆子？跳交際舞？保持紳士風度？」張翔說，又看了看司子傑，接著說：「打點髮蠟，擦點皮鞋油兒？」

他指著司子傑的皮鞋。果然，那擦過皮鞋油兒的「三接頭」，比宿舍樓門口的小轎車「伏爾加」還光亮。

「耳聽莫札特？口誦朦朧詩？足登防油鞋？逗霸！」揭湘沅說，又抬起一隻腳，登的正是「麂皮防油工作鞋」，陽光下顯得既豪華又隆重。

「周夢遊要比這些還小資。」吳平說，「此人戴蓓蕾帽，喝濃咖啡，加牛奶和方糖，東風市場排隊買的。對了，還彈吉他，彈《啊，朋友再見》！」

「電影《橋》的插曲。」袁慶一說。

「這哥們兒還栽過跟頭，進過局子坐過牢。」吳平說。

「俺看這哥們兒忙活得也顧不上畫畫兒了！」司子傑說。

「畫也畫，畫風超前，咱們暫時還看不大懂！」吳平說。

大家跟著吳平走進黑芝麻胡同，再繞到帽兒胡同，走進了另一個小拐巴，見到一面灰色的牆上，用彩色粉筆精心書了大號仿宋體：「一個黨員一面旗，黨員責任在社區。」

「甭看這標語，瞧那邊，帽兒胡同三十五、三十七號，是婉容娘娘的故居！」滕沛然說。

「這一帶可真是臥虎藏龍啊！」外地的同學都感嘆地說。

小拐巴盡頭的木頭門也是破的，沒有對聯，門前的一對兒小石頭獅子一個缺了半邊臉，另一個缺了半邊屁股。門前的一塊光滑空地上，五個女孩兒在玩「跳房子」。房子是「六格房」，用白粉筆畫在地上，每個格子裡都寫了數字。女孩兒們單腳跳、雙腳跳，蹦蹦噠噠地踢著一隻碎布縫的沙袋。她們都穿著棉襖，外面套了罩衫，有格子的，有碎花的，還有一個小些的女孩兒穿了件淺色的衣服，套了件紅色的馬甲，胸前繡了隻小白貓。門墩旁也坐了一隻小白貓，不聲不響地望著她們，和小女孩兒馬甲上的一模一樣。她們給這灰色的胡同添加了一些春天的氣息。她們沒有像打架的男孩兒們那樣大汗淋漓，臉蛋兒卻都是紅撲撲、汗津津的了。

「這個，袁明和孫路小時候肯定玩兒過。」大家說。

「我們那嘎噠叫跳格兒。」馬大文說。

「我小時候胡同裡的孩子多，差不多每家都有幾個孩子。放學後門口一吆喝，一會兒就能湊到十幾個孩子。」滕沛然說。

吳平高喊一聲：「周夢遊！」

沒人應，女孩兒們卻嚇了一跳。又連喊了四五聲，這次是一個年輕的聲音答了話，聽不出是男是女，像是南京口音：「那個？」

「我！」吳平回答。

「我？我是那個？」分不清男女的聲音問。

「我是吳平！」吳平回答。

「吳平……吳平是何許人也？」

「吳平是周夢遊的朋友！」吳平回答。

「乖！都說是朋友，朋友也沒用。幹嘛斯啊！周夢遊不在家！」分不清男女的聲音說，又加了一句：「周夢遊夢遊去了！」

大家一時語塞。

「這主兒夢遊去了。」滕沛然說：「得嘞，齊活！倆主兒都不在家，都到齊化門兒夢遊仙境去了！」

「老吳先欠各位一頓！」吳平有點不好意思。

「老吳欠俺一頓『馬凱』。」司子傑說。

「馬凱何許人也？」馬大文學了第二個拐巴木頭門裡的語氣。

「馬凱就是地安門拉裡的餐廳，湖藍菜！」袁慶一說。

滕沛然一聽樂了，說：「湖藍色兒的菜馬凱不見得有，凡・代克棕色兒的湖南菜還備不住！」

大家說笑了一陣，拐進寶鈔胡同，最後再向東一拐，就找到了華豐胡同十九號，是秦老師的家。門口恰好碰到袁明和孫路也到了，男生們就說你們錯過了我們的遊訪名人之旅，講了適才訪馬克倫周夢遊而不遇的事，袁明孫路都說這事幹得不靠譜。

司子傑說：「孫小妹，啥時候俺能有幸拜望令尊，老爺子的畫兒俺可是仰慕已久了。」「老爺子」是大名鼎鼎的畫家孫滋溪先生，家住北海後門氈子胡同，大觀園恭王府和珅故居那一帶。

孫路說：「沒問題！熱烈歡迎劉姥姥們一起來我們大觀園做客。不過我得先跟我爸說好。」

大家都說這是一個好主意。

秦老師的家在一套不錯的院子裡。還沒踏進大門口，就聞到了陣陣「好吃好喝」的味兒。廚房的門半開著，湧出一團團的熱氣中，看到了秦老師和師母忙忙活活的身影。

小蛋兒和小豆兒都在家。

十六歲的小蛋兒抱了個錄音機「磚頭」，一邊聽著鄧麗君，一邊屋裡屋外地幫著打下手。十歲的小豆兒帶著幾個孩子在房頂上跑著玩著，每人手裡都抓了團膠泥。他們喘著氣，流著汗，轉眼間又跳到旁邊的牆頭上。一個大嬸探出身，大嗓門地喊叫起來。跑在前面的小豆兒見家裡來了一群學生，急忙躍身而下，衣服兜裡的火柴皮煙盒彈球「嘩啦啦」滾落了一地。他舉起手用力一甩，「啪」地一聲，把那團膠泥重重地摔在地上。學生們不禁拍手喝采，小豆兒忽地覺得有點窘，臉紅了起來。

三位喀麥隆留學生已經坐在客廳裡，正喝著茉莉花茶呢。客廳裡光線黯淡，看不清他們的面孔，只看見他們的眼睛和牙齒閃著光亮，還有，就是他們三人的喇叭褲，寬大的褲腳像掃把一樣地拖在地面上。果然，他們在講著聽不懂的法語。

大家湧了進來。秦老師忙不迭地招呼著大家吃瓜子兒，一邊說：「來，我給你們介紹一下。」

揭湘沅張翔吳平馬大文等主動開口打了招呼，講的是英語：「Hello！」

留學生中的一人站了起來，揚起手說：「Hello！膩浩嗎？窩的名字叫古阿姆・讓，窩的中文名字叫達偉智！」古阿姆・讓戴了寬邊眼鏡，嘴唇寬厚，態度十分友好。

另外兩位沒起身。

第二位舉起胳膊說：「Hello！窩的名字叫恩臺比・恩臺比。」恩臺比・恩臺比的頭髮很短，頭頂有點尖，神情有點嚴肅和憂鬱。秦老師說過，恩臺比的社會背景咱們不是太瞭解。

最後一位個兒高些的，頭髮蓬鬆地捲著，嘴裡嚼著口香糖。他右腿架在左腿上，抖動著，既沒揚手，也沒舉胳膊，只說了句：「Hello！窩的名字叫阿姆巴・艾曼紐。」又咧開嘴笑了起來：「嘻嘻嘻嘻嘻嘻！」

大家都覺得阿姆巴・艾曼紐其實是個很隨意，甚至有點吊兒郎當的人。

揭湘沅張翔吳平馬大文等正要說How do you do，就是「好杜有圖」，卻不料三個留學生不約而同地說出一句中國話來：「窩愛你！」說完就嘻嘻地笑了。

秦老師和大家也哈哈地笑了。秦老師覺得稀奇，不知道他們是從哪兒學到了這些詞彙。雖然他們在語言學院讀過一年中文，「我愛你」這三個字，課堂上是不會教的。

小蛋兒小豆兒也跟著嘻嘻哈哈地笑了。

秦老師先介紹了兩個女生：「女士優先。這位是袁明，這位是孫路，班上的兩位才女。」

袁明說：「こんにちは空你七哇。」

袁明在學日語，常常不管遇見什麼人，逮住一個就用日語問候。每當見到班上同學，她就深深鞠躬，說出這句「空你七哇」。被逮住的同學略略還禮，一邊重複這句話，等袁明再說出一大串日語而無言以對時，那同學只好頻頻鞠躬，說上一句「薩喲那啦」，意思是「饒了我吧」，就笑嘻嘻地逃之夭夭了。

這句「空你七哇」誰都會說，古阿姆也會說，就重複了一句：「空你七哇。」也躬了躬身。

孫路很想去法國學蛋彩畫「坦培拉」，已經學會了幾句法語，就說：「崩如。」

三個留學生聽了格外高興，齊聲說：「Bonjour，Mademoiselle！」看了看她們倆，說：「你們很美麗！」

聽留學生誇讚她們美麗，不禁有些尷尬。待留學生們正要和她們行貼面禮，孫路卻跑開了，一邊哧唦地笑著。

秦老師還把其他人都一一介紹給留學生：「這位是揭湘沅，老街，揭的師，人像畫兒大師；這位是張翔，設計課代表，素描厲害，會拉大提琴；這位是司子傑，繪畫課代表，也叫司維坦，小風景特有味兒；這位是朱小岡，出身藝術世家，班上最小的，畫兒棒。二十年代中期，小岡的祖父朱世傑先生同顏文樑、胡粹中二先生創辦了蘇州美術專科學校，就是後來的蘇州美專，被人譽為滄浪三傑，又稱顏胡朱，上海話唸成『眼無珠』。」

「顏胡朱，眼無珠，滄浪三傑！」大家都知道蘇州美專，更見過顏文樑的畫片，都很景仰，就問：「小岡你認識令祖父？還認識顏文樑？」

朱小岡說：「我當然認識我爺爺！我小時候爺爺帶我去過顏先生家，還見過顏夫人和他們的兒子呢。」

「那時候要是也帶我們去見識見識就好了！」說話的是一個高個青年小伙子，湖南口音。

秦老師笑了：「那時候你還在湖南玩皮球呢！」又說：「這位是袁慶一，小袁兒，畫也兒棒，籃球打得好。」又問道，「小袁兒，你有多高？」

袁慶一忽地站起身來，說：「一米八厄厄。」

大家又笑了，留學生沒聽太懂，卻也笑了。

秦老師說：「正好大家都到了，咱們就開個班會，內容是宣布班幹部，也讓大家互相認識一下。」說著，就先介紹了班長：「這位，馬大文，老馬，畫蘇聯小風景，你們的班長。」

馬大文挺著腰板，點了點頭。

司子傑說：「老班長。」

又介紹了吳平和滕沛然：「這兩位是團支書和副團支書。吳平，老吳，忒有想法，畫雲高手；滕沛然，老滕，色彩倍兒棒。」

滕沛然和吳平咧開嘴，也點了點頭。

當班長的事，秦老師事先就告訴過馬大文，說你當過先進工作者，就也當一回班長吧，事兒不多，也就是早晨喊喊大家起床做操跑步，偶爾打掃一回教室什麼的。馬大文說，不是說幹部要選舉產生嗎？秦老師說，這種小幹部是小打小鬧，沒那個必要。至於團支書和副團支書要做什麼，並沒有向吳平和滕沛然說明。

「班長是深麼？」留學生們一起問道。

「Class Head，班上的頭兒！」揭湘沅說。

「那是深麼？」古阿姆問，有點警覺，像是說「這人怕是你們組織上派來監視我們的吧？」

「那是……」張翔掏出袖珍單詞本，翻了一下說：「Monitor！」

費了很大的勁，大家才向留學生解釋清楚。

「喔，是chief吧？你是嗎？」恩臺比問馬大文。

「Chief是什麼？」馬大文不知道。張翔的單詞本上沒有，大家也都不知道，就對滕沛然說，老滕你怎麼沒把那本「英華韻府」帶來讓大家查查？

古阿姆從背包裡拿出一本畫冊，是法文的。一張彩色照片上，一個通身穿金戴銀的非洲男子神氣十足地坐著寶座。男子臉上塗了顏色，手握一把鏟子似的東西，金光閃閃，好不威風。男子的周圍站立了十幾二十個非洲女子，年齡有大有小，各個都裝束奇異。

「這個，就是一個chief！這些女人都是愛人，他的！」古阿姆說。

「這麼多！」大家無不感慨地說。

「A lot more，還有呢！」阿姆巴說，嘻嘻地笑了。

「原來是酋長，也就是族長或首領啊！」秦老師說。

「這個酋長，好樣的！俺給他點個讚。老馬也是好樣的！」司子傑說，「老班長當了老酋長，妻妾成群，別忘了俺大夥啊！」

「行！到時候給你們每人分兩個！」馬大文說。

秦老師見團支書和副團支書的職務太難解釋，就略過不提，大家說笑了一陣，師母來了，說晚飯好了，大家快過來吃飯。

秦老師平時一家四口人吃飯的桌子，今天居然擠下了十七個人。師母主廚燒出了滿滿當當一桌子「好吃好喝」：紅燒肉、清蒸魚、春捲、炸醬麵、小米粥，還有秦老師親自準備的涮羊肉。電磁爐上，一個像臉盆一樣大的鍋，熱氣騰騰地煮了一盆水，咕嘟咕嘟愉快而熱烈地響著，冒著熱氣。羊肉是在牛街買的「議價肉」，一．九五元一斤，比牛肉還貴一毛五，但不用花肉票，買來後直接凍在留學生食堂的冰箱裡。羊肉凍硬了，再用木匠的刨子刨。刨出的薄片厚度一致，又自然地捲起來，像一個個洛可可紳士頭套上的髮捲。

一大桌子好吃好喝如風捲殘雲般被吃得乾乾淨淨，大家吃得滿頭大汗。飯後又聽了不少鄧麗君的歌兒，都覺得十分盡興。

該回學校了。大家都說秦老師的「班會」開得成功，說「這次大會是一個團結的大會，勝利的大會」，是一次真正的「好吃好喝」的大會。留學生也誇讚了，費了些勁，還是表達明白了，大意是：今天的晚餐要比他們家鄉chief酋長的晚餐更像一個chief的晚餐。

二月夜晚的天空黑得有些發紫，看不到一片雲。胡同裡沒有了白日間嬉戲打鬧的男孩女孩們，沒有了登平板三輪運蜂窩煤的男人和挎籃子買大白菜的女人們，只有路燈照在地面上，便顯得清冷、安靜和寂寥。間或從後窗裡透出的昏黃燈光，給胡同的夜色添加了幾分慵懶和迷離，令人想起趴在爐邊已經睡著了的貓。

偶爾會從哪一個黑暗的角落裡鑽出一個人來，分不清男女，裹在棉襖裡，拖著短粗的影子，凍得絲絲哈哈地向公共廁所跑去。

同學們的說笑聲，給這夜色帶來了不少生氣。

04 有天窗的畫室 The Studio with A Louver

公元一九七八年夏

第一張作業是鉛筆素描。

早晨八、九點鐘的太陽照在畫室的迴廊上，迴廊的扶手欄杆投下斑馬線般的光影。灰色的拉門大開著，柔和的自然光透過天窗照在桌上的靜物上。

教素描課的周老師周祖泰是上海人，小個頭，微胖。周老師也戴鴨舌帽，式樣和秦老師的相仿，感覺上卻大不相同。秦老師戴鴨舌帽像「最可愛的人」，周老師戴鴨舌帽卻像「地下工作者」。

果然，秦老師是參加過抗美援朝的志願軍，周老師則是戰鬥在敵人心臟的文藝青年。聽說解放上海時，街頭最早出現的朱毛畫像，就是周老師和一位姓曾的美術老師在「地下」偷偷畫的。他們躲在一位國軍少將的官邸裡，是在新閘路泰興路口的一座漂亮洋房。他們掛了窗簾，畫得相當保密。那時窗外警備車呼呼地經過，十分驚險，據說若被查到就該「格殺勿論」了。

周老師一邊指揮著，一邊哼著他兒子作的曲兒。他兒子周龍也是七七級的，在中央音樂學院學作曲。

在周老師的指揮下，大家七手八腳地支起了畫架，放好了畫板，開始了嚮往已久的第一課。

靜物是一組精心布置的石膏幾何形體：一個三角立錐，一個立方體，一個圓球，一個圓柱體，都安靜祥和地擺在灰色的襯布上，營造出樸素而典雅的光影。光影的交接處柔和而分明，暗部受亮部的反射，層次豐富而微妙。

畫板上的素描紙是裱上去的，平整而乾淨。每人手裡都握了一把鉛筆，從2B到6B，削得很尖。大家禁不住一陣激動和興奮。

按周老師的教導，每人都畫了幾張小稿，以探索構圖。周老師轉了一圈，發表了一段精妙絕倫的演講，是上海口音。

周老師說：「各種繪畫語言，就靜物畫而論，所採用的構圖影式……」喝了一口杯子裡的「鐵觀音」。杯子是一個玻璃果醬瓶，套了個尼龍絲編織的杯套，很好看。

「繪畫語言，構圖影式……」馬大文心裡重複了一下，就馬上醒悟到周老師說的「影式」實際上就是「形式」。

周老師繼續侃侃而談：「其影式多為：水平、垂直、傾牙、金字塔、讓方影、塞高影……」

「傾牙……喔……是傾斜吧？」馬大文想，因為周老師的手做了一個「傾斜」的動作。

「讓方影、塞高影……喔……是長方形和三角形吧？」馬大文又想。

果然，周老師伸出左右手的拇指和食指，指尖合在一起，做成了一個完美的「塞高影」。

「……這幾種構圖各有各的審美特點：水平構圖有安靜、祥和感，垂直構圖有嚴肅、雄壯感，傾牙的構圖有動態感，曲線形構圖有柔美、變化感，金字塔構圖則有莊嚴感。個麼，塞高影呢？」說著，看了看臺子上靜物的構圖，竟和手勢比劃出來的「塞高影」一模一樣。

「穩重感！」周老師說，遂將兩手手指伸直，上下平行著，向下壓去，是一個很有「穩重感」的手勢。學生們模仿著周老師的手勢，體會著各種不同的構圖感受。周老師又翻開了一本畫冊，是從家裡帶來的俄文版：「大噶看看夏爾丹！」

「Chardin！」張翔說，他剛剛在資料室的畫冊裡研究了夏爾丹，英文版。

「對地呀，Chardin！構圖充滿了美的規律。什麼是美的規律？」看了看大家，沒人答得出來，便接著說：「第一，要集中而不單調；第二，要穩定而不呆板；第塞，要飽滿而不滯澀；第四，要活潑而不散亂。」

有幾個人連忙用2B鉛筆在畫板上做了筆記。

「大家再回憶一下沈逸飛和魏景山的油畫《佔領總統府》，它的構圖，也是一個典型的塞高影！而那總統府的建築，也就有傾牙感！」周老師說的「沈逸飛」就是青年畫家陳逸飛。

周老師的話說得大家心悅誠服，卻說得三個留學生一頭霧水。他們用法語交換了意見，「哧哧」地笑了。

同學們遂紛紛審視了各自的小稿，一邊用兩手的拇指和食指指尖對起來，做了「取景框」，找尋各自的最佳構圖。結果，還是選擇「塞高影」的居多。

大家慢慢地起了輪廓，鋪出大致的光影。

站在畫架前的張翔，身穿棕色燈芯絨外套，用拇指和食指捏著一隻2B中華牌六棱鉛筆，在素描紙上輕快地劃過，畫出了一大片優雅的線條，一邊同樣優雅地吹起了口哨，是德沃夏克的《幽默曲》，明朗、愉快、精緻，又像軍號一般嘹亮。

站在揭湘沅身後的朱小岡，高中畢業後直接入學，雖然極具藝術天賦，卻沒有任何社會經歷。朱小岡剛滿十八歲，穿了件和揭湘沅一模一樣的軍大衣，像是裹了條一模一樣的軍用棉被。他努力模仿著張翔的口哨，卻遠不如張翔的響亮悅耳和爐火純青。

三位喀麥隆留學生像小學生寫字那樣地握著鉛筆，不時地用橡皮擦拭著畫面，擦著擦著，終於擦得一塌糊塗了，便索性停下，不擦也不畫，只看著周圍的同學們，不時地發出長吁和短嘆。

周老師走到古阿姆的畫前坐下，說恩臺比、阿姆巴你們都過來。又調整了畫架的角度，示意了拿筆的方法，講解了明暗和光影，說：「要曉得，這些洗雕，」說著，用鉛筆在畫板上示範出了一根美妙的線條。

「洗雕，」旁邊的張翔為古阿姆做了翻譯：「Lines，線條。」

周老師點了點頭：「對地呀，洗雕。洗雕和這些輪廓，其實都是伐存在地，都是假定地！」

「輪廓是深麼?車輪嗎？」恩臺比問，兩手滾動著，表示車輪的運行。

張翔掏出袖珍單詞本，找出了「輪廓」的英文：「Outline，是outline，輪廓。」

周老師又點了點頭：「對地呀，輪廓。是因為光，而光產生了影，光影產生了明暗，才有了影體，也就有了輪廓。光影，交關要緊，儂曉得伐？」見古阿姆沒有反應，遂看了看張翔。

「曉得了。光，要有光！Light！」張翔邊說，一邊用鉛筆指了指天窗。

天窗外正有一群鴿子飛過，響起一片鴿哨聲。

「Oh，pigeons，你是說鴿子！」阿姆巴說，雙手放在下巴兩旁，做出翅膀搧動的動作。

「No，not鴿子，是光，light，light！」張翔說。

「Let there be light，上帝說，要有光。」古阿姆說了句《聖經•創世紀》裡有關「光」的話。

「阿門。」恩臺比和阿姆巴齊聲說。他們都在去年聖誕節時去王府井大街七十四號做過彌撒。那裡的天主教聖若瑟堂已經對外國人開放。

周老師也抬頭望了望天窗，感慨地說：「光，這種奇妙的東西，有了它，就有了擬撒。沒有它，就沒有了擬撒。」

「擬撒，藝術，就是art，要有藝術。Let there be art！」揭湘沅脫口而出。

留學生們齊聲說了句：「阿門。」

他們的對話吸引了全班的興趣，大家就索性停下畫筆，聚攏過來。

「光，讓阿拉窺到了物體。」周老師說。「光，讓阿拉窺到了靄色。」

「靄色，就是顏色，color！」揭湘沅又對留學生們說。

周老師又點了點頭：「對地呀。光，同靄色一樣，千變萬化，化幻無窮，窮形盡致！」又放下手中的玻璃杯，鐵觀音像跳舞的小人一樣在水中站立擺動著，金綠色的光影令人十分愉快。

「在這個世界上，沒有兩片樹葉是一式的，也沒有兩種光度是一樣的。一種物體在光照下至少可以顯示出幾伯個色度。」周老師接著說。

「幾伯個？幾百個色度！」馬大文驚訝地說。

大家也都驚訝不已，環顧四周，對世界似乎有了全新的認識。

周老師又翻開俄文畫冊，指著達・芬奇的《蒙娜麗莎》，說：「Da Vinci，Mona Lisa，永恆的微笑，色彩微妙，光影迷離！而這一切都是從雅裡向來？」

「Where…did da Vinci come from?」這次是吳平做的翻譯。

留學生們聽懂了，便說：「From Vinci，那個Italy鄉下的地方，叫Vinci。」古阿姆說，他曾去過盧浮宮，見過原版的《蒙娜麗莎》，也曉得「達・芬奇」就是從「芬奇來的」。

停頓了一下，周老師舉起左手，在空氣中虛擬出一個蛋狀物體，又瞥了一眼頭上的天窗，彷彿一束神祕的光正照射在那神祕的蛋上。周老師莊嚴地說：「這一切的一切，都是來自這隻普通的雞碟之中！」

周老師的語氣篤定、自信，像是俄狄浦斯破解了司芬克斯的謎題，像是陳景潤證明了哥德巴赫猜想。

大家都知道周老師說的「雞碟」就是「雞蛋」，就接著聽周老師的教誨。

「一隻雞碟，窺起來老簡單，畫起來伐容易！」

接著，周老師講了達・芬奇「畫碟」的故事，說他小時候到「翡冷翠」學畫，第一課就是畫「雞碟」，畫來畫去，畫了無數隻「雞碟」，雖然並不情願，卻終於在多年後畫出了一幅《蒙娜麗莎》。大家的眼前彷彿掠過幾百年前「翡冷翠」的天空，突地出現一隻兩維的、平面的「碟」，在達・芬奇的筆下慢慢地變成了三維的、立體的「蛋」。

周老師還講了陳逸飛的頭盔。

這時，上海的陳逸飛和魏景山已經畫出了油畫《佔領總統府》。畫面上一個解放軍頭戴國軍的鋼盔，畫得錚明瓦亮，擲地有聲，令人想起倫勃朗《戴鋼盔的人》，畫畫的青年們都非常服氣。

「沈逸飛的頭盔，港來港去，還是一個素描的問題。進一步港，就是一個雞碟的問題，也就是基礎的問題！」周老師看起來性情溫和可親，說起藝術來卻甚易激動。「基礎，基礎，最重要的還是基礎，畫雞碟畫石膏都是在打基礎。你們一定要打好基礎，牢牢地！」接著，又批評了當年國立藝專那些不愿打牢基礎的人：「那些寧，搗漿糊玩花樣的寧，現在都伐曉得在搞啥麼事，都伐曉得跑到雅裡向去了！」

大家並不曉得那些「玩花樣的寧」搗的是怎樣的漿糊，玩的是怎樣的花樣，只曉得周老師的話沒錯，便連忙點頭稱是。只是四個留學生又聽得一頭霧水，他們面面相覷，吡吡地笑了起來。

周老師抓緊手中的「雞碟」用力一握，彷彿聽得到「咔嚓」一聲響，「雞碟」被握得粉碎。

沉默了片刻，同學們都猜想那「雞碟」既然已被握碎，基本功已勝券在握，是開始畫《蒙娜麗莎》的時候了，便熱烈地鼓起掌來。

05 難忘的葉賽妮婭 Unforgettable Yesenia

公元一九七八年春

北京的三月，和煦的春風拂走了嚴冬的冰雪，稚嫩的花枝吸吮著塵世的氣息，馬路上胡同裡來來往往進進出出的人們仍穿著單調的中山裝人民服和臃腫的棉衣，臉上卻流露出前所未有的興奮和激動。

東城區東棉花胡同三十九號中央戲劇學院舞美系七七級的新生們也是如此：這個世界好像在一瞬間就變了個樣，令人眼花撩亂，目不暇給，彷彿突然間學校食堂高聲宣布：

「同學們，黑板上寫著的『今日午餐』一律免費供應：古老肉獅子頭醬肘棒四喜丸子紅燒茄子土豆燒肉粉條白菜炒三丁炒青椒豆製品雜合菜，還有饅頭餃子米飯肉龍兒捲兒棒子麵兒粥鹹菜條兒，同學們，來吧，給黑板一個擁抱吧！」

食堂並沒有提供免費午餐，同學們也沒有給黑板一個擁抱，卻都努著嘴湊向前去，給這個變化中的時代一連串「熱烈的吻」。

這個時代每天都有一些激動人心的新生事物向他們湧來……

幾年前還憑票供應的「三大件」手錶、自行車和縫紉機已經不再那麼緊俏，姑娘們出嫁的條件，現在是「三十六條腿」、雙卡錄音機、雙缸洗衣機和黑白電視機。

剛入學時，學校還開了大客車，拉著全校師生到北京體育館參加過文化部組織的批判會。被批判的是「四人幫」在文藝界的代表人物和幾個隨從。他們在中間站立著，偶爾也被准許坐下來休息。批判大會不見了文革期間那「秋風掃落葉一樣殘酷無情」的肅殺氣焰，倒有著幾分敷衍了事、公事公辦和心不在焉，給人的感覺是批判會的時代已經過去了。人們學著電影《列寧在一九一八》中的臺詞說：「列寧……已經不咳嗽了。」

八個樣板戲和「戰地新歌」悄悄地退出了歷史的舞臺，取而代之的是校園歌曲，卻不是從前校園唱過的〈學習雷鋒好榜樣〉和〈我們是共產主義的接班人〉，而是〈清晨〉、〈蘭花草〉、〈陽光和小雨〉和〈外婆的澎湖灣〉……校園歌曲樸實明快、蓬勃向上、毫無矯飾，充滿了活力，令人耳目一新。

三洋牌單卡錄音機「磚頭」來了，鄧麗君甜蜜溫柔的歌聲來了。年輕人騎著自行車，一手扶車把，一手扶著肩上的「磚頭」，「磚頭」裡響著〈美酒加咖啡〉，嗖地一下從行人面前飛過，留下那漸遠的歌聲，令人猜測不出那不可思議的「美酒加咖啡」究竟是何味道。

香港電影來了：李小龍、四大天王、成龍、周潤發，一個個都是血膽英雄……馬路兩側一間間低矮簡陋的錄像廳裡充斥著他們的江湖和武林世界。

美國電視劇《加里森敢死隊》來了，敢死隊第一次顛覆了人們對英雄人物的定義。

迪斯科、搖擺舞、霹靂舞來了，高跟鞋、飛機頭、披肩髮、染髮、氣燙、電燙、冷燙、爆炸式燙髮、喇叭褲……一下子全來了。

日本電影《追捕》來了。一臉冷峻的杜丘冬人跳上馬背，問真由美：「你為什麼要幫助我？」長髮如瀑的真由美大聲回答：「因為我喜歡你！」如此大膽的表白不但令樣板戲中不食人間煙火的英雄們啼笑皆非，更令久旱逢甘霖的觀眾怦然心動。

山口百惠來了，帶來了絕世的美麗與清純。電影《絕唱》、《霧之旗》和電視劇《血疑》，不僅讓中國觀眾看到了樸素迷離的推理和懸疑世界，還一窺到了日本先進的現代化生活：新幹線高速列車、電冰箱、電視機、電烤箱和他們精緻時尚的裝束，彬彬有禮的鞠躬……都令這個年代的國人耳目一新。

小澤征爾和西方古典音樂來了，帶來了《命運交響曲》和《星條旗永不落》。小澤飄動的長髮令中國的指揮家和藝術家們爭相模仿。他的手臂和手指像詩一般地揮動，暴風驟雨般地掀起了另一種「時代的最強音」，不同於樣板戲、戰地新歌和音樂舞蹈史詩，這聲音宣告了動蕩的六十年代、七十年代的終結，預示著充滿希望的新時代的開始。

皮爾·卡丹來了，帶來了法國和日本模特兒，在T臺上扭胯擺臀邁起貓步，漂出陣陣奇香。臺下身穿藍灰色制服的觀眾屏住呼吸，表情莊重、矜持、尷尬。當一個金髮女郎停住腳步，突然興之所至地敞開對襟衣裙露出雪白的大腿時，臺下的人群竟像被一股巨浪擊打，身子齊刷刷地向後倒去。

翻譯小說來了。一夜間，文革時封鎖了十二年之久的「封、資、修大毒草」突然出現在曾經擺滿馬恩列斯毛著作的書架上：《復活》、《戰爭與和平》、《罪與罰》、《悲慘世界》、《人間喜劇》、《少年維特之煩惱》、《金銀島》、《堂·吉訶德》……王府井新華書店門口排起長隊，這些外國名著一上櫃就被搶購一空。

方便麵來了。只有方便麵沒有去登大雅之堂，而是出現在學校門口副食品小店的玻璃櫥窗內。方便麵裝在透明的玻璃紙袋裡，附了兩小包調料，是奢侈品，因為除了兩毛五分錢外，還要加收二兩糧票。偶爾有誰非常「方便」地在飯盒裡把這麵用開水泡了，盛開著的香氣便在宿舍樓樓道裡跳躍瀰漫穿梭，令人垂涎欲滴，久久不忘。

陳景潤來了，帶來了不可思議的「哥德巴赫猜想」。不過，在大家還沒來得及證明「1+1=2」時，就立刻被「法國十九世紀農村風景畫展」所吸引：米勒、庫爾貝、科羅、莫內、西斯萊、雷諾瓦、高更……一下子都來了。

法蘭西巴比松春天的陽光，穿過楓丹白露森林的枝葉，照耀在中國美術館的每個角落，照耀在中國貧瘠的文化大地上，也照亮了宿舍樓道兩旁年輕人的靈魂和人生。大家朝聖般地睜大驚奇的眼睛，莊嚴地在大師的作品前久久盤桓，思緒萬千，一邊對照著手中的展覽目錄，緊捏著那張薄薄的粉紅色兩毛錢入場券，說：嘖嘖，油畫原來是這樣畫的！一邊因「多年來受劣質印刷品的欺騙」而追悔莫及。

「俺畫了這麼多年西方油畫，還是頭一次看到真正的西方油畫原作，這簡直是笑話。」司子傑說。他們看到的「西方油畫」，僅僅是畫冊上的劣質印刷品，最多是上一代畫家在蘇聯留學時的臨摹品，他們說起這件事來就特別鬱悶。

準確地說，這是他們第二次見到真正的西方油畫原作。第一次是在張老師家。張老師是學生們敬重的彩畫老師。那次去張老師家，張老師先給大家看了一大摞子他自己的油畫風景寫生，大半是燦爛的海景。最後，像西洋人餐後上的精美甜食一樣，張老師拿出來一幅真正的「西方油畫」風景。大家懷著朝聖般的心情圍攏過去，如同文革時見到毛主席的芒果一般。

「這是五十年代初在青島的一家舊貨店裡買到的。」張老師說。

這幅風景畫在一塊書本大小的三合板上，畫風古典細膩，沒有方塊的筆觸，一看就和蘇聯的「社會現實主義」風格不同。

「這是真正的西方人的油畫原作啊！」張老師說。

大家把畫捧在手掌心上仔細端詳，上面有畫家的外文簽名，卻無法辨認到底是哪一國的西方人氏。

那次在張老師家的觀摩令學生們大開眼界。入學以來，班上畫過石膏幾何形體後，又畫過西洋古雕塑石膏複製品「海盜」，實際上的阿里斯多芬，還有米開朗基羅的《被縛的奴隸》、真人模特兒化妝素描撐棍男子、提籃村姑及一系列鉛筆素描，最後是米開朗基羅的《大衛》頭像。張老師雖然教的是彩畫，上素描課時也常到教室來看望。

張老師走上前來，對比著揭湘沅和阿姆巴的畫面一一講評，全班同學遂順勢圍攏。張老師指著畫冊，講解著大師們的油畫和素描。說到繪畫中明暗層次的基本原理時，張老師張開左手五指，小指在前，拇指在後，說：「看，這就是層次。哪個指頭在前，哪個指頭在後，要在平面的畫布上表現出來，也就是：遠中近。再看這張黑白照片，只有黑白灰，卻似有豐富的顏色。再看這些畫，雖然東西很多，卻總離不開這三大要素，就是天地景，缺一不可。記住：遠中近、黑白灰、天地景。」大家連連點頭稱是，齊聲說：「遠中近、黑白灰、天地景。」

去美術館看法國畫展時，在黯淡的燈光下，張老師指著每一幅科羅、莫內、西斯萊的風景畫，對大家說：「看，這就是課堂上說的遠中近、黑白灰、天地景！」

這道理說得淺顯易懂，連留學生們都恍然大悟了，說：「喔，原來是哲樣！窩明白了！」

聽張老師講了幾次，甚至連吊兒郎當的阿姆巴和寡言少語的恩臺比也能畫出一張過得去的畫了。聽到誇獎後，他們就說：「喔，謝謝！遠中近、黑白灰、天地景，窩明白了！」接著，就得意地哼起墨西哥電影《葉賽尼婭》的主題音樂，彷彿那音樂中也出現了張老師的「遠中近、黑白灰和天地景」。

《葉賽妮婭》也來了，帶來了一個甜蜜的吻，激起了觀眾對美麗的葉賽妮亞的不勝唏噓和無盡懷念。

舞美系的學生們剛剛從圓恩寺電影院觀摩了墨西哥電影《葉賽妮婭》歸來，仍沉浸在對葉賽妮婭的唏噓和懷念之中。

令人唏噓和懷念的不僅是女主角葉賽妮婭奔放的熱情、分明的愛憎、捲曲如溪水般的長髮、鮮艷如玫瑰般的紅裙，甚至連她的配音演員李梓，那極富磁性的語音都令人無限地傾倒和迷戀。

宿舍樓裡的燈全部亮了，樓道兩旁又活躍了起來。宿舍的夜晚，比畫室的白晝還要「朝氣蓬勃」，還要「正在興旺時期，好像早晨八、九點鐘的太陽……」

《葉賽妮婭》的主題音樂也在樓道裡迴盪。這音樂在影片中反覆播放，一場電影放完，每個人都哼得出來了。

張翔躺在床上，一邊翻看著《法國十九世紀農村風景畫展目錄》，一邊吹響了口哨《葉賽妮婭》，哨聲嘹亮，像一條大河，有些壯烈，有些神傷。

朱小岡裹上了軍大衣，扭亮了臺燈，踡坐在椅子上畫畫。朱小岡平時話不多，喜歡悶頭做事。他用炭筆臨摹好看的油畫局部，用黑白畫出豐富的層次和光影，一邊也跟著吹起了口哨，卻不如張翔的嘹亮，而是像一條小溪，有些安詳，有些倘佯，吹不到高音，就改成哼嗚，哼得相當準確，把微妙的強弱和升降音都哼得一絲不苟。

袁慶一看完電影回來，見操場上還有人在燈光下打籃球，就湊過去投了幾個籃，一邊哼著《葉賽妮婭》。進屋後脫下解放鞋，扒掉襪子，往牆角一扔，襪子搖了幾搖，竟像不倒翁一樣地站立了，不肯倒下。他又從抽屜裡取出兩本法文袖珍版法國十九世紀農村風景畫冊，慢慢看了起來。畫冊是托人從外文書店買的，挺貴。畫冊中有些這次參展的作品，印刷比美術館的目錄好多了。他把畫冊鎖在抽屜裡，時常拿出來觀賞。他翻閱著，仍然記掛著葉賽妮婭。思索了一下，脫口說了句葉賽妮婭的臺詞：「當兵的，你不等我了嗎？」抄過一架手風琴就拉起了《葉賽妮婭》。

不久前，袁慶一不知從哪兒弄了架手風琴，開始不時地拉起《啊，朋友再見》。後來，又不知從哪兒弄了把小提琴，開始不時地拉〈梁祝〉。再後來，他又不時地坐在畫室樓下蜂窩煤堆旁破舊的三角鋼琴前，彈起了〈致愛麗絲〉，唱起了日本電影《人證》裡的〈草帽歌〉。

他的手風琴《葉賽妮婭》拉的是單音，既神傷，又徜徉。

「按老馬的文藝說法：挺blue的，挺神傷，挺徜徉的！」滕沛然說。

「挺讓人聽著就感到鼻子有點發酸的。」揭湘沅說。「下回觀摩得看點逗霸的搞笑片換換心情！」

「美國的動畫片整得好，米老鼠唐老鴨古菲狗什麼的，味兒整得又對又正！」馬大文說。

「米耗子唐鴨子古狗子都挺逗悶子！」滕沛然說。

美國的動畫片也是在「影劇觀摩」時看的。影劇觀摩每個星期都有，少則一次，多則三次。「劇」是北京各劇院演出的劇目，「影」則大半是原本的「名譽校長」江青在中南海才看得到的「內部工作參考片」。開學沒多久，除觀摩了話劇《龍須溝》、《丹心譜》、《權與法》，還觀摩了外國電影《葉賽妮婭》、《英俊少年》、《方圖馬斯》、《巴頓將軍》、《佐羅》、《煤氣燈下》、《悲慘世界》、《鴛夢重溫》、《魂斷藍橋》和《王子復仇記》。

《葉賽妮婭》已經公開放映，並不屬於專門「供批判使用」的工作參考片。米老鼠唐老鴨古菲狗的片子是在交道口電影院看的，則是內部觀摩。那天交道口電影院門口高高架著電影海報，是法國義大利合拍的《佐羅》。海報上畫著一個黑衣黑褲黑帽黑手套戴半截黑面具的江湖大俠，惟手中的劍是銀色的，背景是黃色的，遠中近黑白灰天地景對比十分強烈。聽說這海報是一個叫張元的人畫的。這電影十分受歡迎，一票難求。一大堆票販子「黃牛」，不時神祕地問著每一個穿戴稍微整齊點的人：「師傅有富餘票嗎？」

迪斯尼的動畫片則把人帶到了另一種奇異魔幻和五光十色的世界。

「就是那迪斯尼的耗子鴨子狗子動作太快，說話更快，翻譯跟不上，咱看得一頭霧水。」滕沛然說。

「那片子都是一張張畫出來的，背景畫得也絕對good，是真功夫！」揭湘沅說。

「跟咱們畫氣氛圖有點像！」馬大文說。又忽然想起，秦老師布置的設計課作業，老舍的《全家福》還沒進展呢，就說：「老街老滕老吳老司你們都出圖了嗎？」

都說沒出圖。

「我出了半張圖，可越看越覺得不是那麼回事兒。沒勁。」馬大文說。

「要是搞《茶館》和《駱駝祥子》啥的就有勁了。」

「《全家福》實在不能跟他的《茶館》和《駱駝祥子》同日而語。」

「時代的產物啊。經歷了這麼多的運動和文革的鐵掃帚，老舍那一籮筐一籮筐的雋語甚至他本人都消失了。」

大家議論開了。

「《龍鬚溝》也行。」馬大文說，又說了句《龍鬚溝》裡程瘋子的臺詞數來寶：「唱玩意兒，掙洋錢，歡歡喜喜像過年！」

「可惜《葉賽妮婭》沒有歌詞，只能哼哼登登登登……登登登登……咱們這不是在唱玩意兒，是在吹玩意兒，哼玩意兒，拉玩意兒。」滕沛然說。

張翔朱小岡袁慶一的《葉賽妮婭》還在進行中。

揭湘沅滕沛然馬大文也忍不住哼哼起來。

聽到這邊說得吹得哼得拉得熱火朝天，燈光班的阿合贊湊了過來，在吳平張翔司子傑馬大文的屋裡抓起暖壺，倒了個底朝上，對兩邊的人喊了聲：「膩們好！」

阿合贊是哈薩克族人，也叫阿合扎提。他的漢話說得生硬，聽起來跟三個喀麥隆留學生差不多。

「空邦哇，阿合贊！」這邊的吳平司子傑馬大文不知用什麼語言回答合適，就說了句日本話「晚上好」，並沒忘記使用了正確的時態。

「崩如，阿合扎提！」那邊的揭湘沅滕沛然也不知用什麼語言回答合適，就說了句法國話。

「佳，思暮思！」阿合贊說了句哈薩克話，大家都聽不懂，就當它是「膩好！」

張翔朱小岡袁慶一的三重奏又把人帶回到電影的畫面之中，令人想起「餘音繞樑、娓娓動聽」這樣的話。宿舍樓裡雖然見不到房樑，《葉賽妮婭》卻繞著樓道兩側敞開著的門，久久不肯散去。

阿合贊說：「膩們的哲個音樂很好聽呢！」他手裡拿了本書，比劃著。

大家看那書封面上曲裡拐彎的文字，還配了張圖，是兩個軍官模樣的外國人持槍決鬥的畫面，覺得十分稀奇。

張翔止住口哨，湊過來問：「這是啥子書啥子文喔？」

阿合贊說：「哲是哈薩克語的《當代英雄》！膩們知道吧，《葉賽妮婭》和《當代英雄》，有些相似呢！」

大家看那書，覺得十分稀奇，說想不到還有哈薩克語的《當代英雄》。周圍的人都讀過《當代英雄》，知道皮卻林的故事，就說：我們的阿合扎提也是皮卻林，喔，奧斯瓦爾多一樣的當代英雄！

阿合贊說：「哲樣的愛情故事窩們那裡也多得很呢！」

「阿合扎提一定有不少哲樣的愛情故事，你說給大家聽聽吧！」大家對「哲樣的愛情故事」很有興趣。

「不好意思說地。要說就得先說說膩們自己地！」阿合贊說。

「你能看懂俺的漢語書嗎？」司子傑問，拿過來床頭的《包法利夫人》。

「不，天書一樣，萬全看不東！窩就是魚言不好，膩們那個漢語太難學！」阿合贊說。

「那就祝我們的阿合扎提找到自己心愛地葉賽妮婭！」大家紛紛祝願。

「窩感謝膩們！」阿合贊雙手交叉放在胸前，彎腰鞠躬，做了個「一定要找到心愛的葉賽妮婭」的動作。

司子傑說餓了，插上電爐子，做起了疙瘩湯。

吳平也說餓了，去沖麥乳精，暖壺裡卻沒了開水，去了幾間屋子找都沒有，就用湯匙挖了乾嚼著吃。

揭湘沅也說餓了，招呼周圍的人去地安門吃包子，大家都說揭的師說得對頭，都餓了，走。一掏兜，錢和糧票都不夠。揭湘沅說逗霸，沒錢沒糧票吃過啥子包子？算了。

沒有吃的，只好說著電影《列寧在一九一八》裡瓦西里妻子的臺詞：「牛奶沒有，麵包也沒有。怎麼辦？」一邊也拿了湯匙挖著吳平的麥乳精吃。

樓道的另一頭漂過來那種溢於言表、傾國傾城的味道，一定是誰偷偷泡了那不可思議的、妙不可言的「方便麵」。

電燈突地滅了，宿舍樓裡頓時一片漆黑，大家說是保險絲燒斷了吧，滕沛然是電工，快來。

「誰用電爐子啦？」樓道的另一頭有人喊道。

「Not good啊！我這兒正刻著圖章，扎著手了！」是一個聽起來熟悉的聲音。

「蘇聯來了，快鑽地道！」好像是留學生古阿姆的聲音。

黑暗中有人「嗤嗤」笑了：「電爐子？俺沒用。」

有人問：「何人有蠟？」

有人答：「只有髮蠟！」

有人終於摸出了一截蠟頭，喊著：「誰有火啊？」

有人說了句電影《祕密圖紙》中結巴特務的臺詞：「火……火……火車沒誤點吧？」

突地傳來腳步聲，幾束手電筒的強光「唰」地射了過來。十點整，是學校保衛科幹事帶著技工班的趙寶庫等彪形大漢拉電閘來了。

「原來不是電爐子的問題！」有人說，又背誦出《列寧在一九一八》中的字幕：「我們不理睬它。」

手電筒又「唰」地照在司子傑的電爐子上，爐盤上的電阻絲還紅著，發著「滋啦滋啦」的聲音。

「這位同學捧啥？咋兒用起了電爐子捏？」是唐山口音。

「俺餓了，煮點疙瘩湯捏！」司子傑的聲音。

「傢伙雷子，味兒倒是挺正。不過捏，這樓裡電壓不足，你用電爐子要失火地咧！」唐山口音用鼻子嗅了嗅。

「火……火……」有誰又說了這句臺詞。

「俺下不為例咧！還是把電閘給合上吧！」是司子傑的聲音。

「對頭，給合上吧！」好幾個同學都央求著。

「就這一回，鵝地，下不為例咧？十點熄燈，學校規定，悶得兒密咧！」唐山口音說。忽覺得「悶得兒密」這話還不夠普及，就加了句：「睏覺咧！」

宿舍樓重新亮了起來，像白晝一般。樓道裡響起了熱烈的掌聲。

袁慶一的手風琴又響了起來。張翔的口哨、朱小岡的哼鳴，都又響了起來，是悠揚、嘹亮、倘佯又有些神傷的《葉賽妮婭》。

「Good！圖章刻成了！」老遠就聽到劉楓華劉Good的聲音。大家都知道劉楓華近來迷上了篆刻。

「章是什麼章？」好幾個人問。

「今天的日刻作業是個閒章：葉賽妮婭，Good！」又是劉楓華的聲音。

「日刻作業？你是說每天刻一個章？那石料得花多少錢呢？」有人問。

「一般用大蘿蔔代替。」劉Good調侃道。

「牛啊！」好幾個人喝起彩來。

「老司的夜宵味兒倒是正，菜可不夠硬啊！」劉Good聞到了疙瘩湯的味兒，說。

「將來有了銀子，夜宵得來盤豬腰和一瓶『燕京』！」馬大文說。

遠去的唐山口音和技工班的趙寶庫等彪形大漢都哼起了《葉賽妮婭》。

司子傑張翔吳平馬大文睡了沒多久，就被一陣嘈雜聲吵醒。到樓道裡一看，好幾間宿舍的門都已打開，樓道裡聚集了十幾個舞美系和戲文系的學生。

嘈雜聲是從樓下二樓傳出來的，女生的聲音居多。一問，才知道是抓住了流氓，是一個十五六歲的男孩，躲在女廁所裡，從隔板上鑽出的小洞裡偷窺女生上廁所。

「聽說這小子幹這事已經有些日子了。」有人議論了起來。

「怪不得女廁所中間那個門老是從裡邊給關起來呢！肯定是這小子藏在裡頭。」

「門關著，從擋板下邊的空隙看不到裡面人的腳，敲門也敲不開，一想就知道這小子在裡面腳踩著擋板的棱子呢。」

「女生晾在水房的三角褲和胸罩常常就不見了，肯定是讓這小子給順走了。」

「聽說是食堂大師傅的兒子。」

「變態。」

「青春發育期心裡失調。」

「缺少葉塞妮婭啊。」

唐山口音和技工班的趙寶庫等彪形大漢又來了。樓道兩旁宿舍的人議論著，說這下子這孩子算是完了。

「這是流氓罪捏！」唐山口音說。

「要是趕上『嚴打』沒準兒就給崩了呢！」

「咳，人吶人。」

向窗外望去，見那孩子被唐山口音和趙寶庫等彪形大漢們帶走了。

又有人哼起了《葉塞妮婭》……

《葉塞妮婭》風靡了校園，風靡了全國。這是人們剛剛從文化荒漠中回歸的日子。

06 大西洋底來的人 The Man from Atlantis

公元一九七八年冬

宿舍樓也是一棟灰磚的舊樓，四層，牆面上爬滿了常春藤「爬山虎」。女生住二樓，男生住三層，四或五人一間，上下鋪。三個喀麥隆留學生住兩間，阿姆巴和恩臺比住一間，古阿姆單住一間。此外，他們還有一間閱覽室，裡面有一張大桌，一個書架，一個報架，寥寥放了幾本法文期刊和一份象徵性的《人民日報》。此外，還有一臺引人注目的二十四吋「日立」（HITACHI）彩色電視機，是日本原裝。

入學後的第一個年底，傳來了一個消息：中美兩國正式建交了，是「大道消息」。不久後，又傳來了另一個消息，是「小道消息」：文化部要在藝術院校招收出國研究生，公費赴美國、英國，在校生和在職的專業人士都可以報名。

這兩個消息像兩顆炸彈，炸在了校園裡，又像一股颶風，掀起了「學英語，出國去」的狂潮。十年文革，造成了中國文化的嚴重斷層和人才的青黃不接，勾起了人們對外面世界的心馳神往和魂飛目斷。

這股颶風匯成了中國有史以來規模最大的一次出國潮，開始了歷史上最大規模的出國選拔考試。教育部在北京語言學院設立了留學生培訓部，專門為這些人強化外語，而教育部的出國派管處乾脆搬到了北京語言學院辦公……

中美兩國由敵人變成了朋友，「美國之音ＶＯＡ」也不再是「敵臺」，人們也不必在夜裡躲在被窩偷聽「反動宣傳」了。中美建交以後，美國之音進一步調整了策略，並且投聽眾之所好，開辦了諸如音樂欣賞、學英語及大量介紹美國的專題節目，以吸引聽眾。然而，他們絲毫沒有放棄對中國聽眾的「宣傳」，即「讓聽眾接受我們的觀點」。

人們堂而皇之地扭開了收音機的短波，放大音量收聽來自大洋彼岸美國之音的聲音。這些播音員，男的女的，他們是些什麼樣的人呢？臺灣人？香港人？新加坡人？抑或美國人？他們的「普通話」講得標準，又絕不同於我們廣播裡夏青、葛蘭的「祖國的聲音」。VOA的聲音親切、自信、篤定，富有磁性，有些陌生，又十分遙遠：

這些消息可能是好的，也可能是壞的，但是我們將告訴你真實的情況。

……

宿舍樓裡，差不多人人手裡都拿了一本英語課本：或是《英語九〇〇句》，或是《靈格風》，或是「許國璋」，或是「新概念」，或是「跟我學」。

學英語的途徑有三：跟著收音機，跟著錄音機，跟著電視機。收音機是熊貓牌，有短波。錄音機是三洋牌，樣子像一塊磚，叫「磚頭」，無論走在路上，蹲在廁所，還是在食堂排隊買飯，都戴了耳塞機，一邊聽，一邊跟著唸，都是「Follow me，跟我學」。電視機不算留學生的，就只有一臺，也是「日立」彩色，也是二十四吋，日本原裝，鎖在宿舍樓一層盡頭靠近水房的「電視房」裡。晚飯後六點半，就有人提前到電視房佔座去了。

彩色電視機簡稱「彩電」。不比不知道，一比嚇一跳：那些九吋和十二吋的黑白電視機，儘管貼了流行的「電視屏幕五色玻璃彩紙」，罩了一層奇妙的紅黃綠藍紫五彩光暈，然而該紅的地方卻綠，該綠的地方卻紅，終無法同這臺真正的彩電相提並論、同日而語。

這天是星期四。每逢星期四的晚八時，這臺奇妙的彩電就播放出一集美國電視連續劇《大西洋底來的人》，是有史以來第一部美國進口電視劇。立刻，這部電視劇便像不可思議不可抗拒不可阻擋的萬有引力定律一般，一下子就吸引了全校的師生員工和家屬們。

「彩電」的色彩果然鮮艷奪目，該紅的地方紅，該綠的地方綠，不但毫不含糊，甚至還有過之而無不及。螢幕上，北京外國語學院的陳琳老師穿著筆挺的中山裝，深灰色，風紀扣扣得一絲不苟。他紅光滿面，笑容可掬，一點也不像是已年近花甲之人。他的寬邊眼鏡後，好像躲藏著無以估量的英語詞彙、無懈可擊的英語語法甚至無與倫比的與西方與世界溝通的祕訣，既令人尊敬，又令人信賴。他不慌不忙地說了句：「Hello, comerades，同志們好！」這時的螢幕就變成了一片鮮艷潔淨的天藍色，上面打出了白色的英文和漢字：

I went to Beihai Park with Comrade Lao Zhang last May Day.

上個五一節我和老張同志去了北海公園。

揭湘沅已經帶領同宿舍的朱小岡坐在前排了。他們都穿了軍大衣，顯得氣質很好。他們把各自的《英語九〇〇句》放在旁邊，給滕沛然和袁慶一佔座。

揭湘沅、朱小岡，還有旁邊的幾個人，都跟著電視螢幕上的陳琳唸了起來，模仿著陳琳的口型：

I went to Beihai Park with Comrade Lao Zhang last May Day.

門被推開，進來了吳平和司子傑。吳平端了一杯麥乳精，司子傑端了半飯盒疙瘩湯，兩樣都冒著熱氣。

「Hello, Guy!」吳平突然衝著電視機前的揭湘沅喊了一句，一邊喝了口麥乳精。

「Hello Guy」的意思就是「你好，該」。因為湖南話發音「該」就等於「街」，「街」又和「揭」同音，正好對應了英文的「Guy」，邏輯上雖然複雜，吳平卻很覺滿意。

「喔，Hello, Wu！」吳平的問候雖然有點唐突，揭湘沅卻一下子就反應過來，正如憑著他當過氣缸檢修工的經驗，大老遠就能嗅出一輛跑著的汽車氣缸出了毛病。

電視房裡的座位已經所剩無幾，吳平和司子傑勉強在後排坐下，又在邊上放了杯子和飯盒，分別給張翔和馬大文佔了座。他們與其說是來學英語，不如說是來看晚上八點鐘的《大西洋底來的人》。

張翔馬大文趕來時，電視房裡已經黑壓壓亂糟糟坐滿了站滿了人。中央臺的「新聞聯播」已經開始，看電視的師生員工還有家屬們仍然鬧哄哄地談笑著。

張翔馬大文縮著身子，好不容易擠進一個杯子加一個飯盒大小的位子，顧不得屁股上沾了麥乳精和疙瘩湯，忙不迭地向吳平司子傑講述了今晚的寫生經歷：在北兵馬司旁邊的一條胡同，好像叫「秦老胡同」，他們剛剛把畫箱子和馬扎放下，就見兩個站崗的軍人把他們趕走，粗暴地呵斥，口音濃重：「鬧甚的來？球大個東西！走開咧走開咧！」張翔馬大文猜想這兒住的是哪個大首長，就只好悻悻離去。

「好啊，老班長，那是俺永貴大叔啊！」司子傑說：「俺永貴大叔這會兒正頭頂了白羊肚手巾，蹲在香椿樹下，端著個粗瓷海碗，轉著圈兒，跐溜跐溜地喝著小米加麵條煮的糊糊，思考著三戰狼窩掌的大事兒呢！」

張翔馬大文接著說，他倆還沒拐進一邊的小胡同，就見一輛摩托車威風凜凜地開過，後跟著一輛黑色紅旗大轎車，掛著窗簾，隨後又是一輛摩托車緊跟。聽路人議論才知道，旁邊那個大紅門裡，是一套四合院，裡面住的人果然非同小可：「老司你猜得對，正是國務院副總理陳永貴！」

「老張老馬，這就要注意了，北京這地兒臥虎藏龍，咱不能隨便畫寫生喔！」吳平說。

「不曉得喔！而今眼目下不曉得哪根兒畫得哪根兒畫不得喔！」張翔說。

「老張老馬，畫寫生不如去北海來得安全。」吳平說，正好套用上了陳琳的英語：「I went to Beihai Park with Comrade Lao Zhang and Comrade Lao Ma last May Day.」

張翔把這句子琢磨了一下，說：「上個五一我和老張同志老馬同志去了北海公園。中式英語，有特色！」

說話間，又有一波人擠了進來，其中有布景二班的劉楓華「劉Good」和李強。他們的裝扮時尚，充滿了藝術氣息：兩人都是長頭髮，配紅色燈芯絨喇叭褲，尖皮鞋。劉Good穿天藍色羽絨服，腕戴液晶電子錶。李強穿藍靛色大開領絨衣和尼龍體育夾克外套，藍衣紅袖，白色拉鍊和白色袖口，外加太陽鏡「蛤蟆鏡」，不但和《大西洋底來的人》麥克・哈里斯的一模一樣，還特地保留了左鏡上的白色商標，全是南方走私進來的「拳頭產品」。兩人還在長城畫寫生賣給外國人，得了「外匯券」，逛了友誼商店，還學了不少英語。

「Good！」劉楓華發音純正而富磁性，笑嘻嘻地和人打著招呼，一屁股坐了下去。

「Good！你娃兒好像吃了份韓包子賴湯圓鍾水餃龍抄手，抽了煙管兒喝了蓋碗兒茶，安逸得很喔！Good一詞說得好，對頭！」看到劉Good滿面春風的樣子，張翔說。

「我去了趟友誼商店！」劉楓華不無得意地說。

「友誼商店？外國人才能進啊！聽說那裡面買東西不限量，不要布票和糧票，還有進口貨！」

「Good！您這行頭……這大鼻子長頭髮，整個浪兒就像個外國人啊！夜宵整的是二兩豬腰一瓶Yanjing吧？味兒整得正啊！」馬大文說。

「Yanjing是過啥子嘛？」這話被前面的揭湘沅不經意間聽到了，就問。尋思了一下，忽然恍然大悟：「喔呀，Yanjing beer，是燕京啤酒，不亞於『青島』。喔，『青島』，將來有一天去青島寫生采風行啥子的，俺就嘗試他幾回，哈哈哈哈哈哈！」

揭湘沅一邊發出一連串大笑，一邊回頭看了看滿面赤紅的劉Good，眼鏡鏡片上反出了電視螢幕上的光采，是一種海水般的藍光，令旁邊的朱小岡袁慶一注意到那正是「大西洋之光」，忙說：「八點鐘到了，大西洋，大西洋，開始啦！」

後面已等待良久望穿秋水的觀眾也歡呼起來：「《大西洋底來的人》開始啦！噓……」

電視房一下子安靜下來，校園也安靜下來，整個北京城也安靜下來……

《大西洋底來的人》已經開演了一會兒，滕沛然袁慶一才匆匆趕到。黑暗中看不清他們的面孔，惟見躬著身子的袁慶一和懷抱一摞舊書的滕沛然，黑色的剪影在電視機前走過，觀眾席中發出一陣不耐煩的唏噓。他們摸索著找到了揭湘沅和朱小岡，費力地擠了進去，一邊懊悔著錯過的內容，兩本佔座的《英語九〇〇句》早就被擠得散了架子。

「這種游泳的方法我在什剎海試了好幾次，都沒成功。看來藍度蠻大韃！」袁慶一看到屏幕上麥克・哈里斯自如得像人魚般的泳姿，不覺由衷地讚歎起來，並把「難度」說成「藍度」。

螢幕上的麥克・哈里斯正「不顧一切地奔向沙漠的深處……」他摔倒在地，著名的蛤蟆鏡隨之跌落。他伸出手，透過初升太陽的光照，手指間的指蹼像蟬翼一樣剔透……他向前蹣跚而去，蛤蟆鏡留在了沙漠上……

諾大的北京城遂萬人空巷。《大西洋底來的人》像另一顆炸彈，炸在了校園裡，炸在了北京城。

07 人生的密碼 The Secret Code of Life

公元一九七八年夏

在馬蹄樓二層的舞蹈教室裡打了大半年的地舖，宿舍樓終於修復了，舞美系的學生們也終於告別了滿地的臭蟲和滿屋的臭氣，搬回到了自己的宿舍。

三個月前，宿舍樓四樓的禮堂失火，據說是電焊工焊東西不慎留下了餘火，順著舞臺上的幕布躥了上去，燒著了木製的臺口，燒著了木製的天花板，燒著了木製的屋頂，釀成了這樣無可彌補的大錯。

那天中午，揭湘沅和朱小岡在食堂吃午飯，每人吃了份炒三丁、兩個饅頭和一碗棒子麵粥，正要回宿舍睡個午覺，恍惚中瞥見四樓屋頂有點冒煙，吹著灰，隱約間還有點可疑的味道，心想也許是昨晚在《今天》雜誌上看朦朧詩看出了幻覺？抑或是憑入學前的經驗，嗅出了哪輛汽車的氣缸出了故障？抑或是風吹了空氣經過陽光的反射，隱約中看到了虛無飄渺的海市蜃樓？

走上樓梯口，他們看見果然有一圈一圈的雲狀物體，正在不可思議地向下壓來，有點像吳平畫中的夕陽下海邊之雲，有點像天外來客不明飛行物ＵＦＯ。揭湘沅正要和朱小岡調侃一番那「怪圈」，忽見有人慌慌張張地在樓梯口跑上跑下，又見有人端著臉盆裝滿水在樓道裡竄來竄去。

熱氣驟然壓下，熱風隨之吹起，有人開始失聲尖叫：「四樓起火了！」

陣陣熱浪襲來，紅色的火光忽閃忽閃地映照在樓道口的牆上。揭湘沅朱小岡意識到這絕不是舞臺上的燈光效果，更不是電影裡的煙火特技，而是四樓真地失火了！

有人喊：「失火了！失火了！！」

有人喊：「保二樓，捨三樓！」

有人喊：「二樓三樓都得保！」

有人喊：「都出來！都出來！保命要緊！」

「老班長」馬大文像救火英雄一樣地衝上樓，吳平、張翔、司子傑也隨之跟上，撞見了跌跌撞撞跑下來的滕沛然和袁慶一。滕沛然懷抱清朝善本《英華合璧大字韻府》，袁慶一懷抱原版法文畫冊《法國十九世紀農村風景畫》，也有人抱著各自的舖蓋捲兒收音機錄音機錢包飯票糧票奔下樓梯，喊著：「失火了！快撤快撤！」一邊驚慌失措地逃往操場。

二樓有人探出窗外衝著人群大喊：「你們快上來幫忙往下扔東西呀！」

揭湘沅和朱小岡衝到二樓的一間屋子，抓起一床被褥，卯足了力氣，「呼」地一下從窗戶中扔了出去。

豈料那被褥竟不偏不倚正正當當地搭在窗外一條條的電線上，搖著晃著，任憑下面的人掙命似地蹦跳呼叫，就是不肯落下。不時飛來的火星把被褥點著，被褥便兀自燃燒起來。一個高個頭男生在樓道裡找了個滅火器，笨手笨腳地弄開了噴頭，把那被褥噴得汙穢不堪。

表演系兒童班的幾個孩子在窗前奔跑著。有人喊著說是誰把人家的被褥弄成這樣，缺不缺德呀？一個男孩眼看著四樓上的熊熊火光，露出一臉的沮喪和茫然，抽泣著，終於「哇」地一聲大哭起來……

黑煙滾滾襲來，屋簷開始斷裂，發出「咔咔」的聲響。突然間，那屋簷「嘩」地一聲掉落下來，幾乎是同時，一個人影從樓裡躥出，像是《英雄兒女》裡「英雄猛跳出戰壕」的王成，濃煙中抱了一捲什麼東西……原來是燈光班的呂虹！說時遲那時快，就在呂虹雙腳跨出的一瞬，那一大塊屋簷燃燒著，抖動著，「啪」地一聲巨響，重重地跌落下來，砸在他腳後的「伏爾加」轎車上。呂虹奇蹟般地躲過了燃燒的屋簷，千鈞一髮，險象環生，令滿操場的人提心吊膽，瞠目結舌，嘆為觀止……

消防車隊終於來了。十幾個水龍頭無可無不可地朝大火噴灑過去。然而杯水車薪，操場上的師生員工們眼睜睜地看著這勢不可當的大火，都不知所措，不知所可了……

火勢愈來愈大，兩個鐘頭的功夫，就燒毀了門窗，燒毀了桌椅，把整層樓燒成了斷壁殘垣，滿牆的常春藤「爬山虎」，也被這場大火燒得精光。

夜色深沉下來。

宿舍沒有了。當晚，學校就做了安排：北京的同學回家住，外地的同學住教室。

……

舞美系的學生們搬進了舞蹈教室，一住就是大半年。修復後的宿舍樓一樓仍是醫務室和留學生食堂，原來的電視房做了倉庫，二樓仍大半住女生，三樓仍全部住男生。

修復後的四樓禮堂沒有了，全部改成了宿舍和招待所。二樓住進了青年教師和他們等待落戶口的家眷，沒多久，就把這裡變成了胡同一般的大雜院：昏暗的樓道裡堆放了積滿灰塵的雜物，裝著泡菜的罈罈罐罐散發出副食品商店裡慣有的酸甜苦辣，煤油爐上炒著菜，散出濃烈的油煙，整層四樓差不多變成了一列拋了錨的、五臟俱全又多姿多彩的火車車箱……

學校開始了興建圖書館和劇場的龐大工程，校園裡到處堆放了建築材料，地面上挖出了一道道溝渠，積了一灘灘汙水，整個校園變成了一座嘈雜混亂的建築工地。停在門口被屋簷砸扁了的破舊轎車

「伏爾加」，已經被拖走而徹底地壽終正寢了。據說那「伏爾加」曾是副院長李伯釗的座駕，原本的黑漆早就鏽跡斑斑，四個車胎癟了三個，車廂地板上積了汙水，黑皮座椅上破了幾個大洞，露出了裡面的敗絮和彈簧。

偶爾見得到「特型演員」古月、王鐵成和王伍福，他們披著軍大衣從四樓招待所走出來，經過凌亂不堪的操場走出去，彷彿是他們在舞臺上銀幕上扮演爬雪山過草地的毛澤東、周恩來和朱德的身影。

老食堂拆除了，臨時食堂在資料室樓下，狹小擁擠得像一個裝得滿滿的火柴盒。

學生們回來了，窗打開了，燈亮了起來，讀書聲和喧鬧聲又回來了，水房裡響起了「嘩嘩」的水聲，電爐子上的掛麵條也煮了起來，偶爾傳來錄音機裡播放的鄧麗君的歌聲，甜美而溫柔，像十月裡北京夜晚舒適的空氣，校園恢復了原有的生機。

入夜，同間宿舍的張翔和吳平剛剛結束了有關何孔德油畫技法的熱烈討論，雖然都有點臉紅脖子粗，卻並沒傷了和氣。司子傑和馬大文插不上嘴，就各自幹著自己的事。

過了片刻，宿舍裡安靜了下來。吳平沖了杯麥乳精，水不熱沒攪開。張翔煮了兩個雞蛋，煮了個半熟。司子傑做了疙瘩湯，噗了鍋。馬大文吃了個糖三角，糖流得到處都是，卻都吃得十分投入。

吳平坐在書桌前，望著窗外的夜空，若有所思了片刻，同馬大文說：「我是在試圖解讀人生的密碼。那麼此話怎麼講呢？老馬你比如說，在路上走過來一堆螞蟻，你突然在牠們前面撒了泡尿，這對於牠們，無疑是一場自天而將的災難。但是，牠們，也就是螞蟻們，若能解讀人生的密碼，也就是預知，便可避免這場災難。」

司子傑說：「對頭！俺要是解讀了人生的密碼，便可避免這疙瘩湯噗鍋了！」

張翔說：「對頭！我要是解讀了人生的密碼，便可避免這半生不熟的雞蛋了！」

馬大文說：「對頭！我要是解讀了人生的密碼，便可避免這糖三角漏糖了！」

對門的揭湘沅破門而入，說：「對頭！俺要是解讀了人生的密碼，便可避免四樓失火，避免把那堆舖蓋扔到電線上囉！」

「其實，四樓有個禮堂也是不錯的。」大家說，記起了剛入學時常常在那禮堂觀摩，還聽過朗誦藝術家瞿弦和和張鈞英夫婦朗誦艾青的自傳體抒情詩《大堰河，我的保姆》。

馬大文還記得幾句兩位老師的朗誦：

大堰河，是我的保姆

她的名字就是生她的村莊的名字

……

大堰河，今天我看到雪使我想起了你

你的被雪壓著的草蓋的墳墓

……

大概艾青的詩歌勾起了二位老師的往事，他們的眼裡浸著淚。他們和他們的家人在文革中都經歷了很多的磨難，張老師的父親更因不堪迫害而自殺。

「若是能解讀了人生的密碼，瞿老師和張老師在文革中的磨難就能避免了。」大家感概著，沉默下來。

三樓樓道的另外一頭，戲文系的學生郭狄又扯開喉嚨，唱起了京劇樣板戲《智取威虎山》裡的〈朔風吹〉：

朔風吹，林濤吼
峽谷震盪
望飛雪漫天舞
巍巍叢山披銀裝
好一派北國風光
……

「老實講，這段樣板戲其實挺好聽的，據說這唱腔是前文化部長于會泳設計的。」

「于會泳在文革中受到咱們名譽院長江青的賞識，爬到了文化部長，兩年前被隔離審查，沒多久就服毒自盡了。」

「于部長要是解讀了人生的密碼，就不至於落到這步田地了。」

大家對「于部長」沒能解讀「人生的密碼」感到十分惋惜。

山河壯麗，萬千氣象
怎容忍虎去狼來再受創傷
……

郭狄唱得字正腔圓，一本正經，像是徹底地解讀了「人生的密碼」一樣。

08 米修司，你在哪兒？Missyuss, Where Are You？

公元一九七八年夏

不久後，學校組織全系去鄉下畫風景，布景一班由霍起弟老師帶隊，在京郊門頭溝妙峰山巴州公社下面的隴駕莊四隊。這次，要在隴駕莊住上六週。隴駕莊只有大隊部，沒有賓館，沒有條件對外開放，更沒有條件接待外賓。秦老師帶著留學生住條件好些的公社招待所，畫畫則專選看上去生活富裕些風景又過得去的地方。秦老師專門負責看顧留學生，因為「外交無小事」。插班生張小艾勞江聲王秀有工作單位的補貼，也住招待所，三個人住一間房。

學生們第一次下鄉寫生，想像著整整的一個月裡只畫風景，沒有其他課程，更不必早起跑步，心裡就充滿了興奮。又想像著歸來的路上，每人都能帶回厚厚一摞子「俄羅斯小風景」，調出難以捉摸的色彩，運出難以言喻的筆觸，畫出一張張難以形容的格拉西莫夫、馬克西莫夫和列維坦，心裡就充滿了激動，彷彿回到了遙遠的、心馳神往的、自由自在的、無拘無束的藝術家時代。

學生們吃在大隊部的食堂，睡在大隊部的土炕。食堂裡成幫結夥地飛著蒼蠅，不時地掉進小米粥裡，大家就用湯匙舀出來甩在地上，呼嚕呼嚕地接著喝。大隊部裡四面透風，成群結夥地飛著蚊子。蚊子嗡嗡地叫，大家就抓起草帽呼搧呼搧地趕。電燈泡是二十五度的，沾滿了蒼蠅屎，還比不上煤油燈亮。

天剛朦朦亮，學生們就紛紛爬起來，三五結伴，戴著草帽，拎著畫箱，找到好的風景就坐下畫起來。村民們在旁邊指指點點，問：你們這是幹啥的？上邊派的工程師？規劃農業學大寨？也有坐在村頭抽煙的老漢，聽說學生們是從中央戲劇學院來的，就遞過煙袋管兒，友好地打著招呼說，你們是中央派來的，挺辛苦哩，過來抽袋煙解解乏吧！

隴駕莊的風景如畫。山是妙峰山，層巒疊嶂，河是永定河，川流不息。聽帶隊的霍老師介紹說，乾隆帝曾經騎馬到這一帶巡察，在這兒「攏駕」下馬停留休息。看到這樣好的景緻，就連聲叫妙，這裡才得名「攏駕莊」，也就是現在的「隴駕莊」。

然而，大家不畫山，也不畫水，卻都樂此不疲地熱衷於畫那些「不起眼」的小角落，那些灰色調的鄉村田園小風景。

這天在村頭的一條山路旁，大家支起了畫箱，坐在各自的馬扎上，腳下和馬扎都沾滿了泥巴。畫著畫著，天就下起雨來，不大，雨點卻打在畫面上，出現了意想不到的「雨」的效果。見無法畫下去了，大家便收拾畫具，一邊找地方避雨。

滕沛然發現不遠處有個「橋」狀的去處，就喊：「唉呦喂，那不是一座橋嗎？」

「老班長快走！」司子傑對班長馬大文說。

「讓列寧同志先走！」馬大文趁機說了句蘇聯電影《列寧在十月》裡的臺詞，一邊向揭湘沅做了個「請」的手勢。

「不！還是讓瓦西里同志先走！」揭湘沅對吳平說，也做了個「請」的手勢。

「捷爾任斯基也得先走，我這喇叭褲淋濕了沒的換！」朱小岡也說了句笑話。

「這橋洞子裡光線不錯，老張你替我們拍張照片吧！」吳平說，一邊把手裡的相機「奧林帕斯」遞了過去。

其實，這「橋」只不過是在兩堆亂石頭砌的墩子上搭了個頂子，大概是個開放式牲口棚。大家「忽」地跑進去，發現「橋洞子」竟寬敞通風，站了七個男生還綽綽有餘。

張翔舉起奧林帕斯，說：「娃兒們自然點！」見畫面不錯，從美術的角度看，人物前後「遠中近」錯落有致，人物服裝「黑白灰」變化自然，物體空間「天地景」布局分明，一切都符合張老師的教學要求，就趁吳平側臉朱小岡轉身滕沛然張嘴袁慶一叉腰司子傑傾斜揭湘沅手搭住馬大文的肩膀馬大文眼鏡片反光那一瞬，「啪」地一聲按下快門，定格了一張歷史鏡頭：《橋之印象：避雨》，說了聲：「對頭！」

袁慶一抬頭看了看這牲口棚子，趁機說了句南斯拉夫電影《橋》裡的臺詞：「可惜啊，真是一座好橋！」

晚飯後回到大隊部，大家把小風景釘在牆上。大隊部的燈光昏暗，正好烘托出了鄉村小風景的灰暗氣氛。面對著滿牆的小風景，大家相互好評，相互讚賞。村裡雖時不時見得到文化大革命時殘留下的標語和毛主席語錄，卻因這些與他們崇拜的畫家風格毫不入調，就被學生們在畫面上虛掉了，沒畫上去。

「老街你給看看！」馬大文對揭湘沅說。

「老馬逗霸，這筆觸倍兒格拉西莫夫，咱學習學習！」揭湘沅說。

「老司你給提提！」張翔對司子傑說。

「俺覺得對頭！這色彩倍兒馬克西莫夫，俺參考參考！」司子傑說。

「老滕你給瞧瞧！」朱小岡對滕沛然說。

「唉呦喂，可以啊，這意境倍兒司維坦，咱借鑑借鑑！」滕沛然說。

「我是坐在老司後頭畫的，呵呵！」朱小岡說。

「老吳你給說說！」袁慶一對吳平說。

「小袁你這雲畫得有味兒，透明畫法吧？」吳平說。

「省顏料噠！」袁慶一說。

村民們眼看著這些青年們上山下鄉，卻既不投入廣闊天地大煉紅心，又不參加農業學大寨戰天鬥地，更不搞土改搞四清鬧造反批林批孔批四人幫，卻各個拎了個髒兮兮的木頭匣子又畫又描，專揀破的地方畫，專挑舊的地方描，便覺得十分新奇，遂引起了男女老幼村哥里婦們的極大興趣和踴躍圍觀。

這天在村另一頭的一座院子前，大家又支起了畫箱，坐在各自的馬扎上，腳下和馬扎又都沾滿了泥巴。

不多久，每人就都差不多畫完了一張不錯的小風景。

吳平畫的是《黃昏的小路》：幾座穀草垛，幾棵白楊樹，幾座石頭屋，一條小山路，通向看不見的遠方，十分的格拉西莫夫。

村民們，也就是過去的貧下中農們看著看著，就發表了評論。

「你們咋不去畫畫那山，畫畫那河？咋不畫那排新蓋的紅磚瓦房，何支書家？那窗戶門兒刷了藍油兒，闊氣著呢！」一個蹲在石頭上的老漢衝著吳平的畫說，一邊把嘴湊近一隻粗瓷海碗，手心一轉，「呲溜」一聲，沿著碗邊喝下了一圈滾燙的棒子麵粥。

「何支書家住哪兒？」吳平問。

「那兒啊，供銷社後院兒，買東西也方便！」老漢往遠處指了指。

「啊？我尋思那兒住的是地主富農呢！」吳平說。

「大門刷了紅油漆，比解放前的大地主還闊氣！」村民們不無羨慕地說。又說到地主富農：「地主富農哪能住那種好地方？前些年文革那會兒沒被活埋就算他們命大了。」

滕沛然畫的是《小路的黃昏》，不少地方用了刮刀。小路兩旁堆著亂石長滿野草，遠處的樹叢罩上了一筆夕陽，背景的妙峰山畫成了藍灰色，看不見天空，十分的馬克西莫夫。

「這是個啥，膩膩呼呼的，像俺家那豬食，看不懂。」一個坐在碾子上的老婦衝著滕沛然的畫說，一邊「鏗吡」一口啃了塊手掌心裡的棒子麵窩頭。「你還不如畫畫咱家的大肥豬！」

「啊？大肥豬在哪兒？」滕沛然問，有意把大肥豬加進去。

「啦啦啦……」老婦摘下頭頂著的手巾揮著招呼，那大肥豬卻不理會，繼續啃著地上的老玉米棒子。

司子傑畫的是隴駕莊。圍在他身邊的既不是老漢，也不是老婦，而是幾個女孩兒，都是村中好看的「妮子」，這令司子傑畫得十分賣力，畫兒也十分的列維坦。

他撩了下額頭前的一綹頭髮，稍稍向後一仰，手裡的四號油畫筆戳了調色板上的熟褐和群青，又戳了旁邊的象牙黑和紫羅蘭，用小而碎的筆觸，畫在畫面中的小路上。

小路曲折蜿蜒狹長，令人想起一首俄羅斯民歌：

一條小路彎彎曲曲細又長
一直通向迷霧的遠方
……

旁邊的滕沛然探過頭來，嘴裡「嘖」了聲，道：「唉呦喂！瞧這柵欄，瞧這小路，通向迷霧的遠方啊，倍兒司維坦！」

「俺給這畫兒起了個名兒，叫《通往黃昏迷霧的小路》！」司子傑說。

「倍兒有詩意，倍兒司維坦！」大家說，意思是說這畫兒「相當有列維坦的詩情畫意」。

「嘖嘖。」馬大文也探過頭來，表示同意。他畫的是《黃昏下的道路》。

「嘖嘖嘖。」張翔、揭湘沅也探過頭來，表示很同意，他們畫的分別是《黃昏和道路之印象》和《印象中之道路和黃昏》。

「嘖嘖嘖嘖。」不遠處的朱小岡、袁慶一、袁明、孫路也都探過頭來，表示完全同意，他們的畫還沒起名兒，說你們把好名兒用光了，我們怎麼辦？

司子傑並不答話。他用筆戳了戳調色板左上角的永固白，略微一調，輕輕在畫面上點了幾下，畫面上的籬笆前就出現了幾隻小雞。又用廢報紙擦了擦筆，側過筆鋒，戳了點橘紅，畫面上輕輕一點，點出了雞冠。

「嘖嘖嘖嘖嘖。」吳平也探過頭來，表示非常同意。又若有所思地說了句：「楓丹白露。」遂注視起天上的雲。雲灰而薄，淡而遠，正不經意地游動著，像一群科羅的「林中之仙女」，起舞在傍晚漸漸暗下去的天空……

「司大哥畫得真像俺家。再把俺家的兩隻鵝也畫進去吧！咯咯咯咯……」後面傳來一串銀鈴般的笑聲，原來是村裡的少女孫紅芬。

紅芬在公社中學上初中，每天要走兩個鐘頭的山路。放學的路上，紅芬總是要找到司子傑，「看司大哥畫畫」。

「紅粉來了！」司子傑眼睛一亮，看看紅芬，說：「紅粉懂藝術。俺給紅粉加上兩隻鵝！」話剛說完，紅芬家的兩隻鵝已經在畫面上的草垛旁了。

紅芬十五六歲的模樣，寶石般的臉頰透出淡淡的紅暈，像是被加了一筆透明的永固紅一般明亮。她穿了件水紅色的布褂和藍綠色的長褲，都有些褪色，卻都洗得非常乾淨。齊胸的辮子，辮梢繫了一堆綠頭繩，線頭散開著，映襯著頸上綠色的圍巾，遠看像一片嫩葉襯托著一個還沒熟透的蘋果。

「紅粉來了！」張翔和馬大文齊聲說，故意把「紅芬」說成「紅粉」，模仿著司子傑的山東口音。

「司大哥厲害！司大哥厲害！」紅芬拍著手，招呼著身邊的大妞和二妞，「快來看！俺家的鵝也上畫兒了！」

「俺家還有四頭豬三隻羊兩隻貓一條狗呢！」大妞和二妞嚷嚷著。

「豬羊貓狗俺就不畫了，看看這個是誰？」說未說完，畫面上已經多了個紅衣藍褲綠圍巾的女孩兒，和眼前的紅芬一模一樣。

「紅芬這不是你嗎？」大妞和二妞一齊叫了起來。

「是俺！是俺！咯咯咯咯咯……」紅芬認出了自己，興奮得拍起手來，發出一連串銀鈴般的笑聲。

周圍的女孩兒們都圍了過來，男孩兒們也圍了過來，紛紛要求司子傑把自己也畫在畫上。

「這樣吧，你們排隊，我們給你們畫像怎樣？」揭湘沅過來和孩子們說。

「是帶色兒的嗎？」大妞和二妞問。

「對頭！是彩色的喔！」張翔說。

孩子們聽到張翔的四川話，覺得十分新奇又好笑，就學著他，說：「對頭！是彩色的喔！」

吳平又注視起天上的雲，雲多了起來，暗了起來。

大家都停下了手中的風景，換了張油畫紙，要依次給每一個孩子畫像。不料，待大妞剛剛坐在一塊石頭上擺好姿勢，天就下起雨來，而且越下越大，瓢潑桶瀉一般，男女老少村哥里婦男孩女孩們紛紛跑回家去。

紅芬喊：「快到俺家避雨啦！」大家就七手八腳，匆匆收拾了油畫箱子，也喊著：「去紅粉家避雨！」便一窩蜂地跑進紅芬家的院子。

紅芬家和隴駕莊的所有人家一樣，石頭牆、石頭地、石頭灶、石頭炕，只有門窗桌子櫈子是木頭的，鍋子是鐵的。

雞鴨鵝都躲在棚子裡，抖動著羽毛上的水，學生們也搖晃著頭，抖動著身上頭上的水，抖來抖去卻還是像剛從水裡撈出來的一般。紅芬的水紅色褂子也濕透了，還沒完全發育成熟的胸脯顯露出柔和的曲線。

桌子上放了一蓋簾窩頭，鍋子裡蒸著白薯，正冒著騰騰的熱氣。

紅芬爹不在家，紅芬娘是個不足四十歲的女人，一邊招呼大家在灶旁烤火，一邊說，你們等會兒吃點白薯吧。

紅芬的奶奶盤腿坐在炕上，吧嗒吧嗒地抽著煙袋管兒。她對學生們很不友好地說：「你們這些工作員搞四清，破四舊，鬧造反，把村裡村外弄了個亂七八糟，今天又來幹啥？」

大家就解釋，說：「老奶奶，我們不是工作員，不是紅衛兵，不是搞四清，不是破四舊，也不是鬧造反，我們是學生，是來這兒畫畫的，畫寫生。」

解釋了好一會兒，奶奶才鬧清這些人不是工作員紅衛兵，就說：「不是工作員不是紅衛兵就好。」說到是畫畫兒的，就在炕沿上磕了一下煙灰，說：「畫畫？畫個啥畫？寫生？寫個啥生？年輕人，得學點真本事，畫畫兒有個啥用？去年秋天有一夥人來了，是啥畫畫學堂的，也是這麼說，畫了俺家的院子，看不出個啥模樣來。一坨坨的顏色兒，像抹牆的稀泥，濕乎乎的，摸了俺一手，俺搓了胰子也洗不掉。還給俺畫了像，臉上畫得全是鉛筆道子，像貓抓了似的，寒磣死了。」

奶奶還要說下去，卻被紅芬打住了：「白薯好了，都快來吃啊！」

大家都過去拿了一塊滾燙的白薯，兩隻手倒換著，都吃得十分開心。

奶奶也吃了一塊，又仔細端詳了司子傑的畫，說：「這後生畫雞鴨鵝還行，就是把俺孫女兒畫得沒鼻子沒眼兒，還得加工加工啊！畫畫兒，你得學學唐伯虎，得能養家餬口才算本事！」又抽了口煙袋管，端詳了司子傑，還看了手相，說：「俺這紅芬啊，該找個婆家了不是？」

大家就笑著說：「俺們的司後生比唐伯虎厲害，面相手相都屬上乘，是個人選啊。」

紅芬聽不太懂，說：「咱妙峰山裡沒有唐伯虎，有爬山虎！」

奶奶臉上有了笑模樣：「一山容不得二虎，有一個厲害的虎就夠了。」

紅芬說：「司大哥說俺應該去考表演呢！」

奶奶沒聽清，說：「烤啥？俺看這蒸白薯比烤的強，軟和！」

大家又笑了一陣，說：「等我們回北京了，紅芬你來玩兒啊。」

紅芬說：「俺去找司大哥找你們去，到時候可別不認識俺啊！」

司子傑說：「紅粉，一言為定！到司大哥那兒，俺請你吃油餅喝豆漿。對了，俺還會做疙瘩湯！」

朱小岡說：「老司疙瘩湯做得好，味兒正，味兒對，把我給饞壞了，到現在還沒吃上呢！」

司子傑說：「俺那兒還有一包方便麵呢！」

紅芬說：「啥方便麵呀？俺擀的寬麵條挺方便啊！」

馬大文替司子傑說：「你司大哥的方便麵是在胡同口的副食店裡買的，兩毛五分錢外加二兩糧票，是乾的，裝在玻璃紙袋裡，撒上小口袋裝的胡椒粉和醬，開水一泡就能吃了。」

紅芬說：「兩毛五？還要糧票？挺貴的。這俺不會做。可是俺也像司大哥那樣會做疙瘩湯，俺還會烙韭菜盒子呢！」

張翔說：「窮人的孩子早當家。老司有口福了，羨殺我也！」

馬大文說：「老司，你的米修司啊！」

米修司是契訶夫小說《帶閣樓的房子》裡的少女任尼婭，大家都知道。

揭湘沅說：「The House with the Mezzanine，也叫《藝術家的故事》，寫的是列維坦，也就是司維坦的故事！」

張翔說：「Forever Genya，永遠的任尼婭！」

吳平說了句「靈格風」式的英語：「Missyuss, where are you?」

張翔替他做了翻譯：「米修司，你在啥子地方喔？」

馬大文也替他做了翻譯：「米修司，你在哪嘎噠呀？」

紅芬聽不懂：「你們在說啥？啥是米修司啊？」

滕沛然說：「是在說你呢，紅芬！問你在哪兒呢！」

紅芬說：「俺在這兒，門頭溝妙峰山巴州公社隴駕莊俺家屋子裡呀！你們可真逗！」又發出一陣銀鈴般的笑聲。

紅芬媽說：「你們這些學生啊，是餓暈了！快，每人再吃一塊白薯吧！」

蓋簾上的白薯已經被吃了一大半，大家不好意思再吃，就說，我們得回去了，明天再見吧。

第二天上午飄雨，司子傑找來了大妞做模特兒，躲在像是「一座好橋」的牲口棚下畫了張頭像。大妞穿了件白色布褂，短辮垂落胸前。本來挺大方的大妞這時卻有點羞澀了。她的頭略低下，眼睛向一旁望去，背景雨中的樹木顯得格外蔥蘢。大家覺得這座牲口棚其實是間不錯的畫室，沒有天窗，卻能避雨。

中午放晴，下午的陽光格外明亮。傍晚，每人各畫了張《斜陽下遠去的小路》，都畫出了列維坦的意境和色彩，便覺得十分滿意。

袁明和孫路急著去食堂燒水洗頭，先回去了。

吳平書包裡拿出相機，說：「各位，我這奧林帕斯裡還剩了張膠捲兒，咱們拍張照留念吧！」說著，把奧林帕斯遞給揭湘沅：「昨天橋洞子那張是老張拍的，特點是明暗對比好。這回老街來，特點是構圖布局好！」

揭湘沅說：「逗霸。我就用過幾回國產『海鷗』。老吳你這高級相匣子奧林帕斯，俺還真沒使喚過！」

張翔說：「要的。我昨天使喚過一回，很聽話的！」

朱小岡說：「老張那張橋洞子的構圖也倍兒棒。我得看看老街是怎麼取景構圖！」

馬大文想起張老師課堂上說的畫面三要素「遠中近、黑白灰、天地景」，說：「這些要素老街已經駕輕就熟。」又見揭湘沅和朱小岡都穿著軍大衣，就說：「你們倆都穿了軍大衣，一看就像是搞攝影的。」

揭湘沅想起素描課上周老師教導的構圖原理，開始猶豫到底是採用「三角形」還是「長方形」，於是就學著周老師的吳儂軟語，說：「好。問題是要塞高影，還是讓方影？」

朱小岡抖了抖軍大衣，說：「大夥在課堂上都畫了不少塞高影，這回來個讓方影吧！」

揭湘沅說：「好，就讓方影。」揮了揮手，「各位，都往前走，自然點。」

揭湘沅和朱小岡向後退了幾米，有些臃腫的軍大衣在地面上投下長長的影子。

揭湘沅舉起相機，說：「好，準備，讓方影，向前走。我們走在大路上，意氣風發鬥志昂揚。」又用湘潭話說了句毛主席詩詞：「不管風吹浪打，勝似閑庭信步。」

大家就非常自然地向前走去。

袁慶一走在中間，抱著雙臂，露著牙齒，彷彿仍在思考著「塞高影」還是「讓方影」的問題。

左邊的吳平抓過一隻村民的柳條籮筐，順勢舉起，做了個「農業學大寨，一定要把籮筐抓緊」的造型，咧開嘴笑了。

旁邊的滕沛然抓了另外一隻籮筐，猶豫著是舉起還是放下，思考著《哈姆雷特》中「To be, or not to be」的問題。

袁慶一右邊的張翔非常自然地邁開步伐，笑嘻嘻地低著頭，欣賞著地上爬過的一隻瓢蟲。

司子傑在張翔之後，也非常自然地斜著身子向前走過，半咧著嘴，什麼也沒說，什麼也沒想。

略顯不夠自然的是與司子傑並排的馬大文。他的一隻手插在褲兜裡，另一隻手生硬地閒置著，動作有點像宣傳畫萬里長征北上抗日的老紅軍。

旁邊的朱小岡說：「老街的構圖果然不錯。」

揭湘沅說：「還行。讓方影……」「啪」地按下了快門。

夕陽的餘暉照著大家。遠處淡紫色的光影透過樹幹的縫隙灑在小徑上，像一片碎金般地燦爛奪目。

村頭響起了幾聲狗叫。孩子們跑了過來，喧鬧著。他們的身上、臉上都被夕陽的餘暉映照著，顯得燦爛而光潔。一個穿水紅色褂子的女孩兒跑在前面，發出一串銀鈴般的笑聲。

終於到了離開隴駕莊的這一天。

大家揹著行李捲兒拎著油畫箱，湧上了一輛破舊的大客車。油畫風景上的顏色還沒乾透，索性就讓它們黏在一起，綑在行李裡。

汽車開動了，車後跟著一群半大的孩子，男孩女孩都有。大家對司子傑說：「紅粉來了！」

紅芬穿著那件水紅色的褂子，揹著書包，在孩子們中間奔跑著，一邊呼喊著甚麼，聽不清，像是在說：「你們都別走啊！」

司子傑忽然想起契訶夫的小說《帶閣樓的房子》，想像著這個穿著水紅褂子的紅芬，就是故事中的「還沒有被當作大人看待的、溫柔聰慧的小女兒米修司」。他從車窗伸出手去，揮一揮衣袖。衣袖被風吹著，發出「呼啦啦」的聲響。

汽車盪起一片塵土，紅芬仍然在呼喊著，奔跑著，水紅色的布褂像一團火焰一樣在塵土中燃燒。塵土遮蓋了孩子們，遮蓋了村莊、院落、院裡院外的雞、鴨、鵝、狗、田野、莊稼和山勢雄峻，林木蔥蘢的妙峰山……司子傑記起了《帶閣樓的房子》結尾時的一句話：「米修司，你在哪兒？」孩子們的叫喊聲聽不見了，紅芬的紅布褂看不見了，妙峰山隴駕莊像一幅幅昨日的風景一樣急逝而去……

張翔、司子傑、馬大文，還有對門宿舍的兩個外地同學揭湘沅和袁慶一剛剛回來。他們去了趟王府井清華池公共澡堂，每人花了一毛錢，暢快淋漓地洗去了一身汙垢，感覺上就像前幾年的「知識青年上山下鄉接受貧下中農再教育」，「脫胎換骨地改造了思想和靈魂」一樣，渾身透出難以形容的輕鬆。

「一個月沒洗熱水澡了！」

「就在山邊湖裡集體裸泳了一次而已。」

「老班長不會游水，在湖邊給我們看衣服放哨了。」

「可惜老吳沒有給咱們拍照留念。」

「老吳也忙著裸泳沒得工夫拍照。」

「還好沒讓紅芬看見。」

「紅芬哪兒見過這麼多裸男！要嘛一準兒呼吸困難暈過去了！」

「那次也沒帶換洗的衣服。」

「那襪子都浸滿了臭汗泥，晾乾就能站起來了。」

「味兒得像胡同裡的公共廁所，把人給燻得差點沒中毒！」

「好在畫兒倒沒少畫。」

「聽說以後還要去河南山區和山東大漁島寫生呢。」

「恨不得去東北那嘎噠畫白樺樹，畫上一批蘇聯油畫高級灰！」

「嘖嘖！那該是什麼成色！」

「可惜沒有《大西洋底來的人》看了。」大家說。

「有一天俺這畫兒若能換點銀子就買上他一臺彩電，使勁看！」司子傑說。

電視房的彩電被盜，看不到麥克・哈里斯的大結局，看不到中國女排大戰古巴隊，中斷了陳琳的電視英語，令人掃興和失落之餘，也令人有些無所適從了。

「這麼大個電視機，光天化日之下，怎麼就被抬走了呢？」

「出大門時也逃不過收發室張師傅的眼睛啊！」

「難不成那竊賊使用了隱身術障眼法？」

「要麼就是內部人幹的！屬於人民內部矛盾。依我看，這電視機就沒出這個院兒！」

「指不定這會兒正在哪間屋裡，箱子裡頭鎖著呢。」

「指不定等到天兒黑了再悄悄拿出來，音量調小了自己看大西洋呢！」

「這個麥克・哈里斯到底是從大西洋的什麼地方來？」

「大西洋底的雲裡霧裡來的，雲深不知處啊。」

「宿舍裡呆著沒意思，還不如去資料室呢！」

資料室在圖書館的裡間，這時已經燈火通明。不多時，布景一班、布景二班和燈光班的三十多個同學都先後湧了進來：阿合贊、蔡蓉、戴敦四、刁建邦、丁寧、范舒行、方國文、馮德仲、郭志清、胡曉丹、黃巨年、黃其智、姜滬生、揭湘沅、李強、劉楓華、劉杏林、呂虹、馬大文、司子傑、孫路、唐麗明、滕沛然、王猛、王如駿、王志純、吳平、于海勃、袁慶一、張安戈、張冬彧、張景、張翔、朱小岡……他們圍坐著幾張大桌子，把本來就不大的資料室擠得滿滿當當。

進來的人先在裝滿目錄卡片的抽屜裡翻上一通，抄下書名，交給圖書管理員。管理員是學校翻譯室俄文翻譯夏立民老師的女兒，叫「小妹」。小妹不一會兒就找出了畫冊，大家按捺住心中的激動和興奮，抱著畫冊在座位上慢慢地看了起來。

資料室裡「資料」很多，最多的是俄文畫冊，都是硬封面的，都是用外匯買的，都是在外面絕對看不到的原版外文畫冊。此外，還有不少稀有的「國語」內部書籍，連解放前的《良友》畫報都存了一大摞子。

靠窗坐著的揭湘沅一邊翻閱著俄文的「謝洛夫」，一邊讚歎不已，嘖嘖稱奇。「謝洛夫」散發出一股油墨味兒，正是白樺林木棱房和伏特加的味兒，也是托爾斯泰普希金契訶夫柴可夫斯基的味兒。他旁邊的朱小岡看著英文畫冊「薩金特」，一邊砸吧著嘴說：「這味兒，這色彩這筆觸，這是怎麼畫出來的？」「薩金特」也散發著一股油墨味兒，正是傑克・倫敦馬克・吐溫美國之音摩天大樓和《星際大戰》的味兒。

滕沛然坐在對面，旁邊堆著一摞畫冊，前面攤著劇本《院牆內外》和一張白紙。他捧著一杯濃茶，冒著熱氣。茶杯是一個玻璃芝麻醬罐子，套在尼龍絲杯套裡。茶有點燙，間或啜上一口，發出「嘶啦」的一聲，是對枯燥乏味的劇本發出的嘆息。

坐在滕沛然旁邊的張翔也在為《院牆內外》的設計出圖。他面前的參考畫冊很多，都是歐美舞臺設計方面的。歐美的舞臺設計抽象而現代，而《院牆內外》反映的卻是人民公社的「一大二公」，只適合於蘇聯的社會現實主義，卻與抽象和現代根本沾不上邊，歐美的舞臺設計談不上任何值得參考的價值。

「老滕，你出了幾張圖？」張翔向滕沛然轉過頭去。

「我這兒是一張不張啊！你呢？」滕沛然舉起前面的一張白紙，晃了晃。

「我倒是出了一張。」也舉起前面的一張白紙，上面畫了個斜平臺。「本來想弄個斜平臺啥子的，卻發覺場院那一場，加了斜平臺就談不上曬老玉米粒子了，根本就不是那麼回事兒啊！」

「我這兒也想用車臺升降臺黑絲絨幕鐳射燈啥的，卻也發覺離主題十萬八千里！」

「劇本太爛，設計起來也沒勁！」滕沛然說著，啜了口茶：「還是太燙！嘶啦！」

袁明和孫路在看一本日文畫冊《東山魁夷》。袁明指著一幅《冬日三樂章》上被白雪覆蓋著的山林，對孫路說：「我下鄉勞動的地方就是這樣。可惜當時沒有照相機把那兒的風景拍下來。那次上山，老鄉張大爺還獵到一隻狍子，後來把狍皮給我了，和老馬鋪上鋪的那張一模一樣！」

袁慶一看的是《梵谷》。他躬著身，時而被畫家的命運所打動，時而被畫家的色彩所折服，遂不時地發出一聲聲嘆息：「梵谷兒啊梵谷兒，相比之下，我們這些人兒就是庸人兒，還有甚麼勁兒活兒？」

吳平在看科羅。畫冊是法文的，油墨的味兒和蘇聯的味兒美國的味兒不同，是一種有些潮濕，有些羅曼蒂克的味兒，是巴比松楓丹白露巴爾扎克和羅曼・羅蘭的味兒。吳平回味著適才在地安門馬凱餐廳用過的晚餐，愣了一會兒神，突然叫道：「味兒好像有點不對啦！」

「是哪一個放屁囉？此處無聲勝有聲。毛主席說：不須放屁！」周圍的人喊了起來。

袁明和孫路對望了，往旁邊努了努嘴，互相使了個眼色，咯咯地笑了。

馬大文借出了圖書館的UNDERWOOD牌英文打字機，躲在資料室的角落裡，噼哩啪啦地打著一封信。信是寫給美國一所大學的，說Hopefully, I will be granted full scholarship，是說「有望拿到全額獎學金……」

打字機是解放前南京國立劇專時留下來的，色帶是藍色的，每打錯一個字就要把信紙捲上去，塗上一塊白廣告色，吹乾，再捲回到原位重新打。打完後把信紙舉起來對著光一照，發覺塗了廣告色的地方很多。

「老馬一門心思要出國，畫兒都不怎麼畫了。」

「是不是有點不務正業啊？」

有人議論起了馬大文。

馬大文不管這些議論，說：「是有點不務正業。可是邢老師說要有戰略眼光啊！」打字機上遂又

「噼哩啪啦」地打出了一長串英文：I hope I will be able to join you soon，我希望很快就加入到你們的行列……

司子傑在看列維坦，沉浸在列維坦風景中流溢出的詩意、沉思、希望和陽光之中。

「這列維坦畫的風景，俺怎麼越看越像是妙峰山下的隴駕莊呢？」司子傑自言自語道。「閃爍著能使疲倦的心靈愉快起來的陽光……像流星一樣劃過心靈的上空，留下一道道眩目的光輝……」

「哪裡有紅芬，哪裡就有風景，哪裡就閃爍著陽光，哪裡就有劃過心靈上空的流星！」打字的馬大文停下來說。

「老司和老馬開始作詩了，太有文化啦！」正在翻看一本德國表現主義畫冊的劉楓華劉Good說。他的旁邊放了厚厚一摞子畫冊：出土兵馬俑、普普藝術、篆刻藝術、行為藝術……五花八門，應有盡有。

「瞧瞧老佛爺西太后這顆翠玉白菜，比寬街副食店的那些白菜還像白菜，絕了！」范舒行在翻看臺灣故宮的畫冊，看到了一顆玉石雕刻出來的大白菜，是鎮館三寶之一。又忍不住說了句廣東式英語：「Bak choy，巴克戳，白菜！」

從資料室出來，夜色已經深沉下來，北教學樓的一樓和二樓卻一片燈火，導演進修班正進行教學匯報演出。大家都擠了進去，發現教室裡早就沒有座位了，他們就或兩側站立，或席地而坐，剛好趕上看最後一個節目《哈姆雷特》的片段。

「生存還是毀滅，這是一個問題。」大家開始把哈姆雷特的這句臺詞掛在嘴邊上了。

宿舍樓裡又活躍和熱鬧起來。

大家發現吳平的舖上擱著一個板狀的牛皮紙包，貼著標籤，畫了酒杯和箭頭，紅墨水清楚地寫著

「小心輕放、請勿倒置」，就說這準是吳平從朝陽門水碓子家中帶回來的一張油畫，是另一張《雲》。仔細地查看了紙包並未「倒置」，吳平舒了口氣，遂到書架上翻出個麥乳精袋。

「我這麥乳精又少了一大半！」吳平喊道。麥乳精袋是透明的，吳平一眼就看出來了。

「哧哧哧哧。」有了笑聲。

「嘻嘻嘻嘻。」又有了笑聲。

「嘿嘿嘿嘿。」又有了笑聲。

這笑聲都太小，辨不出是從那裡發出的。

「聽聲音好像是耗子偷吃了我的麥乳精，正暗自竊喜呢。」吳平自言自語道。

「啊伊嗚哎喔……俺覺得最近臭蟲少了，耗子多了！」簾子後正在學日語的司子傑說，一邊哧哧地笑著。

「Oh dear！得到袁青老師那嘎噠整點耗子藥來！」左床靠窗上鋪正在學英語的馬大文說，一邊嘻嘻地笑著。

「借隻貓來也行！」吳平說，眉毛揚了一下。

「My God，我看要得！不管黑貓白貓，能抓耗子就是好貓！」張翔說了句標準的四川話，一邊嘿嘿地笑著。

吳平用湯匙挖出些裡面剩餘的麥乳精，倒在打飯的搪瓷盆裡，抓起暖壺倒水，發覺份量很輕，晃了晃，原來沒水了。

「乾嚼也不錯！」吳平嘴裡嚼著麥乳精，站起來，看著窗外，天空正飄著一大片雲，在黑色的背景下格外醒目，忙抓起紙筆勾畫出一張草圖。

「老吳還在畫雲啊？」馬大文說，指了指床邊的紙包。

「喔！幾年前的舊畫，樹脂裱板，有了裂紋。我正想著修復修復，使作品既保留著原有的痕跡，又呈現出全新的面貌。」吳平一下子緩過神來。

「中國人畫油畫實在缺少歷史，顏料也不對味兒。那天去軍博見到何孔德的畫，有些顏色都開始龜裂了。」張翔說。

他們又討論起了何孔德的畫兒，嚴肅而熱烈。

「十足的蘇聯社會現實主義味兒。」

「功底厲害了。」

「何老在馬克西莫夫油畫訓練班學了兩年，是馬老的真傳。」

吳平下鋪的張翔和對面上鋪的馬大文已經躺下，都戴了耳塞機，一邊有一搭沒一搭地練習著英語對話。司子傑拉開床頭的簾子，擦了皮鞋打了髮臘，興沖沖地出去了，皮鞋底的鐵釘踏在水泥地面上，發出一連串快活的聲響，屋子裡漸漸安靜下來。

「Where did Comrade Si go?」張翔和馬大文搭了話，問司同志去哪兒了。

「I think Comrade Si went out for a dating!」馬大文說司同志去赴幽會了。

「Really? With whom?」張翔問是跟的哪一個？

「A pretty young girl, I think!」馬大文說是一個漂亮的女孩吧。

「Really? Is she 紅芬？」張翔問可是門頭溝寫生時認識的孫紅芬？

「No, Hongfen is not in 北京。It is a different女娃兒。」馬大文說紅芬不在北京，是另外一個。

「Really? Which 女娃兒？」張翔繼續問到底是哪個。

「I am not sure...阿嚏！」馬大文不想多說，遂打了個噴嚏。

「Really? Is she a student here?」張翔刨根問底：「這女娃兒可是個在校的學生？又是哪個系的呢？舞美系？不像。表演系？厲害了！導演系？也厲害了！戲文系？更厲害了！」

「I…think sooo…I… I don't know，我不曉得喔……阿嚏……阿嚏！」馬大文看起來知道些內情，卻堅決不肯洩漏，便連打了兩個噴嚏。

說著說著，睏意湧了上來，就說「I am sleepy, aren't you？」遂打起了呼嚕，像是已經熟睡。

吳平回來了，放下一堆朝陽門水碓子家中帶回的小布口袋和油畫顏料，還有一袋「上海麥乳精」和一袋「蝶泉奶粉」。他凝視著牆上的油畫《雲》，若有所思，又見下舖的張翔和鄰床上舖的馬大文已經睡下，就攀著梯子爬了上去。

吳平本來也住下舖，因為那被子老不洗，引起對門滕沛然的注意，還專門過來看了，說唉呦喂，老吳這被子可真髒啊。吳平想，那我不如搬到張翔的上舖「樓上」去住，爭取點隱私感。

吳平脫下襪子，使勁擦了擦腳，順手把襪子掛在床邊，噌地一下鑽進被窩，倒頭就睡。

本已睡著了的張翔嗅到一股刺鼻的「不明味道」，急忙抓過身邊的《許國璋英語》蓋住鼻子，「啊嚏……啊嚏……啊嚏！」，連打了三個噴嚏，一個比一個響亮。

「樓上」的吳平已經鼾聲大作。

宿舍樓三層暗了下來，整座校園終於安靜了。偶爾聽得到風聲和汽車開過的聲音，是慵懶的深夜的聲音。

……

不知什麼時候，樓道裡又傳來了腳步聲，是皮鞋底鐵釘踏出的愉快的聲音。

馬大文醒了。他戴上眼鏡，向門口望去，果然，是司子傑回來了。

只見司子傑神祕地鑽進床頭的簾子，扭亮了桌上的臺燈，天花板頓時罩上了一片暖洋洋的光，是舞臺氣氛圖上的燈光效果。

看了一會兒福樓拜的《包法利夫人》，司子傑還是沒有睡意。

馬大文插上耳塞機要聽「美國之音」，卻發覺收音機電池沒電了。

司子傑屋裡屋外地在忙活著什麼，鐵釘踏出的腳步聲有點凌亂。聽動靜，是一種「俺餓了」的聲音，馬大文想著，一邊探出頭去。

果然，地上的電爐子燒得通紅，司子傑正在用一隻鋁飯盒燒水做「疙瘩湯」，一邊用兩隻油畫筆桿攪和著。

不一會兒，他端了飯盒放到床頭的書桌上，澆了不少辣椒油和味精，拉上了布簾子，呼嚕呼嚕地吃了起來，一邊推開《包法利夫人》，擰開抽屜的鎖，取出波羅洛科娃著的《列維坦傳》，信手翻開，是第一三五頁：

藝術高於一切

十月份陰霾的日子裡，列維坦到梅里霍沃契訶夫家來了。早晨，花園和田野裡的花草樹葉在初寒中染上了白色。為了防凍，菜園裡把天門冬包起來了，花圃裡移栽了鬱金香。

但十月十日天放晴變暖了。兩個朋友到花園裡漫步。契訶夫一心想著自己新寫的話劇《海鷗》。

司子傑看得十分投入，一邊在本子上做著筆記。溢到電爐子上的麵湯燒出了一股刺鼻的焦味。

過了許久，樓道裡又響起了腳步聲，好像在斜對面的門口停了下來，但絕不是司子傑的腳步，因為他已經睡下了，正打著呼嚕呢。

那腳步聲有著強烈的節奏感，有點像在跳踢踏舞。接下來的是啪啪的敲門聲，連敲了十幾下，沒人應，那人就喊了起來，聽聲音是劉楓華劉Good，大概是他們宿舍的人嫌他回來太晚，在裡面把門鎖住了。見還是沒人應，劉Good就抬腳使勁踢那門。

砰砰的聲響驚動了整個樓道，不少人穿著褲衩出來觀望，嚷嚷起來：「你們舞美系也太精力旺盛了吧？還讓不讓人睡覺啦？」

「誰他媽這時候敲門啊？」終於有人打開了門，是同屋的廣西大漢王猛的聲音。

劉Good鑽進屋，黑暗中伸手抓住掛在牆上的閉火燈繩，使勁一拉，燈繩斷了，嗖地一聲，甩出去老遠。同屋的黃巨年和劉杏林都醒了。

又過了一會兒，忽聽司子傑那邊發出嘩的一聲，像是翻騰東西的聲音，一邊聽到抱怨聲：「俺那管兒熟褐，怎麼就沒了！難道是用完了？」

馬大文探頭一看，果然是司子傑睡醒起床了。他把一隻帆布包倒了個底朝天，一大堆速寫，美術雜誌、飯票、零錢、鉛筆和管裝油畫顏色掉了滿地。兩個玻璃球狀的東西　轆轆滾到了馬大文的床邊。

馬大文推開枕邊的「電棒」手電筒一照，原來是兩個棒子。

「這還是紅粉送給俺的呢！」司子傑把棒子握在手中說。「咱們臨走上車那會兒！」

張翔也探出頭來，說：「Forever Genya，永遠的任尼婭！」
馬大文說：「紅粉，你在哪嘎躂呀？」
吳平也探出頭來，說：「Missyuss, where are you?」
差不多是凌晨三點鐘了。

09 飄行的喇叭褲 The Drifting Bellbottoms 公元一九八〇年夏

中國大地上開始了改革開放。

學校校園裡也開始了改革開放。

學校規定的晚十點熄燈制早在半年前就被改革顛覆了。學生們把四十瓦的燈泡換成了一〇〇瓦，各宿舍大張旗鼓地燈火通明到深夜。舞美系的男生女生人人都練成了夜貓子，晚上不肯睡覺，早晨不肯起床，張老師早晨七點的晨跑差不多沒剩幾個舞美系的學生了。晚起床的舞美系學生們錯過了食堂的饅頭鹹菜和棒子麵粥，都擁到街口鑼鼓巷的小店裡吃八分錢的油餅兒和五分錢的豆漿去了。

中山裝、人民服、直筒褲、解放鞋、解放帽開始慢慢地、悄悄地退出了校園，退出了歷史的舞臺。

公元一九八〇年的一天，「喇叭褲」進入了宿舍樓三樓的視野，並像兩年前電焊工在四樓留下的火種，無聲地燃燒起來，迅速地蔓延開去。

校園裡飄行起了喇叭褲，紅色的、棕色的、黑色的……

喇叭褲飄行著，像一陣斜風細雨，像一陣電閃雷鳴，在這個大變革大覺醒的大時代，在這個有些黯淡有些陸離的背景下漂起飄行，像剛剛興起的電子合成音樂，新奇、流暢、熱烈、叛逆、奢侈、遙遠、張揚，令人憧憬、令人迷失、令人無所適從、令人一發不可收拾，又欲罷不能……

喇叭褲的飄行是從舞美系開始的。

第一個穿起喇叭褲飄行在宿舍樓的是舞美系布景二班的劉楓華，「劉Good」。

劉楓華去八達嶺長城畫寫生，不但向外國人賣了油畫，賺了「外匯券」，還鍛鍊了英語，回校後逢人便說上一句：「Good morning，Great Wall！」或「Good night，Badaling！」大家聽不懂，他就嘻嘻笑著說：「是古貌林長城，晚安八達嶺啊。」後來說著說著，這兩句話就簡化成了一個字：「Good！」沒多久，就因此獲得了綽號「劉Good」。

劉楓華「劉Good」穿上了喇叭褲，這件事的發生純屬偶然。

這天是星期天。雖然已過十點，宿舍樓裡舞美系的男生們要嘛還沒起床，要嘛昨晚就已經回家。到了週末和節假日，北京同學就都回家去改善伙食了。劉楓華家在外地，想起傳說中地安門商場前的服裝攤和羊肉串，就做出了一個重大的、不朽的決定：去地安門逛逛，去開開眼聞聞味兒。

大街上已經人來人往，非常熱鬧。

地安門商場前的服裝攤主是一個大鬢角的長髮青年，黑瘦，穿著開司米花毛衣燈芯絨喇叭褲，戴著麥克・哈里斯蛤蟆鏡，叼著萬寶路過濾嘴香煙，一邊滔滔不絕地推銷著他的商品，是驚世駭俗的新生事物「喇叭褲」：

「喔，喇叭褲，快來瞧啦快來買！喔，喇叭褲，大減價啦大甩賣！喔，喇叭褲，廣州進貨，出口轉內銷。喔，喇叭褲，不要布票，不要糧票，只要現錢！」

大鬢角穿的就是這樣的喇叭褲：紅燈芯絨面料，低褲腰，短褲襠，緊裹臀部，褲腿上窄下寬，從膝蓋向下逐漸張開，形成喇叭狀，褲腳寬大得像掃把。

不一會兒，大鬢角的周圍就圍滿了看熱鬧的人。他繼續推銷著他的喇叭褲，說起了數來寶：

「喇叭褲，兩元錢，一條褲腿賣一元，超英美，賽蘇聯，比小日本兒還超前！」

「吹牛吧你！」一個胡同裡「老炮兒」模樣的人說了他一句。

大鬢角不理會老炮兒，吐了口痰，接著說道：「兩元錢，不算貴，不用回家去開會；兩元錢，不算多，不用回家問老婆！」

不遠處賣羊肉串的「買買提」伸出大拇指，向大鬢角做了個「亞克西」的手勢。他的羊肉串攤上飄過來一股濃煙和一陣焦糊味兒。

「阿嚏！」好幾個圍觀的人都打起了噴嚏。

「阿嚏！」「買買提」自己也打了個噴嚏，一手搧著蒲扇，一手翻騰著羊肉串，爐中的炭火劈哩啪啦地燃燒著。他不時地灑些孜然粉和辣椒末，一邊喊了起來，舌頭打著嘟嚕：「哎，羊肉串，買買提羊肉串！烏魯木齊羊肉串！又大又好的羊肉串！」

老炮兒看了眼那邊的「買買提」，發現有點眼熟。又瞅了眼他那撇小鬍子，感覺有點不對，像是假的，頭戴個白布帽，像大夫又像回民，有點不倫不類，就喊了聲：「那不是碾子胡同張家的二順子嗎？」

圍觀的人都轉過頭去。

二順子「買買提」怔了一下，卻馬上恢復了平靜，裝作沒聽見，眼向別處，繼續說著：「羊肉串，新疆羊肉串！新疆是個好地方，姑娘們年輕又漂亮！」他的頭開始左右扭動起來，舌頭打著嘟嚕，含混不清地說：「老炮兒是個大傻逼，吃了窩頭也拉稀……」

「到底是二順子？還是買買提？」老炮兒看不真切，聽不清楚，揉了揉眼睛，說：「看走了眼兒？」摳了摳耳朵，說：「聽走了音兒？」

大鬢角一隻手的大拇指插在褲腰裡，一隻手摘下蛤蟆鏡，夾在手指間耍弄，繼續誇讚他的喇叭褲：

「喇叭褲，漂啊漂，漂完東京漂紐腰；喇叭褲，擰啊擰，一擰擰到王府井；喇叭褲，扭啊扭，一扭扭到胡同口；喇叭褲，搖啊搖，搖完西單搖天橋；喇叭褲，大褲腳，走起路來多輕巧；喇叭褲，短褲襠，拉屎撒尿不用慌；喇叭褲，四個兜，裝了美國裝歐洲！」

圍觀的人，除了老炮兒，都熱烈地鼓起掌來。

「Good！」劉楓華擠進人群，脫口說出這句英語，一邊鼓掌，一邊嘻嘻地笑著：「一條褲子做成這樣子，有這許多好處，算得上好樣子！」

「顧得？顧得顧不得，掏錢就全得！醬子不醬子，就是這樣子！」大鬢角先是模仿著廣東口音，又轉成了京片子，說：「這位朋友，您來瞧，您來看！您來瞅！《望鄉》瞧沒瞧？《追捕》看沒看？《大西洋底來的人》瞅沒瞅？」

旁邊二順子「買買提」的羊肉串烤好了一爐，散發出一陣孜然粉和辣椒末的味道。

「Good！」劉楓華又說了句英語，繼續嘻嘻地笑著。「這仨片子咱哥們兒都瞧了個夠，看了個透！」

舞美系時常組織內部電影觀摩，前兩部電影學生們分別在圓恩寺電影院和交道口電影院瞧過看過，後一部電視劇在學校電視房瞅了一大半，電視機就被偷了。看《追捕》時，大家手持電影票擠進入場口，兩邊十幾二十個票販子「黃牛」拱手作揖挨個地問：「師傅有富餘票嗎？」《追捕》一票難求，聽說有人排了三天隊才買到票。《追捕》裡的喇叭褲和一句「我愛你」的臺詞令無數男女青年傾倒和效法。

「這位朋友，顧得就好！栗原小卷中矢村警長瞧見沒？高倉健真由美小姐看過嘛？麥克・哈里斯伊麗莎白博士瞅到啦？您猜怎麼著？」大鬢角問。

「這幾位我都瞧見看過啾到啦。怎麼著？」劉楓華問。

「男女主角，各個都穿喇叭褲！」大鬢角說。

「Good！」劉楓華讚嘆道。

「Good！您這句英語難不倒我，意思是『古德』，也就是『顧得』。顧得就好！您猜那喇叭褲來自何方？」大鬢角問。

「來自何方？莫非是來自您這攤上？」劉楓華說。

「那倒不是。電影廠配的！」大鬢角說，一邊打量著眼前這位青年，打量出了「這位朋友」的「經濟實力」，就說：「看來這位朋友是有經濟實力的！這位朋友您這邊瞧，喇叭褲您來一條！這位朋友您這邊請，試試我這副蛤蟆鏡！」

說著，一手指著自己穿著的喇叭褲，一手指著自己戴著的蛤蟆鏡，說：「怎麼著？您也來一條？時代大發展，服裝大變遷。您的這身老行頭，是不是也該換一換？」

劉楓華盯著大鬢角的蛤蟆鏡，看到鏡中反射出自己的人民服和直筒褲，沾滿了油畫色兒，一下子被大鬢角的花毛衣喇叭褲比得黯然失色，就說了句：「Not good！」略加思索，做出了一個重大的、不朽的、劃時代的決定：「Good！醬子喇叭褲，咱也來一條！」

劉楓華掏出兩張外匯券，一張一元票，正面印著西湖的三潭印月，另一張五毛票，正面印著天壇的祈年殿：「外匯券，一元五頂兩元。Good？」

「外匯券？顧得呀！趕情這位朋友是外賓？是國際友人？」大鬢角吃了一驚。

「拆阿逆子，Chinese！Good！」劉楓華說。

「喔，拆阿逆子，您這名兒聽起來像日本貴賓，歐哈腰夠咋一馬斯！初次見面，請多關照。」大鬢角收了外匯券，鞠了個躬，又忽地加上了一句：「再加五分，OK?」

劉楓華掏出五分人民幣，說：「OK！五分錢的外匯券還沒發行呢。成交！OK！薩喲那啦！」

「哥們兒，再來點外匯券，我跟您換，高匯率！」大鬢角湊近劉楓華的耳朵，小聲地說，噴出一嘴口臭。

「Not good！我已經不多了。不多了，不多了，多乎哉，不多也！」劉楓華擺了擺手，抱了喇叭褲擠出人群，一邊說：「薩喲那啦，Good bye！」一邊聞了一下旁邊羊肉串散發出的孜然粉辣椒末的焦糊味，感覺有些餓了。出來的路上在鑼鼓巷吃的一個油餅一碗豆漿其實剛夠塞滿牙縫。他的肚子咕嚕嚕叫了起來，遂又聞了一遍那孜然粉辣椒末的焦糊味，說：「Good！味兒正！」又見到那羊肉串標價一毛五一串，太貴，就嚥了下口水，說算了吧。

大鬢角按下了雙喇叭錄音機「三洋」，裡面的磁帶轉了幾轉，響起了鄧麗君的歌聲：《路邊的野花不要採》：

送你送到小村外
有句話兒要交待
雖然已經是百花開
路邊的野花你不要採

老炮兒皺了皺眉，說：「路邊兒的野花兒你不要採，這戲詞兒聽起來有點兒像耍流氓，可實際上是這麼個理兒不是？」

「喇叭褲」這種褲，其實在兩年前就出現在校園裡了，那時還沒出現電影《人證》、《望鄉》、《追捕》和電視劇《大西洋底來的人》。

入學後的第三天一大早，學校還沒正式開課。馬大文爬起來去水房洗冷水澡，昏暗的樓道裡忽地見到三個人的剪影，看不清面孔，但見三人的裝束怪異，特別是那褲子，上半截緊繃，褲腳散開，像是掃地的掃把，與其說是正在行走，不如說是正在漂遊。漂了幾漂，剪影就漂下了樓梯，一路帶過一陣濃烈的香水味。

馬大文把這事說給宿舍裡的張翔司子傑和吳平，描述了那些「漂流著的掃把」，他們都覺得十分稀奇。

張翔說他昨晚也見過這樣的一個剪影，從廁所裡飄出來。吳平說他一直在整理《青島組畫》和《雲》，還沒注意到周圍的剪影呢。司子傑說俺知道咱班有三個喀麥隆留學生，還沒見過面，剪影興許就是他們？

張翔說：「對頭！是他們喔！」

他們又討論了三個剪影的奇異裝束。

馬大文說：「那掃把褲腳做何解釋？」

張翔說：「不曉得喔。莫非那是人家的傳統民族服裝？」

吳平說：「不像！非洲人穿袍子。倒更像是我國的古代服飾。」

司子傑說：「俺聽著倒像水泊梁山裡的母夜叉孫二娘！」

馬大文說：「這在前幾年就算是奇裝異服，肯定被『嚴打』了。」

張翔說：「我們團裡有個小青年，穿著小褲腳上街，被街道老太太給剪了大口子！」

張翔入學前在歌舞團拉大提琴。

馬大文說：「那是cwbdz！」

大家都說你的英語我們聽不懂。

馬大文說：「是我們那嘎噠的話，『扯王八犢子』的縮寫！」

大家說老馬的東北話整得對頭，味兒正。

張翔說：「四川話的意思就是龜兒子！」

司子傑說：「俺山東話就是糙恁娘啊！」

吳平說：「老北京話是他媽的！」

大家認為還是北京話最標準，最文雅，像「全國糧票」一樣，是全國通用。

「嚇！哥兒幾個侃得來勁兒，比討論西單民主牆、《假如我是真的》、《於無聲處》、潘曉等等等等還熱鬧，比討論《西藏組畫》還激烈啊！」滕沛然在對門聽到了，喊了一嗓子。

西單民主牆早就被取締了。《假如我是真的》是學校的演出，有人說那是走資派的戲，是把我們的幹部寫得一團漆黑的戲，大家卻看得十分來勁。《於無聲處》是在電視上看到的話劇，是他們入學後不久，全班到隴駕莊寫生，在大隊部一臺十七吋黑白電視上看到的。話劇中大聲地對文革說「不」，令大家熱血沸騰，激動不已。「潘曉」是晚近《中國青年》雜誌的作者筆名，一封叫《人生的路啊，怎麼越走越窄……》的來信，引發了一場大家關於人生觀的大討論。《西藏組畫》則是美院陳丹青的畢業創作。組畫的七幅作品擺脫了蘇聯社會現實主義油畫的影響，令美術界耳目一新，也引起過宿舍三樓舞美系學生們的大討論。

翌日他們辦了圖書證，到資料室翻看外國畫報，看到一張美國歌手的演唱照片，才對「掃把褲腳」有了認識。那歌手抱著吉他，留了飛機頭和大鬢角，穿的就是這種褲子，褲腳寬大得像掃把。

張翔把這歌手畫了張速寫，下面的文字也抄了下來。

回到宿舍，張翔對著速寫上的筆記查了字典，說：「啥子掃把呀，現在曉得囉，是Bellbottoms喔！」

馬大文湊過去讀：「Bellbottoms？不懂是啥意思。」

張翔指著字典，說：「是喇叭褲！」

吳平看了看張翔的速寫，說：「喔？Bellbottoms，喇叭褲？我國古代就有了！」

司子傑說：「怪不得像俺們山東的孫二娘呢！」

張翔又看了他的速寫本，說：「對頭！那歌手叫Elvis Presley。」

馬大文說：「埃爾維斯・普雷斯利，什麼意思呢？」

張翔說：「這個字兒還沒查到！」

司子傑說：「管他什麼意思，俺看這種喇叭褲還真有點意思！」

大家也都覺得這種喇叭褲的確是有點意思。

劉楓華劉Good迫不及待地穿上了這條紅色燈芯絨喇叭褲，在樓道裡飄行了一個來回，熱情主動地和每個人打著招呼，握著手，說著「Good」，立刻吸引了每個人的目光。大家都發現了喇叭褲的奇妙，頓覺眼睛一亮，都不假思索地說了句：「Good！」

有的人第二天就去了地安門，有的人過幾天也去了。第二天就去的，買到了出口轉內銷中的「正品」，也叫「行貨」，是紅色的燈芯絨喇叭褲。過幾天才去的，買到了出口轉內銷中的「次品」，也叫「水貨」，是棕色和黑色的燈芯絨喇叭褲。司子傑、袁慶一和朱小岡是第二天才去的，買到了紅色的喇叭褲，看起來比較熱烈和開放。張翔、馬大文的是過幾天才去的，買到了棕色和黑色的喇叭褲，看起來比較冷靜和保守。

無論是紅色棕色還是黑色的，無論是比較熱烈開放還是比較冷靜保守的，無論是「行貨」還是「水貨」，大家都喜形於色，都迫不及待地穿起來在樓道裡漂來漂去，從宿舍漂到廁所，從廁所漂到水房，再從水房漂到宿舍，從宿舍樓漂到畫室，漂到食堂，都互相打著招呼，像第一次畫女裸體作業一樣，激動、興奮、緊張和忐忑之心溢於言表。

二班的「奶酪」郭志清和李強發現了另一個喇叭褲商店，在新街口一家商店的二樓。這家商店不但也有大鬢角攤子上的喇叭褲和蛤蟆鏡，還有不少花襯衫、太空服，大翻領的薄絨衛生衫，拉鍊翻領的運動衫和藍白條紋的圓領海魂衫，都是出口轉內銷，兩到五元一件，不比大鬢角的便宜，看上去卻比大鬢角的好。

三個喀麥隆留學生每人也各買了三條喇叭褲，分別是紅色、棕色和黑色的。只不過對於這樣出口轉內銷的處理品，他們沒太當回事兒。他們的喇叭褲花襯衫夾克衫尖皮鞋一應俱全都是在香港買的泊來品，都是正品，都是真正的行貨。他們一到寒暑假就去香港玩上一趟，還順路逛油麻地「紅燈區」嫖女人。

他們常常在週末和節假日去大使館赴舞會，穿著香港的喇叭褲，純白色、淺米色、粉綠色，還有暗條紋的、大格子的，褲腳寬得如大掃把，配上高跟尖皮鞋，黑色的、棕色的、白色的，灑了香水，嚼著口香糖，像是剛從日本電影《人證》中走出來的演員一樣。

燈光班表演系導演系戲文系的不少同學也聞風而動。也有女同學買了的確凉找裁縫縫製的，就多了深灰色和淺灰色。很快地，喇叭褲就在學生們中間流行了起來。

「喇叭褲」這三個字恰如它的名字，恰如一個高音喇叭，理直氣壯地朗誦出這個時代的青春宣言，恰如一隻民眾嚮往個性與自由的掃把，迅速橫掃著校園和北京城，所向披靡、雷霆萬鈞、勢不可當……

地安門大鬢角的服裝攤「擴建」了。地攤上了架子，增添了一個紙板做的全身人形，戴了頭套，架了蛤蟆鏡，穿了襯衫毛衣喇叭褲，除了臉色蒼白和缺乏立體感之外，那人形跟大鬢角本人一模一樣。大鬢角的雙喇叭錄音機裡，傳出了鄧麗君的歌聲，是《月亮代表我的心》，透過馬路上來往穿梭的電車、自行車、平板三輪車和熙熙攘攘的人群，聽得不真切，像是從月亮上傳過來的一樣。大鬢角僱了助理，是個小姑娘，打扮得像《追捕》裡的真由美。她隨著音樂擺動起舞，還不時地做出「輕輕的一個吻」的動作。

喇叭褲已經從兩元加到三元，使用外匯券優惠五角。大鬢角的數來寶也加添了新的內容：「喇叭褲，不算怪，穿上就能談戀愛。喇叭褲，不算貴，穿上就去赴舞會！」

二順子「買買提」的羊肉串也紅火了起來。「買買提」已經把原來的白布帽換成了維吾爾族小花帽，直筒褲也換成了喇叭褲，紅色燈芯絨的。他攤前的紙牌子上，寫上了「維文」，誰都看不懂，但那維文寫得曲裡拐彎，圈圈槓槓，說的大概就是「羊肉串」。

樓道裡喧鬧了起來，一大堆觀摩了導進班小品《櫃中緣》的學生回到了宿舍，大家說這樣短小精緻的片段比大戲還有意思，服裝道具雖然簡陋，卻留下了空間給觀眾去想像，藝術就該是這樣的。

樓道裡傳來了一句響亮的英語，是戲文系一個英文好的同學朗誦出的《共產黨宣言》英文版第一句：

A ghost, the specter of communism is haunting Europe...

另一個戲文系的同學響亮地朗誦出他的「喇叭褲宣言」：

一個幽靈，一個喇叭褲的幽靈，在宿舍樓裡遊蕩……

10 美酒加咖啡 Wine and Coffee 公元一九七九年夏

被常春藤「爬山虎」覆蓋著的宿舍樓是常見的「筒子樓」，就是中間有一條樓道，兩邊有一間間的宿舍、水房和廁所。用舞美系青年教師姜國芳和表演系青年教師王明亞的話來形容，他們住的是「火車車箱」。

布景一班的兩個女生袁明、孫路住在筒子樓的二樓，和二班的蔡蓉、黃其智住一間屋。燈光班的兩個女生張冬彧和唐麗明住隔壁的一間。

二樓還住了表演系、導演系、戲文系和新疆班的女生，還有兒童班的男生和幾個青年教師。男生很少有機會去女生的宿舍。

這天，布景二班的八個男生從食堂出來，各自端著盛了飯和菜的搪瓷飯盆，說咱們順路去袁明孫路蔡蓉黃其智那屋轉轉。

在樓梯口，他們迎面撞見了一個學生模樣的短髮女生，兩手各拎了一個暖壺，徑直向樓道的盡頭走去。

「咦？是哪個系的？以前怎麼沒見過呢？」他們議論起來。

「好像是學表演的，看穿著又不太像。」

「那是杜憲啊！廣播學院學播音的，找表進班的陳道明來了！」

「表演進修班的陳道明？我看過他們班的經典劇目片段匯報，陳道明在《無辜的罪人》裡演聶茲那莫夫。演得不錯！」

「陳道明也住二樓，在姜國芳和王明亞的西頭，火車的第一節車廂。」

「那邊的幾節車廂又開始做飯了！」

「是餐車開始營業了！」

樓道那邊「餐車」的幾個煤油爐子上飄出了「營業」的味兒，是煤油醬油菜籽油辣椒油的混合味兒。

「好像是北京烤鴨的味兒！」吳平、滕沛然和朱小岡說。

「我聞的是四川麻婆豆腐的味兒！」張翔說。

「俺聞的是湖南紅燒肉的味兒！」揭湘沅和袁慶一說。

「我聞的是東北豬肉燉粉條子的味兒！」馬大文說。

「俺聞的是山東大水餃老麵饅頭烤羊腿的味兒！」司子傑說。

「其實也就是誰家在烙韭菜盒子、肉絲兒炒萵筍、香乾兒炒蒜苔的味兒，那些其他的味兒是咱們自己想像出來的！」馬大文說。

「是個精神大會餐囉！講得俺讚巴也巴！」揭湘沅說。「讚巴也巴」的意思是「口水直流」。

「青年教師有家眷，自己做飯是為了省錢和改善伙食。」張翔說。

「怎麼也比俺那疙瘩湯的味兒正！」司子傑說。

「老司那疙瘩湯是味精放得太多，味兒矯枉過正了！」馬大文說。

樓道裡也飄散著一陣陣廁所的味兒。

「嗯！這味兒好像不夠正！」吳平說。

「這好像是文化大革命濃烈的『造反有理』味兒！」馬大文說。

有人在樓道裡唱起了歌，像李雙江《懷念戰友》的味兒。又有人在樓道裡嘻笑打鬧，聲音標準而圓潤，像在舞臺上朗誦臺詞的味兒。

「嗚哇……哇……」樓道盡頭突地傳來小孩的哭鬧聲，是在這筒子樓出生長大的孩子，大概是餓了，等不及吃韭菜盒子而發出抗議的味兒……

廁所外面站了兩個女生，在等著用廁所，她們衝著裡面喊道：「裡邊快點！我們這兒憋不住了！」說著說著，一個彎下腰，一個蹦跳起來。

水房裡、廁所裡同時響起嘩嘩的水聲，是水龍頭和沖馬桶的聲音。

袁明和孫路的宿舍在東樓梯口朝南的一間，門開著，馬大文在門框上敲了三下。

見男生們不期而至，袁明慌忙藏起掛在床頭的內衣褲，別的東西來不及整理，就顧不得了。

袁明、孫路和黃其智是北京的，有時回家。黃其智這時大半時間在家裡住，這會兒屋子裡只有袁明、孫路和蔡蓉。袁明和孫路剛剛吃過午飯，洗了飯盆。蔡蓉戴著耳塞機，坐在書桌前，面對牆角聽著她的錄音機「磚頭」，手裡拿了個筆記本記著什麼，搪瓷盆裡的炒三丁和米飯放在一邊還沒動呢。

「空你七哇。」知道袁明在學日語，馬大文、張翔、司子傑、吳平、揭湘沅、滕沛然、袁慶一和朱小岡一行人同時向袁明問候，忘記了鞠躬。

「空你七哇。」袁明一下子就聽出來那是日語，立即答應著，一邊深深地鞠著躬行著禮。袁明穿了件淺米色短袖衫和棕色燈芯絨喇叭褲，齊耳的短髮使她看起來像個日本乒乓球運動員。

「我們剛打了午飯，順路過來學習學習你們搞衛生滅臭蟲的寶貴經驗！」馬大文模仿著大幹部的口氣說。

「崩如！老班長哪裡是學習搞衛生滅臭蟲什麼的？是微服私訪啊！」一旁的孫路說。孫路穿了件粉藍色的確涼襯衫和紅燈芯絨喇叭褲，紮了個馬尾辮，看起來像個高中生。

「微服對頭，可不是私訪。看我們這不是來了一堆人嗎！這位是團支書，這位是副團支書，這位是繪畫課代表，這位是體育課代表，這位是設計課代表，這位是人像畫兒代表……」

「我不是啥子代表，更沒戴過手錶，做工時手整天泡機油裡，手套都莫的戴囉。」揭湘沅說。

「Oh yeah，人像畫兒大師莫的手錶。這位是朱……」馬大文接著介紹。

「老馬淨整幺蛾子！這不就是朱小岡嗎！朱臭臭！其餘的全是高幹。都走，都走，都走，都走！」袁明說，又深深地鞠了次躬。

朱小岡呵呵地笑著說：「都走……就我沒有頭銜。」然後就不怎麼言語了，小眼睛瞇成兩個短「一」字。

「都走都走？別介呀！這剛來了就就就攆我們走？」團支書滕沛然說。

「老滕逗霸，這『都走どうぞ』是日本話，在這裡是請的意思，是說請坐！」體育課代表袁慶一學了些日語，解釋著說。

「濟南話裡有一種驅趕叫拔腚。俺說嗎，俺這剛進來怎麼就被拔腚了呢？」繪畫課代表司子傑說。

八個男生每人都端著一個搪瓷飯盆，分別盛了炒三丁、粉條白菜、炒青椒和饅頭，只有「人像畫兒大師」揭湘沅端的是一碗炸醬麵。

「咦？老揭愛吃炸醬麵？」袁明問。

「大師級高幹，吃的是特供。」馬大文說。

「可惜缺少點辣子和紅燒肉！」揭湘沅說。

「你們仨帶工資上學，怎麼沒來個大肘子什麼的改善伙食啊？」看到馬大文飯盆裡的粉條白菜、張翔飯盆裡的豆製品和滕沛然飯盆裡的炒三丁，都是些清湯寡水的素菜，孫路問。

「剛剛路過收發室，看那黑板上沒我的名兒啊！工資還在路上吧。」滕沛然說。收發室門口掛著的小黑板是通知「×××匯款到了」的地方，十分受人景仰。

「那黑板上也沒我名兒。再說了，我還得攢錢買『磚頭』呢。」馬大文說。

「那黑板上有我名兒也無濟於事，我得還我那買『磚頭』的錢呢！」張翔說。

「我們家每個月給二十元生活費，只是留學生一百二十元的零頭，所以得特別節約，只能吃得起一毛五的菜。你們這些帶工資上學的，每月拿三十好幾、四十塊，偶爾還能啃上個大肘子醬肘棒兒，還吃得起炒大腸，真有錢，是大貴族……把人給饞的！我們最好的就是晚上的『雜合菜』！」孫路說。

「其實『雜合菜』挺好吃，因為那是把中午剩下的各種不同的菜折摞了，燴在一起，我看叫『賽百味』更合適！」

「帶工資上學的只有老班長、團支書和設計課代表，明顯的高幹特權階層。」揭湘沅說。

「老街逗霸。五年工齡以上才帶工資上學，我在百貨商店幹了七年半革命，算是老布爾什維克了。」馬大文說。

「我沒你資格老，但也是五年以上，至少算是個孟什維克。」滕沛然說。

「你們就貧嘴吧。都走都走！」袁明說。這次男生們知道「都走」的意思並不是「都走」。

女生宿舍也是四張床，上下舖。袁明和孫路靠窗，蔡蓉和黃其智靠門。除了蔡蓉，其他三人都住下舖，上舖堆滿了東西。

袁明、孫路和黃其智的下鋪也同樣堆滿了東西。

「看來都是火車車廂，跟我們屋一樣。」男生們說。「我們沒來過幾次。上次來時還沒見這麼多東西呢。」

「嗯。東西和畫兒越積越多。」

「咱們兩個屋互相間走動得不多啊。」

「導演系表演系的女生有時過來聊天。」袁明說。

「二班倒是常有幾個男生來。」

「哎，別站著，都走都走！我的意思是都別走，隨便坐吧。」

「這哪兒能坐呀！全佔得滿滿當當的！」

女生宿舍和男生宿舍一樣亂，家具也都用白油漆寫上了編號，東西卻比男生宿舍的還多，所不同的是沒有男生宿舍的臭襪子味兒，倒有點雪花膏和香皂的味兒，幾條毛巾也算整齊地掛在門後。還有，就是女生宿舍的床都是鐵架子的，床邊的牆上貼了舊畫報和舊掛曆，看起來就比男生宿舍的木頭床高級和耐看。

袁明和孫路忙著給男生們騰地方坐。袁明移開床前的紅色塑料拖鞋，她的大格子床單上也堆滿了東西，而在床頭卻掛了一小盆吊蘭，給屋裡添了一筆綠意。

八個男生把袁明孫路的床沿擠得滿滿的。他們都架起二郎腿，並搖晃起來。

「我的嗓子啞了，說不出話來⋯⋯」坐在牆角的蔡蓉轉過頭來，和男生們打著招呼，帶著濃重的四川口音。蔡蓉穿了件淺色碎花短袖衫，緊袖口，胸前戴著校徽，頸上圍了條紅絲巾。合上了手裡的筆記本，喝了口水，蔡蓉又說：「哈囉！你們幾過好像安逸得很喔！」

「哈囉！蔡蓉！我們好像聞到了食物的味道！」男生們說。

「哈囉蔡蓉，恰末子囉？」揭湘沅問。「恰末子囉」是湖南話「吃什麼呢？」

蔡蓉本要調低「磚頭」的音量，卻擰錯了方向，音量大得嚇了自己一跳：

美酒加咖啡

我只要喝一杯

這聲音雖然響在耳塞機裡，卻大得大家都聽到了，也嚇了一跳。

「恰末子？蔡蓉在吃美酒加咖啡！」馬大文說。

「是鄧麗君的〈美酒加咖啡〉！哪兒錄的？」大家覺得鄧麗君的歌兒實在好聽，一邊也生出了對美酒和咖啡的嚮往。

想起了過去

又喝了第二杯

蔡蓉拔掉了耳塞機，鄧麗君在「磚頭」裡的聲音相當清晰而親切。

「又吃了第二杯了！」馬大文說。

「別人替我轉錄的。老范說這是輕音樂，令人思想上輕鬆，精神上放鬆，聽得挺上癮喔！」蔡蓉說。

老范是二班班長，剛入學時穿著軍大衣，現在穿上喇叭褲了。

像是印證鄧麗君的歌詞一樣，坐在袁明孫路床沿晃腳的男生們忽地瞥見蔡蓉床下的玻璃瓶子，原來是空酒瓶。

驚詫之餘，大家俯下身去，不看則已，一看嚇一跳：蔡蓉的床下竟然藏著十幾個啤酒瓶子，多半是「燕京」，還有兩個二鍋頭的空瓶！

「怪不得蔡蓉的精力這麼旺盛，原來都是美酒加咖啡這兩樣東西伴著輕音樂的作用！」男生們也喊了起來。

「都是劉Good和祝明惹的禍！劉Good挺隨性的，愛串門兒，有時就順路過來高談闊論一番藝術。祝明有時也過來聊天兒，這兩個人拎著酒過來，喝完就順手把空瓶兒丟在我的床下，讓我揹黑鍋！」蔡蓉大聲分辨，一臉的無辜。

「耳聽為虛，眼見為實。剛才耳聽的是〈美酒加咖啡〉，現在眼見的是燕京二鍋頭酒瓶，這虛實都有了，『酒鬼』這黑鍋也就揹定了。」袁明嘰嘰喳喳地調侃道。

「我不曉得你們在說些啥子嘛，我從來就不喝啤酒的，要喝就喝二鍋頭。」蔡蓉說。

「啊？那更厲害！」大家說。

「至於咖啡，我只聽鄧麗君在歌兒裡唱過，啥子味道就一點兒也不曉得囉！」蔡蓉說。

「我倒是看過別人喝咖啡，還加了糖精和奶粉呢。」蔡蓉又說。

見到蔡蓉身後牆上的一九七九年年曆，一大半被釘在上面的鉛筆素描石膏像伏爾泰所覆蓋，馬大文從褲兜裡掏出個小本子，一下子就翻出了一條伏爾泰語錄：「最高指示，伏爾泰先生教導我們說：最長的莫過於時間，因為它永遠無窮盡。最短的也莫過於時間，因為我們所有的計劃都來不及完成。」

「蔡蓉用素描伏爾泰覆蓋了時間，寓意深刻，說的是時不我待，只爭朝夕啊！」男生們讚歎道。

蔡蓉桌上亂七八糟的書本和紙張堆得像紀念碑一樣高，一本《俄國文學史》壓在最下面。靠牆的一大摞書堆裡，毫無秩序地擠著羅曼・羅蘭的《貝多芬傳》和車爾尼雪夫斯基的《怎麼辦？》。書的最上面，一個黑色單卡錄音機「磚頭」是新近在王府井新華書店排隊買的「大件」。兩個筆筒裡滿滿地插了大大小小的油畫筆。一個淡黃色小暖壺旁的白色搪瓷茶缸上印著紅字「成都紡織機械廠一九七二年」，有幾處搪瓷已經剝落。此外，書桌上畫片、膠水、碳素墨水、牙膏、油畫顏料，應有盡有。

「我書桌上的東西太多太亂，顧不上打理，用的時候就刨個坑兒！」蔡蓉說。

「哎呦喂！這兒還有一本黑格爾的《心理學》！」大家見到蔡蓉周圍滿山滿谷的書本紙張裡居然埋著一本這樣高深莫測的哲學書，驚訝地說。

「其實我就只翻了幾頁而已，黑格爾到底說的啥子根本就不懂！」蔡蓉說。

「不懂才顯得高深！蔡蓉是自我修煉，追求完美，博覽群書、日理萬機呀！」蔡蓉的勁頭令男生們讚歎。

「啥子博覽群書、日理萬機呀！我只是喜歡看看書、做做筆記、摘抄些短句，別人的筆記也抄，完全是憑感覺！」蔡蓉說。

「蔡蓉特別刻苦，又火苗高漲，精力旺盛，每天夜裡一弄就弄到一兩點鐘才肯睡覺！」孫路說。

蔡蓉關掉了磚頭。

「午飯都沒空兒吃！」大家看到蔡蓉飯盆裡的炒三丁和米飯都還沒動過呢。

「對頭！我們都試圖以加倍的努力去追補失去的年華。」馬大文說。

「老班長又說了句挺文藝挺勵志的語錄呀！」司子傑說。

「我入學前在成都工藝美術綜合工廠當了好幾年美工，差點沒趕上這趟大學末班車！」蔡蓉說。

「俺還以為蔡蓉在成都紡織機械廠當過工人階級，領導過一切呢。」司子傑說，指了指蔡蓉桌上的搪瓷缸子。

「那是別人送給我的。還有人送過我學習用具呢。」蔡蓉說。

「去年入學時，我、老張、老吳都快二十四了，是大齡生了。」馬大文說。「我站了快八年的櫃臺，學會了用算盤打十一加二十二等於三十三。老張不錯，在歌舞團拉大提琴，是一門吸引女娃兒們的文藝技術活兒。老吳也下過鄉修理過地球，後來把那技術用在修補舊畫上了。」馬大文說。

「老馬居然還會打算盤，這得令人刮目相看。」蔡蓉說。「我這個人就目不斜視，從來不關注形而下的東西，只關注形而上的東西，整天活在自己的精神世界裡，對形而下的知識等於零。」

「鄧麗君唱的『想起了過去，又喝了第二杯』，俺有同感。」司子傑說，一邊喝了一口飯盆裡剩下的菜湯。「俺也快二十二了，也下過鄉修理過地球，在山東臨沂的費縣沂蒙山，最後買了塊土布，俺用它做了個簾子！」

「我呢，入學前學過電工，掌握了一些有關科學技術。」滕沛然說。「擰個燈泡換個保險絲啥的倍兒溜。」

「俺已經二十有七，是超齡生了，在汽車大修廠當過氣缸檢修工。雖然沒賺到個氣缸啥子的，卻賺了這身工作服和這雙麂皮防油工作鞋，是組織上配給的豪華勞保，哈哈哈哈！」揭湘沅說著，抬起腳，果然是一雙上好的「革履」。

「我那時都快二十五了，也是超齡。」蔡蓉說。「記得那天來考試時坐的是一〇四路電車，車上人滿為患，到了北兵馬司差點沒下去車。從立新藥店拐進東棉花胡同，找到了三十九號一看，大門兒並不起眼，掛的牌子上分明是中央戲劇學院。趕到招生辦一問，說報名已經結束，考生已經排到九百多號。一聽時間過了，我哇地一聲大哭起來。想想那是在十二月初，天寒地凍，我穿著布鞋……好在學校網開一面，讓我報了名，是最後一名。」

「考試時好像見到過你，揹著個大畫夾子，看起來很焦急的樣子。」男生們說。

「喔？我這人從不去窺視和觀望別人，只生活在自己的世界裡，對外界也沒有想著去瞭解。那天沒注意到各位呀，抱歉了！」蔡蓉說。「考試的時間我倒記不清了，後來還是老馬告訴我的：七七年十二月十一號上午考素描，下午考創作，十二號上午考彩畫，下午口試。十七號下午考政治、語文。我還記得當時抽空翻了一本北京的中學生課本，從中得到一點兒有用的信息，在下一堂考試時命中了兩道題！」

「你們都記得門兒清！」男生們說。

「考試時我記住了劉楓華，因為他那時揹了個灰綠色的油畫箱，非常著眼。」蔡蓉舒了口氣，又說：「總算趕上了末班車。可惜當時的准考證沒保留下來做個紀念。剛到學校那天對同學的第一印象，就是司子傑拎了個暖壺去打水，我問他水房在哪兒。」蔡蓉說。

「非常有幸成為蔡蓉在校園見到的第一個同學！俺忘記說聲『初次見面請多關照』了。」司子傑說。

「我已經十九快二十了。」孫路、袁慶一和朱小岡紛紛說。

「你們幾個就不必抱怨了。你們都趕上了頭班車，都是早晨八、九點鐘的太陽，希望寄託在你們身上！」揭湘沅說，湘潭口音。

見到蔡蓉書桌前吊著的燈泡圍了個紙做的燈罩，橙黃色的燈光照在亂得一塌糊塗的書桌上，大家說：「這很有舞臺上的生活氣息和燈光效果！」

「我本來在下舖睡，因為習慣睡前躺在床上看會兒書，怕妨礙別人，就搬到上舖了，燈用紙包起來，弄得暗暗的。」蔡蓉上舖的床上也擺滿了書和本子。

看到蔡蓉書桌上的一個本子簽了個名「巴荒」，馬大文問：「這個巴荒是何許人也？」

「不好意思！那是我的筆名，還沒正式啟用呢。」蔡蓉說。

大家說這名兒起的好，有點高原味兒，很正。男生們探出頭，四下聞了聞，又伸手摸了摸鐵床架子。鐵床是翠綠色的，亮著光。

「鐵床架子不招臭蟲！」馬大文說。

見袁明床舖的上層有一個大鐵罐，紅底白字只有英文LACOVO，大家好奇，問是咖啡？還是耗子藥？聽說你們二樓鬧過耗子。袁明說鬧過耗子不假，但這罐東西不是耗子藥，是一個親戚從香港帶過來的，只知道是補品，還沒捨得開封，究竟是什麼她也不知道。

「咱們把它拆開瞧瞧唄！」大家說，都希望那不是耗子藥。

袁明打開那鐵罐的蓋子，見裡面還密封著一層錫紙，就找出小刀劃開道縫。大家湊過去聞了一下，說這味兒香啊，和吳平的麥乳精差不多。

「我這兒有字典。」蔡蓉說著，從下舖的一大堆書中抽出一本《新英漢詞典》，遞給馬大文。

「嗯……LACOVO，麥乳精，沒錯，正是副團支書吳平的特供進補品！」馬大文在詞典上查到了大罐子上的字。「也叫『樂口福』！」

「喔？おいしい，味兒正！果然是好東西！」

「怪不得袁明不失眠，也不怕耗子，原來跟喝這進口麥乳精有關！」

「可是我自己還沒顧得上嘗嘗呢！」袁明說，一邊找了個湯匙，給每人挖出一湯匙樂口福，倒在手心上，說：「那你們也吃點，對抗臭蟲可能也有效。」

大家把樂口福倒進嘴裡，乾嚼著，說：「怪不得叫『樂口福』，你們可真是有口福！」

吳平說：「還是人家外國的麥乳精味兒正！」

司子傑把饅頭掰開，說：「袁明你再給俺一勺，倒進俺這饅頭中間，算是洋為中用，就叫它中式三明治，對頭？」

見男生們砸吧砸吧嘴，意猶未盡的樣子，孫路從黃其智的舖上翻出了一個大玻璃罐子，打開蓋，頓時飄出一陣誘人的香味兒。

「吆喝！好像有炒肉末的味兒！」大家看到那瓶子裡的東西很是誘人。

「你們的鼻子真靈，對頭，就是這罐兒肉末炒榨菜，黃其智的媽媽黃伯母炒的。」蔡蓉說。

「開始，黃其智週末回家，每次回學校都帶來一大罐肉末炒榨菜，分給大家吃，吃得挺香的。後來，黃其智多半住家裡，就不怎麼來宿舍了。」孫路說。「不過，前天回來了一次，這不，又帶來一大罐，還沒打開呢。」

「嗯，你們才是享受特供的高幹呢！」男生們對於女生們時常能吃到這樣的肉末炒榨菜十分羨慕。

「我們的炒三丁粉條白菜炒青椒炸醬麵其實都是清湯寡水的，比大躍進時的公社大食堂好不了多少。」大家又說。

孫路給每人挖出一湯匙肉末榨菜，說：「肉末榨菜空口吃也挺好的！」

揭湘沅把飯盆伸過去，說：「我的一勺就放進麵條裡，把炸醬麵升級，變成肉末榨菜炸醬打滷麵。」

孫路想了想，說：「嗯，就像老馬說話寫文章似的，算是添點油加點水，天地景、遠中近、黑白灰、聲形貌，一鍋燴！」

於是，乾吃了麥乳精之後，每人又乾吃了一湯匙肉末炒榨菜，說：「國產的鹹菜也不錯！」又對蔡蓉說：「麥乳精和肉末炒榨菜令人安逸得很喔！」

看著女生宿舍翠綠色的鐵床架，男生們說：「嗯！環境衛生搞得不錯啊！」

「臭蟲是消滅了。那傳說中的耗子又是怎麼回事兒？」馬大文問。

「關於耗子還有過一個故事，有驚無險啊。」孫路說。

「喔？還真有耗子這回事兒！」大家遂豎起耳朵。

「我晚上睡得不太好，常常失眠。」孫路說。「那天夜裡好不容易睡著，迷迷糊糊中，聽到蔡蓉的鋪上傳來一陣咔哧咔哧的響聲，一聽就知道是耗子嗑書的聲音，就想難不成是三樓臭蟲多，二樓耗子多？可我又不敢看，只好耐著性子等那耗子好吃好喝完畢。那耗子也狡猾，嗑了幾口書就安靜下來。等我好不容易睡著了，那咔哧咔哧的聲音又響了起來。這樣反覆了不知多少次，直到兩點多，我壯了膽子，往蔡蓉的鋪上一看，大吃了一驚！哪裡有什麼耗子？原來是蔡蓉正躺在床上看書，電燈泡用紙包裹了好多層，暗暗的。那咔哧咔哧的聲音，正是蔡蓉翻書發出來的動靜，在夜深人靜時，和耗子嗑書的聲音別無二致！」

「對頭！我那時自己都感覺是有耗子在我的鋪上吃喝呢！」蔡蓉說。

「蔡蓉原來比我們男生還夜貓子！」司子傑說。

「學校規定十點鐘關燈，咱們屋延長到十二點，已經很照顧蔡蓉了！」袁明說。

「十二點？對我來說實在是太早了！我最早也得到一、兩點鐘才睡。」蔡蓉說。

「說是一、兩點，你常常到兩、三點才睡，有一次到凌晨五點才沒了動靜！」袁明說。

「所以嘛，我就從下鋪搬到了上鋪。我是被逼到上面去的，是被逼上梁山喔！」蔡蓉說。

「實在是個熬夜狂！問題是你不睡人家還得睡呢！」袁明說。

「不對呀，早晨七點鐘上張老師的早操，我們每次都見到你啊！難道那是你的替身不成？」滕沛然說。

「又不是大明星拍電影，我哪兒僱得起替身，那是我本人啊！不論睡得多晚，我每天早上都是七點鐘起床，從來不睡懶覺。」蔡蓉說。

「是啊，我記得蔡蓉還得過短跑第一名呢！」袁慶一說。

「是啊，就是那天早上，我五點鐘睡覺，七點鐘就起來上早操。張老師突然召集大家在大門外的牆根下集合，拿著個秒錶測短跑，事後意外得知我是得了頭名，得了個戲劇學院的搪瓷缸子！」蔡蓉說。

「要得！袁明倒是不怕耗子。」大家說。

「我睡得實誠！」袁明說。

「這和你在東北當過知青有關吧？」馬大文說。

「在廣闊天地裡練過紅心！」滕沛然說。

「你們屋不僅衛生搞得好，臭蟲也滅得好，伙食做得更好，作為老班長，我推薦你們為三好模範宿舍！」馬大文說。

「作為團支書，我要加上一好，那就是耗子也滅得好！」滕沛然說。

「作為副團支書，我也要糾正一下，應該是蔡蓉的耗子音響效果做得好！」吳平說。

「作為繪畫課代表，俺要表揚蔡蓉的燈罩，光影布局明暗變化素描關係好！」司子傑說。

「作為設計課代表，我不曉得其他的啥子好，只曉得這間宿舍亂歸亂，舞臺支點舞臺調度設計得好！」張翔說。

「作為體育課代表，我給你們提嗰意見，你們不僅要發展好吃好喝，除了美酒加咖啡，麥乳精加榨菜，還要發展體育運動，增強人民體質，不光要跑步，還要多打南球！」袁慶一說。

「作為人像畫大絲，鵝認為，不但人像要畫，『南球』，也一定要搞，要把『改命』進行到底嗟！」揭湘沅說，湘潭口音，一手叉腰，一手有力一揮：「鵝們地衛生考察完畢了，鵝們地結論絲，希望寄託在你們身上！」

「作為沒有官銜和政治面貌的我，也就是說普通群眾，我認為你們的美酒加咖啡生活方式好。」朱小岡實在找不出其他的好，就編出了這最後一好。

「你們可真逗，什麼時候學會打官腔，淨說些假大空的話？」孫路說。

「孫路說得對頭。搞衛生和滅臭蟲滅耗子的學習進行得很好了，我看咱們來點實際的，可以說說去孫府拜訪的事兒？這事兒咱們可說了很久了。」大家早就想去拜訪孫路的父親畫家孫滋溪孫先生了。

「當然歡迎！不過我得先跟我爸說一聲。」孫路說。

「老爺子的畫兒我小時候就看過，在《兒童文學》上。」馬大文說。

「喔？哪一張呢？」孫路問。

「是那張《同學》，畫的是兩個八路軍靠著牆根兒寫字兒學文化，小八路的筆是用子彈殼做的，老八路握鋼筆的方法跟握毛筆似的。」

見蔡蓉筆筒裡的油畫筆個個都用廢報紙包得整齊，大家不禁讚嘆。

袁慶一說：「洗完筆用報紙保護筆頭，是哪一個發起噠？這個傳統值得保牛！」
「Yeah，太值得『保牛』了！這個習慣很『留』！」朱小岡說，是把「留、牛」二字反其道而用之。
「老司，這好像是你發起的吧！」袁慶一問司子傑。
「慶一啊，俺的印象是張重慶老師的要求，要我們洗筆，然後要用紙包起來。」司子傑說。
「聽二班的祝明說，他上學前就見楊鳴山這樣包過筆。」袁明說。楊鳴山是新疆畫家，畫兒挺蘇派。
「俺聽燈光班的趙國宏說，這種方法是馬克西莫夫訓練班時教的，還有過記載。」司子傑說。馬克西莫夫是五十年代從蘇聯請來的油畫專家，教的是真正的「蘇聯社會現實主義」油畫。
「教得好。得把這方法寫進書裡，傳給子孫後代！」馬大文說。
「我覺得這真是個好習慣！我畫蛋彩坦培拉的筆也這樣包的！」孫路說。
「喔？經過考證，用紙包筆的習慣的確起源於蘇維埃。布爾什維克們包筆一律使用《真理報》，寓意是用真理來包裝藝術，或者說是用藝術來包裝真理。」馬大文說。
「老班長搞笑！不過聽祝明說蘇聯人本來是用布來包筆，引進到中國時才改用廢報紙。那次在河南輝縣上八里寫生時，學校還專門派他回校取包筆的廢報紙。」司子傑說。
「搞球不醒豁！莫的人曉得做啥子改成用報紙囉！」張翔說。
「那是因為莫的布票莫的人民幣買布囉！還有就是我國的廢報紙太多了！」馬大文說。
忽然聽到樓道裡有人喊了一聲：「各位師，都到這兒來了？」
一看，門口站立著的正是布景二班的祝明，人稱「祝爺」，一手拿了飯盆和刀叉，一手拿了瓶燕京啤酒。祝明在新疆時就認識楊鳴山，看過他畫畫。祝明大鼻子，大鬍子，高腦門兒，高個頭兒，戴寬邊眼鏡，初看有點像蘇聯人。原來祝明在門外經過，聽屋裡討論得熱烈，忍不住加入進來：「包筆的方法是楊鳴山教的，這個習慣保留至今。筆都半禿了，還包得有稜有角，還有筆峰，好用！」

大家又議論起楊鳴山來。楊鳴山有點中俄混血，大鼻子，大鬍子，高腦門兒，畫的「高級灰」令學生們特別服氣。

「咦，這個倒好像見過，應該是好東西！」祝明瞥見到袁明桌子上的LACOVO，忽地又喊了一聲。

「這是從香港進口的，你怎麼見過？」袁明問。

「難不成你在楊鳴山那兒吃過？」孫路問。

「楊鳴山吃不起這東西。嗯，好像是在友誼商店見過！」祝明一拍腦門，想起來了。友誼商店只對外賓開放，裡面的進口貨和緊俏貨只能使用外匯券才能購買。

「原來如此，你和劉Good去長城寫生賣畫，賺了外匯券，發了筆小財！」袁明問。

「不過賺的外匯券沒捨得買吃的，買了副蛤蟆鏡，正品。」祝明說著，從上衣兜裡抽出一副蛤蟆太陽鏡戴上，又伸出手來，接過袁明挖出的一湯匙樂口福，倒進嘴裡，乾著嚼了，說：「正品，最高段位。」

砸吧砸吧嘴，又喝了幾大口啤酒，祝明說：「你們過來就是衝著這罐樂口福吧？鼻子真靈啊！」

馬大文也砸吧砸吧嘴，說：「還吃了肉末炒榨菜，學習了她們搞衛生，滅臭蟲和滅耗子的寶貴經驗。但最主要是學習了她們美酒加咖啡的生活方式！」

大家都說：「對頭！」

蔡蓉按下了「磚頭」的PLAY鍵，鄧麗君的〈美酒加咖啡〉再次響起，大家都跟著哼了起來，張翔和朱小岡也吹起了口哨：

我並沒有醉
我只是心兒碎
開放的花蕊
你怎麼也流淚
如果你也是心兒碎
陪你喝一杯
我要美酒加咖啡
一杯再一杯

男生們的二郎腿又使勁地搖晃起來。

像是回應〈美酒加咖啡〉一樣，樓道裡又傳來了表演系學生的美聲練唱：

「啊啊啊啊——啊啊啊啊！」

11 愛思必果，英國律師 Ai-Si-Bi-Guo, Yingguo-Lüshi

公元一九七九年秋

公元一九七九年秋的一個傍晚，學校招生辦在宿舍樓東側牆上貼出了通知，說是「為早日實現四個現代化的需要，為國家培養優秀人才，文化部決定公開招收公費出國藝術研究生，對象為具有本科學歷以上的高校教師和專業人員。歡迎在校和在職的有關人士踴躍報名參試。

通知寫在一張粉紅色的紙上，四角沒有貼牢，晚風吹過，這張粉紅色的紙就和牆上的常春藤「爬山虎」一起抖動起來，呼搧呼搧地響著，忽悠忽悠地蕩漾著，如同收音機裡的電子琴聲，令人生出難以形容的激動、興奮、期盼和嚮往。

出入宿舍樓和去打開水的人都在這張粉紅色的通知前駐足觀望，學生們紛紛議論起來。

「這可是件大事兒！」

「天上掉餡餅一樣！」

「我都不敢相信自己的眼睛！」

「有關人士？沒說有關同志，看來政策是放寬了。我們算不算是有關人士啊？」

「報名吧！」

「會不會走後門兒啊？」

「不會了吧！應該是嚴格考試擇優錄取，基本上不考慮家庭出身和社會背景的因素了。」

「聽說專業課總成績第一名或前兩名，同時英語超過國家研究生統考的八〇分，上報教育部批准後，你就等著外語培訓準備出國吧。」

「去年年底已經走一批了！」

「去年美國總統科學顧問在中國訪問，一天凌晨，突然打電話給白宮的卡特總統，說鄧小平問能不能送中國學生去美國留學。卡特說當然可以。又問五千人怎麼樣？卡特說你告訴鄧小平，他可以派十萬人。」

「喔？聽你這口氣就像是你把卡特的話傳給鄧小平似的！」

「那倒不是。我家沒有電話。不過這是內部消息。」

「那怎麼又輪到了藝術院校？」

「鄧小平說了，派留學生要千方百計加快步伐，路子要越走越寬！鄧小平還說了，要成千上萬地派，不是只派十個八個。」

「《參考消息》上看到的吧！」

「內參，大字兒的。去年年底，第一批留美學者在首都機場上了飛機，轉經歐洲去美國，一共五十二名，都穿著黑大衣黑皮鞋，拎著黑提包，好幾個還戴著鴨舌帽。這麼多人一共就只有五十美元，被領隊揣在兜裡。」

……

一個封閉了三十年的大國，在這個特殊歷史時期再次推開國門。這時的中國，剛剛開始從革命的狂熱中醒來，貧窮得如同一盆清水。這消息無異於文革時毛主席的最新指示，在校園裡在社會上迅速地傳播開來，在校和在職的「有關人士」踴躍得像哄搶寬街副食店的「秋菜」大白菜一樣，紛紛地哄搶著報了名。

「通知」在舞美系的三十幾名學生中掀起了一股學外語——主要是學英語的狂潮，各個摩拳擦掌，躍躍欲試。宿舍樓三樓的七間男宿舍和二樓的兩間女宿舍裡，幾乎每個人的床頭都放著一套或《新概念英語》，或《許國璋英語》，或《英語九〇〇句》，或《跟我學》，或電視英語。晚飯一過，就都開始學起英語來。

舞美系的幾個同學已經學了不少英文，卻苦於沒有機會和英國人或美國人練習對話，便時不時地和三個喀麥隆留學生說上幾句。喀麥隆留學生本來是說法語的，英語很有限，口音又很重，習慣於把「are」說成「阿拉」，有點像上海話。

有一次馬大文請古阿拇指導個英文造句：「We are all students. We are all studying hard.」古阿姆就讀了：「We阿拉 all students. We阿拉all studying hard……我想，膩的造句可能是對的。」回來後告訴了張翔吳平和司子傑，他們就說，那也難怪，他們都有口音，就像說徐志摩的詩一般，各地說法很不相同，「各莊的地道，都有很多高招啊。」

「就好比我老吳說：我揮一揮衣袖，不帶走一片雲彩……」吳平說。

「我把袖子裹得邦緊，啥子東西都不想帶走！」張翔說。

「俺撲拉撲拉袖子口，不帶走一片這尼的雲彩！」司子傑說。

「我嘚瑟嘚瑟襖袖子，不帶走一嘎噠雲彩！」馬大文說。又抬頭看了看吳平書桌上的油畫《雲》，說：「老吳，你是不帶走一片雲彩，你那雲就在牆上飄著呢！」

也有學日語的，主要是因為日語裡夾雜著不少「中文」，就是漢字，說比起英文來，日文和中文就更接近些，好學些，至少是「好多字兒我本來就認得」。

戲劇學院的入學考試不考英語。有一點英語「底子」的人都是自學的，就是死記硬背單詞，對著書本學到有限的一點而已。入學後倒是有英語課或日語課任選，但課堂上學到的也是非常有限。班上只有孫路一人想學法語，可惜沒有法語課可選，學校沒有人教。

這天晚飯後，三樓右側的幾間宿舍像以往一樣熱鬧。宿舍的門都敞開著，舞美系二年級的男生們有的在看書，有的在畫設計圖，有的在學英語，有的在高談闊論，有的在樓道走動，毫無目的地在每間宿舍裡竄來竄去。

東樓梯口斜對面宿舍裡的四個男生除了司子傑外，其他的三人——馬大文、張翔和吳平都在。

馬大文在學英語，對著桌前的「熊貓」中短波收音機，手舉著英語課本，跟著收音機裡的英語讀著：

The Moon moves around the Earth and the Earth moves around the Sun…

讀完了英語，馬大文又即時把課文翻譯成中文：

月球圍繞著地球轉，地球圍繞著太陽轉……

張翔躺在靠窗下舖的行李捲兒上，手舉著《許國璋英語》第三冊，認真地讀著第一課：

The Art Scholarship, Scene 1 藝術獎學金，第一場。

這是一齣英語短劇。

張翔的床鋪旁豎著一把大提琴。大提琴儘管在靜默著，像一條沉寂了的河，卻仍然給人以閒適和遼闊之感。

司子傑床頭桌前的布簾子敞開著，桌上放了一本翻開了的《初級日語》和一隻鋁飯盒，坐在一個電爐子上。桌後的牆上貼了張手抄本「日本語五十音圖」，司子傑和二樓的袁明都在學日本語。

住朝北宿舍的范舒行走了進來，手裡拎著一隻竹篾殼暖壺，是剛剛去樓下水房打了開水回來。范舒行是布景設計二班班長，穿了件套頭毛衣，外罩人民服，脖上挎了個雪白的口罩，大半掖在領口裡。

「老馬報名了嗎？」范舒行走到馬大文的桌前，放下暖壺，說。「報名」指的就是粉紅紙上的公費出國留學考試。

「報了。改革開放了，撥亂反正了，報名敞開了，誰都可以報。」

「我看主要是考外語呀。」

「那就突擊學唄。」

「出國英語考試不僅有筆試，還有聽力對話。老馬我考你一下。我說個中文句子，你來猜英文，漢譯英。」

「我詞彙量有限，恐怕猜不出來。」馬大文說。

「最最最簡單的詞彙而已。」范舒行說著，邊擠了擠眼，看得出是要搞出點什麼「幺蛾子」。

「嗯。老范你說。」馬大文說。

「好，」范舒行一字一頓地說：「聽好：愛思必果，英國律師。」

「愛思必果，英國律師？」馬大文重複了一遍，想了想，說：「English lawyer是後半句。『愛思必果』是什麼？愛思想者，必結碩果也？哲理性挺強。還有一種可能，那就是個人名兒。四個字兒，日本人？也不像，太無釐頭，我猜不出。」

「嗯。老馬猜得對路子，再繼續猜猜看。」

「實在猜不出！」

「老馬你把這八個字兒再說一遍，中間別停頓，連著說，說快點，帶點洋味兒！」

「愛思必果英國律師，愛思必果English……愛speak English……I speak English！」馬大文說，盡量「帶點洋味兒」。

「Yes，正是，一百分！再猜一個，這回是洋涇濱英文，我說英文，你猜中文，英譯漢。」范舒行說：「I give you some color to see see!」

「每個單詞都懂，就是整個句子整不明白，又是無釐頭！」想了一會兒，馬大文說。

「這回你一個字兒一個字兒地翻譯，也許就能找到破解密碼的鑰匙。」范舒行說。

「行，我再試試。」馬大文重複了整個句子：「I give you some color to see see! I，我，give，給，you，你，some，點兒，color，顏色，to，去，see，看，see，看。我給你點兒顏色看看！」

「一百分！老馬托福考試通過了。」范舒行咯咯笑了，腮幫子上的鬍子興奮得有點發紫。「這是舊上海灘黃包車伕的日常用語！」

「哈哈哈哈！」對門宿舍傳來一陣爽朗的笑聲。

「洋人坐車不給錢，這黃包車伕就揮了揮拳頭，說：I give you some color to see see！洋人想，What？你要給俺點兒帶色兒的瞧瞧？逗霸！個真滴笑死個人噠！哈哈哈哈！」原來是對門的揭湘沅走了過來，加入了對話。

「Hello，Guy！」馬大文學著吳平的口氣和揭湘沅打著招呼。

「Hello，Old Horse！」揭湘沅喊著「老馬」，學的也是吳平的口氣。

「老街來了，正好，我這兒也有一道題，是『中藏英』，就是每一句中文裡暗藏了一句英文，托福考試權威壓題，先測你們二位一下，算是預考。」馬大文說著，神祕地打開《新英漢詞典》，拿出張夾在裡面的字條來：

清晨見面谷貓迎
好度由途敘別情
若不從中肆鬼肆
如何密斯叫先生
滑丁何物由王支
哀諾王之不要斯

「完全的無釐頭，徹底的看不懂，完全徹底的一頭霧水！」揭湘沅、范舒行還有周圍的幾個人抓耳撓腮搓手頓足地抱怨著。

馬大文一臉忍俊不禁的樣子，把字條翻過來，說：「看看這個就明白了！」

大家湊近一看，恍然大悟。只見字條上的「無釐頭中藏英」旁註了英文，原來真是地道的洋涇濱英語。字條是怎樣寫的：

清晨見面谷貓迎 Good morning
好度由途敘別情 How do you do
若不從中肆鬼肆 Squeeze
如何密斯叫先生 Mister
滑丁何物由王支 What thing you want
哀諾王之不要斯 I no want

大家被馬大文的「托福試題」整得無可無不可，半晌無語。

「哈哈哈哈哈哈哈哈……」三十秒後，馬大文終於忍不住，爆發出一連串的大笑。

「Bak choy，這是什麼?」馬大文又轉向范舒行，問。

「Bak choy，巴克戳，這個難不倒我，是白菜，寬街副食店門口堆的大白菜！廣東式英語！」范舒行說。又神祕地對馬大文說：「哎，老馬，聽說我國的托福目前還只是模擬的，真正的托福得到香港去考。連鉛筆、橡皮、捲筆刀都是和考試題一塊兒從美國運來的。」

「我這托福試題也是從美國運來的。」馬大文說。

劉楓華劉Good說：「Good！老馬老范淨整幺蛾子！」

燈光班的哈薩克人阿合贊說：「窩聽不懂膩們的漢話，窩就是魚言不行！」

「Good！『魚言不行』這四個字兒值得刻個圖章！」劉楓華平心靜氣地說。

人群裡湊過來布景二班的戴敦四，向上推了推黑邊眼鏡，仔細看了馬大文的字條，摘下了耳塞，捋了捋光芒四射般豎起的長頭髮，興奮地說：「咦，老馬，這是哪兒搞來的啊？這太實用了！得借我抄一遍！」

「行！歡迎轉錄，免費傳閱。」馬大文說。轉念一想，又改變了主意：「不行。古阿姆給咱們拍彩色照片，每次收費一元，我這考托福的祕笈，也得收費一元！不過，聽說真正的托福考試國內目前還沒有，得到香港去考。」

大家議論起了托福考試。

「不過，聽說托福考試費相當可觀。還有，去香港考托福，辦通行證的難度不亞於去美國本身。再加上申請學校的報名費，差不多就是一個普通人一年的工資。這樣折騰來折騰去，等終於到了美國，就差不多傾家蕩產了。」

「所以老馬這祕笈有價值。行，先欠著，等我考過了托福，拿到了美國簽證，登上了中國民航，進入了斯坦福University，掙到了錢，還給你美元，請你吃巴吠，如何？」戴敦四說完，咧開嘴笑了一陣。又看見了吳平，便打了個招呼：「Hello，Comrade Wu！」

吳平正坐在書桌旁，懷裡抱著SANYO盒式單卡錄音機「磚頭」學英語，一邊喝著麥乳精，嘴裡跟著唸出靈格風英語課本第一冊第一課：

This is my family: my wife, my son, my daughter and I.

吳平看似十分專注，然而，儘管左耳朵插著耳塞機，右耳朵還是聽到了揭湘沅的問候，忙按下STOP鍵，放下手中的靈格風。

「Hello，Guy！」吳平朗聲向揭湘沅問候。

「Hello，Wu！」揭湘沅也朗聲回禮。

「Guy？我都不曉得老揭有個英文名喔！」張翔說。

馬大文替吳平做了解釋，說事情是這樣的：湖南話裡雖然「街」等於「該」，然而「揭」卻不等於「街」。不過，既然北京話的「揭」就是「街」，而「街」的湖南話又等於「該」，就正好對應了英文的Guy。於是，Hello Jie就順水推舟地變成了Hello Guy了。

大家覺得馬大文的推理雖然錯綜複雜，繞得人暈頭轉向，卻還是表示贊同。

揭湘沅注意到吳平桌上的錄音機，說：「這個是新買的錄音機？」

「Yes，幾天前在王府井新華書店買的『磚頭』，花了兩百四十元，排了一整夜的隊，是單卡錄音機。」吳平說。

「聽說說相聲的侯寶林也托人排了兩天的隊才買到一個。」張翔說。

這錄音機雖說像「磚頭」，卻比磚頭大，更像個大號的飯盒。除了吳平，張翔也同時買了一個。沒幾天，馬大文和舞美系其他幾個同學都陸續買了這樣的「磚頭」。

幾個在樓道裡竄行的同學見這屋裡熱鬧，就紛紛湊了過來。

「哈囉！嘻嘻。」進來的人都打著招呼，一邊嘻笑著，有的端著茶缸，抓起范舒行的暖壺「嘩」地一聲，倒出一茶缸滾燙的開水，冒著騰騰熱氣。

「老范，你買『磚頭』了嗎？」馬大文問。

「還沒買，在考慮過程中。」范舒行說。

「咱舞美系還有幾個人買到了這樣的磚頭，卻不知道到底用來幹嘛。」

「學英文，考出國啊！」

「聽音樂也不錯！」對門的朱小岡湊過來說。

「這……本來是要用來聽英語的啊！」袁慶一也湊了過來。

「聽英語九〇〇句！」馬大文舉起《英語九〇〇句》。

「聽靈格風！」吳平舉起《靈格風英語》。

「聽許國璋！」張翔舉起《許國璋英語》。

「聽自己的發音！」袁慶一什麼都沒舉。

「唉呦喂，『磚頭』的用處可大了，練習發音兒唄。練習發『湖藍』和『湖南』的音兒！」滕沛然在對門聽到了，喊了一嗓子。

「我還從來沒聽過自己的發音呢。」袁慶一說。

「小袁你剛剛說話發的音難道你自己沒聽見嗎？」

「我是說……還沒聽過錄下來自己的聲音效果呢！」

「效果就是如實啊！就像你現在說話的聲音一樣。」

他們圍在吳平的「磚頭」旁，七嘴八舌地說開了。

「咱們不妨試試。噓——都別說話。」吳平說。

吳平換了盒空磁帶，是日本的TDK，按下了紅色RECORD鍵，說：「開錄！」

「Hello！」有人壯著膽子朝那「磚頭」喊了一聲。

「關了吧。聽聽錄上沒有。」

吳平把磁帶倒了回去，再按了一下PLAY鍵。

磁帶在「磚頭」裡轉了幾下，果然聽到了錄製的聲音：

「Hello……關了吧。聽聽錄上沒有。」

「磚頭」如實地把聲音錄了下來，就像吳平的照相機「奧林帕斯」能如實地記錄畫面一樣。

「好像有點怪怪的，失真！」錄了音的人說。

「那是你發音不標準！」有人指出。

「Hello！」又錄了一遍。

又倒了磁帶，按了PLAY鍵。

「Hello！」又傳來了錄製的聲音。

「沒有失真啊！接近美式英語，那就是你呀！一聽就知道。」

「我還是第一次聽到自己的錄音。」

「對頭。反覆聽，再琢磨著改正，向標準美式發音靠近啊！」

「你還可以對著收音機錄廣播英語，還可以對著別人的『磚頭』轉錄呢。」

「放屁的聲音能錄出來嗎？」有人出了個壞主意。

「沒試過。不妨試試。」

「不可不可！我這『磚頭』可是幹正事兒用的，不能供你們胡來。按主席的話來說，就是『不須放屁』。」有人說，咧開嘴笑了笑。

「Good！哪位有屁要錄，到這來！這兒錄屁自由！」外面傳來一嗓子，聽起來像是發自隔壁。看來，有人願意用自己的「磚頭」錄製放屁的聲音了。

「Good idea！要得，要得！」有人喊了起來。

「誰有屁可放？」有人問道。

沒人響應。

「我有！」是一個勇敢而堅定的聲音，聽起來像是二班的哪個男生，從隔壁三〇五室傳過來，那是李強、胡曉丹、刁建邦、戴敦四和郭志清他們屋，那間屋正對著樓梯口，回音格外大。

「不可能那麼方便，誰能說放屁就有屁可放？」有人說。

「試試。」

沉默了幾秒鐘，似乎有人正對著「磚頭」在醞釀著，使著勁。

「有了。按鍵！」那人喊了起來，似乎一邊在揮手示意。

「嘟——」那人果然放出了一個響亮而冗長的屁。

「哈哈哈哈——」周圍的人都被逗樂了。

「噓——別說話。」好像是有人把食指豎在嘴前。

「嘟——嘟——嘟嘟嘟嘟！」果然是誰放了一連串的屁。

好像是有人在示意要停止。

大家都興奮地等待著聽錄音效果。

有人倒了磁帶，按下PLAY鍵。

「嘟——」是一個響亮的屁聲。

沒等大家反應過來，磚頭又響了：

「哈哈哈哈——噓——別說話。嘟——嘟——嘟嘟嘟嘟！咔嚓！」

「哈哈哈哈哈哈哈哈哈……」大家笑得翻了天。

「再放一遍！」有人喊著。

「一點都沒失真！」有人表揚著：「時代最強音！」

磁帶又被倒回。有人又按了PLAY鍵：

「嘟——哈哈哈哈——噓——別說話。嘟——嘟——嘟嘟嘟嘟！咔嚓！」

「哈哈哈哈哈哈哈……」大家笑得前仰後合。

「一點都沒失真！」有人大聲肯定道：「就像真人在放屁一樣！」

「比真人放屁還像放屁！」

「厲害了，日本的錄音機大大地厲害了！」

「再放一遍！」有人喊著。

「馬班長，你們這些同學有點低俗！」忽然，門口司子傑的布簾子後傳出一個年輕女子的抗議聲。

原來司子傑床頭桌前正坐著一個年輕女子，紮了馬尾辮，在翻看司子傑桌上的《包法利夫人》。見馬大文進來，年輕女子拉開簾子，說：「馬班長，司子傑到底去哪兒了？」

馬大文一怔，知道這大概是司子傑約好了的頭像模特兒，也可能是在外邊收了「女弟子」，約好了見面，就說：「喔，不知道啊！你們約好了？」

年輕女子說：「是啊！這個司子傑，把約好的時間給忘了！真恨人！」

又等了一會兒，吳平和張翔都回來了。司子傑還是不見人影。

「這老司去哪……」馬大文對張翔說。轉念一想，又改成了英語：「Where did Comrade Si go?」

「I don't know!-Maybe he is out for dating!-這個不曉得喔……」張翔說。

年輕女子一頭霧水，說：「馬班長，你們說什麼我聽不懂，我不能再等了。給我張紙條吧，我給司子傑留張條子！」

年輕女子走了，潦草地寫了張便條，放在簾子後的書桌上：

司子傑，你這個司維坦！說好今天畫像，你又不在，害得我白白等了兩個小時。我恨你！

過了一陣，樓道裡響起了一陣皮鞋踩踏水泥地面的聲音，一聽就是司子傑的腳步聲。

果然，是司子傑回來了。司子傑穿得整齊，頭上打過髮蠟，皮鞋擦得錚亮，散著些許蛤蜊油的味兒，看起來心情相當愉快，像剛剛吃了滿滿一碗辣椒油疙瘩湯一樣。

「唉，老司，有個女娃兒等你等了兩個鐘頭哩！」張翔說。

「喔，有這事兒？」司子傑一拍腦門：「喔！你看你看你看，俺去資料室臨畫兒，把這事兒給忘了！」

「那女娃兒可給你留了字條。」馬大文說。

「老司去二樓微服出巡歸來嘍！」有人喊了起來。

「是去二樓參加舞會歸來吧？」有人說。

「是去二樓幽會歸來吧？」有人說。

「今天可沒去二樓。俺去資料室臨畫兒了，憋了泡尿都沒顧得上撒呢！」司子傑說。

這時，大家才注意到司子傑帶回了一張油畫，是列維坦《金色的秋天》，大家遂圍攏過來。

「沒有畫布，俺把床單剪了，從布景工廠卞師傅那兒找了些木頭條子，自己釘的框子，塗了立德粉和臭皮膠做底料。」司子傑說。

「立德粉和臭皮膠，怪不得這味兒不正呢！」大家說。

圖書館資料室的畫冊都是外文原版，主要是對舞美系的師生開放，不外借。司子傑得到了管理員「小妹」的特許，攤開顏料調色板在那兒臨。

「藝術至上，為了藝術，床單午飯女娃兒啥的都不顧了。」馬大文說。

「對頭。剛才不知哪個傢伙放的屁，音量極大，像文化大革命時的大廣播喇叭，俺還沒走上二樓就聽到了！」司子傑說。

沒等大家答話，樓道裡又傳來了那放屁的巨響和哄笑聲。

大家也發覺那音量確實大得出奇，像閱兵式放出的禮炮，遂議論了起來。

「原因很簡單，有人用四個抽屜組裝了喇叭，放在宿舍的四個牆角，用了擴音器，那聲音自然趕得上文革時的廣播喇叭和閱兵式的禮炮，還是立體聲！」

「怪不得！可謂驚天地、泣鬼神。」

「俺還以為文化大革命又回來了呢！」

「七、八年再來一次？文革才過去三年，時間還沒到呢！」

「俺也記得主席說：不須放屁。不須再來了！咱們還是來點甜蜜些的吧。俺看鄧麗君的歌兒就不賴！」

「我有鄧麗君！咱白天聽老鄧，晚上聽小鄧！Good！」有人從抽屜裡拿出來一盒磁帶，是轉錄的。磁帶在「磚頭」裡轉了幾下，有些雜音，卻仍是鄧麗君甜蜜蜜的歌聲：

甜蜜蜜，你笑得甜蜜蜜
好像花兒開在春風裡
開在春風裡
在哪裡在哪裡見過你
你的笑容這樣熟悉

「崩如！這黃色歌曲靡靡之音很好聽。磁帶是在拉裡搞到的啊？」袁慶一走了進來，手裡拿著兩個油餅，捏在一起咬下一大口，一邊打著招呼。

「咦，小袁捨得吃兩個油餅？『藍』得呀！」馬大文學了湖南口音說。

「藍得藍得。」袁慶一咀嚼著口中的油餅，一邊含混不清地說，嘴巴周圍油光光的。「多出來的一個是阿合贊的。剛才買油餅時不小心碰了阿合贊的油餅，阿合贊說：我本來有一個油餅，膩也有一個油餅。窩的油餅是豆油的油餅，膩的油餅是葷油的油餅。膩的油餅碰到了窩的油餅，窩的油餅就不再是好的油餅，所以窩就沒有了油餅。膩就把窩的油餅和膩的油餅一起吃了吧，就算我少吃了一個油餅！」

「這是繞口令啊！用阿合贊的話來說，這就是一個魚言的問題！」馬大文說。

這時，有兩個大嗓門的青年在樓道裡喊了起來，湖南口音，像是在找人：「請問揭湘沅居得拉裡？」

「『節祥院』？沒聽說過。這兒是戲劇學院！」一個北京口音回答道。

「我要找地就是戲劇學院地揭湘沅，揭鍋啊！」兩個湖南口音說。

「借鍋啊？俺這兒只有一個煮疙瘩湯的飯盒啊！」一個山東口音說。

「是揭鍋不是借鍋噻！」兩個湖南口音說。

屋裡的揭湘沅和袁慶一聽出這是湖南老鄉來了，就迎了出去。

「是哪過囉？」

「揭鍋！我們找過哩半天噻！」兩個湖南口音說。

一問，原來找「揭哥」的是揭湘沅少年時的朋友，只不過是把「哥」說成「鍋」了。

鬧了半天，原來還是個「魚言問題」！大家嘩笑起來。

「劉楓華！」樓道裡響起了一個女青年的悅耳喊叫聲。

「有人來找劉Good了！今天舞美系可是賓客如雲啊！」范舒行說。

司子傑探出頭去一看，回過頭來說：「這女子是徐小燕，劉Good的老鄉，這會兒在河北師大美術系學油畫，相當的才女。最近老來找劉Good。提起徐小燕，劉Good無不驕傲地說，徐小燕是我調教出來的。這話倒一點也不虛妄，劉Good對徐曉燕確實影響挺大的。」

「老司消息靈通啊！」大家誇獎起來。

「不瞞各位，那天兩人在宿舍門後熱烈親吻，俺不小心闖了進去，當時兩人造得滿面赤紅，俺自己也怪不好意思的！」司子傑說。

「劉Good缺少這麼一個簾子！」大家指著司子傑床頭的布簾子說。

這話正說著時，隔壁的「磚頭」錄音機裡又響起了放屁的聲音。

「咦？這是什麼聲音？像是大地在吟思，像是這個時代焦灼的呼喚！」是徐小燕的聲音。

「是位吟唱大地的女詩人啊！」司子傑誇讚道。

「聽說畫了不少大地題材的油畫！」馬大文說。

「磚頭」錄音機裡又響起了放屁的聲音，音量調小了，顯得有些沉悶。

「崩如？這聲音聽起來怎麼像法語的『崩如』？」袁慶一說。

「愛思必果斧潤嗤！I speak French！」有人抓起范舒行的暖壺，「嘩」地一聲把壺裡剩下的開水全部倒在一個搪瓷飯盆裡，搖晃了一下壺說。

「我看，還是愛思必果英國律師吧！」范舒行說。大家都知道了，「愛思必果英國律師」的意思就是I speak English，我說英語。

舞美系的「愛思必果英國律師」狂潮如火如荼，勢不可當……

12 潑水節的聲音 The Sound of Water Splashing

公元一九七九年秋

秦老師布置設計課案頭作業，選了劇本《未來在召喚》，是不久前演出過的新劇目，說的是大膽搞改革開放的梁言明和思想僵化、對新形勢不能適應的于冠群的分歧與衝突，證明了「實踐是檢驗真理的唯一標準」這個真理。

秦老師說，這個設計既要表現出「未來」，又要表現出「在召喚」。

學生們先是在圖書館內部資料室找來一摞摞外國畫冊，見到帶有「未來」感覺的家具什麼的就畫在本子上。

不過，場景中要出現的新型飛機、飛機製造廠和指揮調度塔臺，還有那些象徵「未來」的幾何體沙發、流線型吊燈，除了留學生和秦老師外，班上還從沒有人親眼見過。至於「在召喚」，卻是個抽象的概念，要用宇宙飛船人造衛星和閃爍的銀河星海來表示，這連留學生和秦老師也沒親眼見過，就只能靠發揮自己的想像力和創造力了。

十一前，新建的首都機場還沒正式啟用，學校就組織了一次內部參觀，一是為設計《未來在召喚》搜集素材，二是考察新機場的壁畫，而最主要的是三，就是考察中央工藝美院老師袁運生創作的壁畫《潑水節——生命的讚歌》。

「這組壁畫爭議挺大！」秦老師神祕而興奮地說。

學生們也聽說這事引起了軒然大波，像一次致命的「地震」一般，甚至連外國的報紙上也議論紛紛，說「中國在公共場所的牆壁上出現了女人裸體，預示了真正意義上的改革開放」。愈是爭議大，就愈能激發大家的好奇心。像每次去圓恩寺電影院觀摩內部參考片一樣，學生們都對這神祕的壁畫翹首以待。

班上的四個留學生也和大家一起去了機場。

為留學生選劇本，秦老師很是費了一番心思，為此，每天都得多抽好幾顆「香山」以助思考。《未來在召喚》沒有英文譯本，秦老師曾向留學生們講解「實踐是檢驗真理的唯一標準」，花了一整天時間，他們還是反覆問實踐是什麼，檢驗是什麼，真理是什麼，唯一是什麼，標準又是什麼。

秦老師說，讓班上英文好的同學給翻譯一下吧。

馬大文回宿舍後跟周圍的幾個同學湊在一起，翻了一會兒字典，好不容易翻譯出了劇名《未來在召喚》，覺得意思差不多就是The Future Is Summoning，說給留學生們聽，他們更是一頭霧水，討論了一會兒，連說了幾次What?最後古阿姆說：「窩們明白了，膩們的實踐檢驗了，哲個真理就是：哲個劇本，窩們不明白！」

阿姆巴笑嘻嘻地說：「實踐檢驗了，窩們喜歡《葉賽妮婭》哲個劇本！」

《葉賽妮婭》是墨西哥電影，他們剛剛入學時在圓恩寺電影院看過。電影裡的主題音樂很好聽，回來後每個人都會哼哼了，哼哼了整整一個星期。

秦老師哭笑不得，說：「實踐檢驗了，這個《葉賽妮婭》的舞臺劇劇本還沒寫出來呢。」

不過，雖然他們放棄設計《未來在召喚》，秦老師還是帶他們來到機場，讓他們也見識一下神祕的《潑水節》。

秦老師感嘆地說：「新機場可比老機場富麗堂皇多了！」

學生們不知道老機場的模樣，腦子裡的印象只有那滿是痰漬、空氣汙濁、擁擠不堪、難民營一樣的火車站和汽車站候車室，就說，豈止是富麗堂皇多了，可真是天壤之別，不可同日而語啊。

中國學生們都讚嘆著新機場的沙發、吊燈、落地窗、水磨石地面和抽水馬桶。新機場的宏偉和壯觀超出了他們的想像，廁所裡提供免費手紙更令他們不敢相信自己的眼睛。

留學生們則沒有什麼反應，就好像他們自己的家裡比這機場還要富麗堂皇一樣。

秦老師說：「五十年代我們去東歐考察，就是在老北京機場上的飛機。老機場那時還叫天竺機場。」

這不禁令大家十分羨慕，心想，怪不得秦老師的呢子大衣嗶嘰鴨舌帽如此筆挺，肯定是那時的出國置裝。那時的衣料可真好，二十多年了，還跟新的一樣。「王府井『雷蒙』做的，國家領導人的服裝都在那兒做。那兒的服務態度可好了。」秦老師這樣說過。

秦老師接著說：「老機場那會兒呀，不但荒涼，還經常有野狼出沒，到了晚上，大人小孩都不敢出門。機場宿舍門外的牆上用石灰粉畫了很多白圈，就是為了防狼。」

大家問白圈怎麼防狼呀？

秦老師說：「大概像孫悟空用金箍棒在地上畫圈兒防白骨精一樣吧？」

這話把學生們逗樂了。

機場人員帶領大家參觀了候機大廳、餐廳和貴賓休息室裡的壁畫，先看《哪吒鬧海》、《巴山蜀水》，再看《森林之歌》、《民間舞蹈》和《白蛇傳》，最後進到二樓一間寬敞的餐廳。餐廳內有兩幅壁畫，東牆是袁運生設計的《潑水節——生命的讚歌》，西牆是蕭惠祥設計的《科學的春天》。

「這是《科學的春天》！」秦老師說，向學生們介紹了這組有些三十年代裝飾藝術風格的陶板壁畫。見到畫面上描繪的生命起源、物質結構、天體運行等科學形象，覺得有了些設計的靈感，看到了些「未來」和「在召喚」的意思。

轉向東牆，秦老師指著前面說：「這就是《潑水節》！」

學生們頓覺眼前一亮。這幅絢麗多彩的壁畫《潑水節》，是他們盼望已久的精神盛宴，彷彿是機場宴會廳突然間發放了免費的西式大餐和香檳酒一樣，他們迫不及待地爭相湧向前去先睹為快。

這幅巨大的壁畫高三米四，長二十七米，佔據了這個大廳的兩面牆。

壁畫畫在直接裱在牆上的亞麻布上。聽說袁運生帶著兩個助手，畫了整整十個月，此刻是剛剛完成。用鋼管搭成的三層腳手架已經移到大廳的另一側，顏色桶、調色板和畫筆、板刷一堆堆放在上面，發出一股特有的畫室味道。

如此規模的壁畫，學生們都還見所未見、聞所未聞。他們在文革時見過街頭的巨幅宣傳畫也是這樣壯觀，卻遠不如這幅《潑水節》細緻和綺麗。

「這畫比我文革時畫的《芙蓉國裡盡朝輝》還牛！」揭湘沅說。

大家記起了在揭湘沅那兒看過的一張照片，是他和幾個青年畫者登著腳手架和梯子畫宣傳畫的場面。十米乘七米的巨幅畫面正中央，毛主席的巨人頭像如同一輪太陽般地放射著光芒，下面如螻蟻般大小的革命群眾在旗海中歡呼慶祝湖南省革命委員會成立，其中一個粗壯的少女身穿軍衣，在眾人面前跳起了芭蕾舞《紅色娘子軍》。

「老街你那幅《芙蓉國裡盡朝輝》也牛，是另一個牛法！」馬大文說。

在《潑水節》前，學生們看到一位年近五十歲的男子，留著魯迅式的鬍子和南霸天式的頭髮，穿著深灰色卡其布中山裝，嘴裡叼了顆煙，一副藝術家的派頭，與周圍的人和物格格不入，一看就知道是壁畫的作者袁運生。

袁運生的周圍站了十幾個人，都是領導模樣，男的梳著背頭，女的剪了短髮，各個神情莊嚴而持重。他們指點著袁運生的壁畫，似乎在討論著什麼，有點激動，見到走過來的大隊學生，發現了三個非洲人和一個西洋人，是外賓，還有幾個穿紅喇叭褲尖皮鞋大領體育衫戴蛤蟆鏡的，看起來有點像是外賓，也有點像是內賓。又聽到袁明在和秦老師在講著外國話，好像是日本語，就警惕起來，互相對望了，討論遂戛然而止。

學生們禁不住悄聲議論起來，說領導們看起來倒像是《未來在召喚》中的演員。誰是大膽搞改革開放的「梁言明」呢？誰又是思想僵化、對新形勢不能適應的「于冠群」呢？他們發覺畫家袁運生雖然留著魯迅式的鬍子和南霸天式的頭髮，卻算得上是「梁言明」，而那些穿呢料中山裝的領導們，就各個都像是「于冠群」了。他們對梁言明、于冠群這兩個名字也頓時有了新的理解：「梁言明」也就是「良言之明」，「于冠群」也就是愚昧地「凌冠於人群之上」了。

領導們似乎有些尷尬。他們面前的這一段壁畫，正是傳說中的「裸女」畫面。

學生們顧不得去注意袁運生和領導們，只顧盯著那壁畫上的裸女，臉上流露出掩不住的興奮和激動。

秦老師說這個空間是大餐廳，等這壁畫前擺了桌椅，鋪了檯布，放了刀叉，點了蠟燭，插了鮮花，坐滿了外賓，再響起了電子音樂，就有了「未來在召喚」的氣氛了。

學生們想像著這綺麗壁畫前的綺麗燭光宴會，心中便充滿了對「未來」的無限憧憬和期盼。

壁畫中最引人注目的是三個正在沐浴的傣族少女，她們身無片縷，曲線畢露。

「是傳說中的『棵體』！」馬大文故意把「裸體」說成「棵體」。

「也叫『果體』，老范說的！」隊伍中有人說。老范就是布景二班的班長范舒行，因為總是把「畫果體」掛在嘴邊，所以被叫成「范大果」。

「的確是棵果體！」大家哄笑起來，順著馬大文的笑話將錯就錯。

那壁畫中的傣家裸女長髮如瀑，雙臂輕揚。她美麗的側身恰到好處地顯露出胸部的輪廓，優雅的姿態與其說是在沐浴，不如說是在起舞。她和旁邊的另一個少女高舉木盆，將水澆在裸女的身上，如涓涓山泉。她們的右手，是一個正面的全裸少女，手持同樣的木盆，正將水向外潑去。那少女長髮及地，妙曼身軀上裸露的雙乳和小腹下的一抹三角都纖毫畢露地呈現在觀眾眼前。

袁運生和領導們討論的一定是眼前的這幾個裸體少女，一定是關於「裸體還是穿衣的問題」。

「聽說是加個褲衩兒還是加個屏風的問題！」秦老師壓低了聲音說。

「To be, or not to be，這是一個問題。」有人說出了《哈姆雷特》中的英文臺詞，說話的聲音太低，聽不出是誰，戲文系孫先生在課上曾把這句臺詞寫在黑板上，大家都抄下來，背熟了，找機會就說。

「To be naked or to be covered, that is the question.」又有人把這句臺詞發揮了，改成了「裸體還是穿衣，這是一個問題」，說話的聲音也太低，還是聽不出是誰。

大概是領導們自覺沒趣，互相對望了，點點頭，似乎在說，這個「加褲衩兒還是加屏風的問題」定不下來呀，咱們還是拂袖而去吧。

大家再次仔細觀察那壁畫中的裸女，忽然間想起了什麼。

「這幾個裸女好像跟草稿不太一樣！」有人說。

「俺也看出來了，是有那麼點兒不同。」

「原來的線描稿上好像不是裸體！」

「我也是這種印象！」

「據可靠內部消息說，在牆上起稿打輪廓時還有這條線呢！」

這之前，班上就流傳過袁運生的線描畫「複印件」，厚厚的一疊，是「複印機」複印的，是大家第一次看到的複印件。複印出來的速寫全部是白描勾線，細密流暢的線條，略帶誇張和變形的熱帶植物，都被複印機複印得和原作別無二致。

袁運生的白描不禁令大家爭相模仿。沒幾天，學生中的好幾個人就把他的風格學到了手。學得最好的是布景二班的王猛。王猛連鉛筆稿都不打，直接用鋼筆畫出婀娜多姿妙不可言的印度女子沙恭達羅，贏得了大家的嘖嘖稱讚。

「我這兒帶來了！」吳平宣布，一邊從書包裡取出一疊紙，正是袁運生的壁畫草稿和創造素材的複印件。

吳平很快就找到「潑水」的那幾張。大家湊過來仔細查看，原來一個「裸女」胸前橫著畫了一條不完整的線，使人覺得是穿了筒裙和緊身衣。另外的「裸女」胸前也有這麼一條線。結果，眼前《潑水節》的成稿上，這條橫線不見了，少女們妙曼的曲線完全表露出來。趨之若鶩的觀眾就是衝著這三位沐浴的裸體傣家少女而來。

「這樣就通過了領導們的初審這一關。」大家說。

「關鍵的一條線。」有人說。

「有一條線或沒一條線，這是一個問題。」有人說。

「A line or not a line, that is the question！」有人把這句話翻譯成了英語。

「你們看：這條線有多重要！」秦老師說，點上「香山」，抽了一大口。

「線條，也就是周老師說的『洗雕』。有線無線大不一樣！」大家都說。

「等到壁畫要完成的時候，就悄悄把『洗雕』去掉。」大家說，無不讚嘆袁運生的智慧。

學生們這才發現，畫家袁運生不知什麼時候走掉了。

大家又議論起了袁運生，說他早在學生時代，就曾因為對一位蘇聯畫家有不同看法，被打成右派發配到東北。這次為畫這組壁畫，他在雲南西雙版納住了三個月。他的這批寫生，完全是用自己發明的竹筆完成。他就地取材，把竹子削尖，蘸著墨來畫，使得線條具有特殊的表現力。

幾個工人模樣的人走了過來，抱著幾大捲牛皮紙和漿糊，原來是領導們看後拿不定主意，叫人先把房間的窗玻璃和門用紙糊起來，說等到小平同志看完之後再由他來決定。

學生們說小平同志在忙著撥亂反正，還得管這小事？又說小平同志能怎麼說呢？大家轉向張翔，想到身為小平同志的四川老鄉，對這「內部機密」怎麼也能「曉得一點兒」。

張翔說：「我也不是十分曉得！」轉念一想，說：「小平同志可能會說：我看莫的啥子嘛。」大家熱烈地鼓起掌來，說：「對頭！小平你好！」

四個留學生聽不懂，低聲用法語談論了一陣。大家問他們對這壁畫上的裸體有何看法。

他們又用法語交談了幾句，古阿姆說：「很好的！沒有問題。窩們那裡，女的都是不穿衣服。」大家說對啊，在古阿姆那兒看過畫冊，喀麥隆鄉下的婦女在集市上都是裸著上身的。

「天氣的關係，不像我們東北那嘎噠常下雪。」馬大文說。

「人家那是天天過潑水節。」滕沛然說。

「天天過潑水節……那得用多少水啊！」馬大文說。

「不能潑水。打水的地方，離家很遠的。」恩臺比說的大概是他們「部落」的事。

大家哄笑起來說，那你們可以天天畫裸體呀。

「是的，是畫裸體的，她們的臉上身上都畫了煙色和線條的，不洗的！」

大家記起了古阿姆畫冊上見到的景象，說她們的裸體畫得很好。

見瑞士留學生于爾格不大說話，大家問他對《潑水節》裸女的看法。

「哲是很好的！窩們那裡，art museum裡的畫畫，有很多裸體的！」于爾格說。

「Venus維納斯就是裸體。」吳平說。

「你們到高班時也要畫裸體！不過，目前還在等上邊的批文呢。」秦老師說。

大家熱烈地鼓起掌來，說秦老師能不能早點兒拿到批文早點兒畫呀。

「好好學學袁運生吧！看這架勢，《潑水節》說不定很快就會被封起來，看不到了。」秦老師說，向那些正在用牛皮紙糊窗玻璃的人努了努嘴。

學生忙湊進前去，仔細研究這三個裸體少女。

秦老師壓低聲音告訴大家，說有個大領導接見了袁運生，談到這三位裸女，以徵詢的口吻說：能不能把這個細節改一改？袁運生當即回答：不能改！改畫是件醜聞，不說教皇讓米開朗基羅改畫的事，看看董希文的《開國大典》，被改成個什麼樣了？這是有損國家形象的事。大領導也就沒再堅持自己的意見。後來這件事傳出去，美聯社還做了報導呢。

大家又熱烈地鼓起掌來，說袁老師可真是好樣的。不過，下次反右和文化大革命再來時，可能要倒霉了。

這時有機場人員走過來，示意學生們安靜，說又有領導蒞臨視察壁畫來了。

「領導是什麼？」古阿姆問。

「領導就是幹部。」馬大文說。

「Ganbu，膩們的ganbu有很多的？」阿姆巴問。

「膩們的ganbu喜歡檢查工作？」恩臺比問。

「Ganbu就是老班長。」司子傑幽了一默，說。

「喔，ganbu就是chief！你們那嘎噠也有。」馬大文說。

「Oh，那不太一樣。窩們的chief愛人很多，膩們的chief愛人不能太多。」恩臺比說。

「膩們的chief很多，是為人民服務地，是專門檢查工作地！」阿姆巴說。

「就像你們那嘎噠的裸體很多一樣。」馬大文說。

「『那嘎噠』是什麼？」三個留學生一起問。

「那嘎噠就是what place？Where？四川話就是啥子地方喔？」張翔說。

「逗霸！俺這嘎噠looking forward to，望眼欲穿，專等著畫棵體呢。」揭湘沅說，又用湘潭話誦詠出毛主席詩詞：「一萬年太久，只爭朝夕。」

「噓……別說了，那嘎噠很多chief來了！」三個留學生一起說。

果然，又有一隊領導模樣的人來了，男的居多，有的穿皮鞋，有的穿布鞋，但都穿呢料中山裝，有的還穿了呢料大衣，多半是胖子，看得出是更大的領導。他們都梳大背頭，臉上的表情莊重而矜持。他們大多數人都抽著煙，帶來了一片煙霧。

機場人員打亮了《潑水節》前的射燈。

「這是舞臺上的燈光布景效果！」有人小聲地讚嘆。

「也是舞臺上的乾冰煙霧效果！」又有人小聲地讚嘆。

「舞臺氣氛圖的效果！」

眼前的《潑水節》被罩上了一層朦朧而神祕的乾冰煙霧，那氣氛很像舞臺上燈光下的布景。那些載歌載舞嬉戲追逐著的傣族青年男女們彷彿活動了起來，背景上的奇花異樹也彷彿在煙霧中搖曳，隱約中彷彿聽得到擊鼓聲和流水聲。

機場的工作人員催促學生們離開。

下雨了。落地窗外，見得到雨點淅淅瀝瀝地打在玻璃上，聽得到雨水淙淙潺潺地流淌下來，彷彿就是那壁畫中潑水的聲音一樣。

13 髮蠟 The Hair Wax

公元一九八〇年春

天還沒亮，窗外就傳來了一陣輕緩的哼鳴聲。

是表演系的同學練聲的聲音。

先是一個女聲，過一會兒又加入了一個男聲，又加入了另一個女聲。

氣泡音、輕度哼鳴、膈肌訓練、慢吸快呼、慢吸慢呼、快吸慢呼……

絲絲絲……衣衣衣……ba……ba……ba……da……da……da……

嗚嗚嗚啊啊啊……

玻坡摸佛得特訥勒……

又逐漸變成了繞口令《白石塔》：

白石塔，白石搭

白石搭白塔

白塔白石搭
搭好白石塔
白塔白又大

又變成了《八百標兵奔北坡》：

八百標兵奔北坡
北坡炮兵並排跑
炮兵怕把標兵碰
標兵怕碰炮兵炮

又變成了《板櫈和扁擔》：

扁擔長，板櫈寬
板櫈沒有扁擔長
扁擔沒有板櫈寬
扁擔要扁擔綁在板櫈上
板櫈不讓扁擔綁在板櫈上
扁擔偏要扁擔綁在板櫈上

又逐漸變成了《打棗兒》：

出東門，過大橋
大橋下面一樹棗兒
拿起竿子去打棗兒
青的多，紅的少
一個棗兒，兩個棗兒
三個棗兒，四個棗兒

很快又有另外的同學加入。校園的操場上，哼嗚與吟誦此起彼伏，仿若一顆顆青棗兒紅棗兒落滿校園，落滿大地。

「鈴……」班長馬大文枕邊的馬蹄錶響了起來，整七點。馬大文「呼」地一下從上鋪坐起，看了看還在熟睡著的張翔、司子傑和吳平的鋪位，說：「諸位，該起床上操啦！」

沒人應聲。

馬大文戴上眼鏡，看了臨床的下鋪，瞥見床邊的《初級日語》，說：「歐哈腰夠咋一馬斯。老司，起床啦！」

臨床下鋪的司子傑哼了一聲：「老班長，俺再睡一會兒。」

馬大文又看了看對面的下鋪，說：「古貎林。老張，起床啦！」

對面下鋪的張翔也哼了一下，說：「Comrade Lao Ma，我再瞇一哈！」

馬大文又看了看張翔上鋪吳平的鋪，說「Hello, Wu! 起床啦！」

本以為吳平會像平常一樣，朗聲回答一句「Hello, Guy!」，卻沒有回應，也沒哼哼。

馬大文又換了中文：「老吳，該起床啦！」

吳平還是沒有動靜。

馬大文穿了衣服跳下床，來到吳平的鋪前，見被子裡鼓鼓囊囊，連枕頭都蓋住了，心想吳平一定是在蒙頭大睡呢。

「Hello, Comrade Lao Wu. Hurry up!」馬大文換了陳琳電視英語的口氣，讓老吳同志動作快點。

還是沒有反應。

張翔這時已經穿戴整齊，說：「Comrade老吳是不是又被二班的幾個人用白酒灌醉了？」

吳平有一次不知什麼原因睡在了二班祝明他們宿舍的空鋪。那天他們幾個人喝二鍋頭，吳平被使勁勸酒而不勝酒力，最後喝得雲裡霧裡，「嘩嘩」嘔吐出來。

還是沒有反應。

馬大文遂覺有些蹊蹺，便爬上梯子，掀開吳平被窩的一角，裡邊竟沒有吳平，卻有一堆髒衣服和髒襪子，發出一陣說不出的「不明氣味」。

「Comrade Lao Wu did not come back last night!」張翔說，又轉向司子傑：「老司，昨晚老吳沒回來？」

「嗯……」司子傑哼了一聲，又說：「老班長，俺也沒見老吳回來！」

「昨晚……昨晚咱們做啥子來著？」張翔一下子忘了昨晚的活動。

又忽然間瞥見掉在桌子上的一張白紙，是話劇《假如我是真的》的場刊，就說，「對頭，昨晚咱們都去觀摩了！」

「看了話劇《假如我是真的》啊！看得槓來勁！」司子傑說。「槓來勁」就是極來勁。

「對頭！」張翔說，「劇場出來後老吳就沒回宿舍。」

「對，散場後老街小岡肚子餓得要命，就跑到地安門吃包子。老吳也跟著去了，吃完就回了朝陽門水碓子。」司子傑說。

「是回家了。這會兒還沒返校。我出門看看。」馬大文說。

樓道裡沒有什麼動靜，對門宿舍沒有動靜，更不見吳平的蹤影。

剛要轉回，卻見阿姆巴的門開了，走出一個打扮得漂漂亮亮的非洲妞兒。那妞兒目不斜視地走下樓梯，碗口大的耳環晃來晃去，高跟鞋踏出一陣「咚咚」的腳步聲，像宣傳畫上敲響「赤道戰鼓」的剛果女人，留下了一片香水味兒。

阿姆巴站在門口，趿拉著懶漢鞋，嘴裡嚼著口香糖，一邊嘻嘻地笑著。

馬大文說體育課張老師今天的跑步肯定要遲到了。張翔湊到窗前，向操場上看去，發現表演系練聲的那些同學都已經回到宿舍，根本就沒有張老師和早操的影子。

校園的操場也和美術學院的操場一樣，一直在「修路」和「搞基建」，就是搞基本建設，也就是蓋房子。路好像老是在壞，也就老是在修，基建卻搞來搞去還是那麼個樣，人卻換了一波又一波。

宿舍門口停了一輛白色轎車，那非洲妞兒鑽進去，轎車不聲不響地開走了。

正當馬大文詫異之際，聽見身後的張翔喊了起來，手上拿著一張年曆卡片：「老馬，怪不得老吳沒回來，今天是星期天啊！」

本已經準備起身的司子傑說：「俺說怎麼不對勁呢，老班長？星期天一大早就把俺轟起來了！」

「喔！原來如此。是那練聲的同學把我給吵醒又誤導了。」馬大文說，

「那都是家不在北京的外地同學在用功呢。」張翔說。

「喔，抱歉抱歉。你們再瞇一哈吧！」馬大文想了想，覺得有點愧疚，就說，「這麼著，我請你們吃油餅！」

「油餅再說，老班長你先把皮鞋油兒給俺用用。」司子傑說。

「行，皮鞋油兒隨便用，床底下呢！髮蠟也有。」馬大文慷慨地說。

「老馬老張，你們倆和老滕可是帶工資上學的。油餅才八分錢一個。老馬你少說也得請俺吃頓馬凱吧？」司子傑說。

「喔……馬凱可是老吳之類的高幹和外賓去的地方。」馬大文有意轉移話題，遂連忙遞上髮蠟，說：「歐哈腰夠咋一馬斯，老司你多擦點髮蠟吧。」

「老馬你這髮蠟是哪根兒搞來的喔？」對於髮蠟的來歷，張翔十分好奇。

「東北老家帶來的。日本貨呢！」馬大文說。

一看，小玻璃瓶上有塊殘舊的商標，果然有日文，卻只看得懂「第一位」三個字。鐵蓋鏽跡斑斑了，用了很大的勁才擰開，飄出一股淡淡的薄荷味。

「什麼時候買的？好像有些年頭了。興許是『滿洲國』的老貨也說不定！」張翔說。

「備不住，打我小時候就有了。倒是好髮蠟，Number one，第一位！」馬大文說。他留的是短髮，髮蠟是用不上的。

司子傑摳出點「髮蠟」，搓在手心，鼻子聞了聞，舉起小鏡子，頭髮上抹了點，說：「對頭，是好

髮蠟！」又忍不住說出一句京劇《智取威虎山》裡的臺詞：「怎麼又黃了？防冷塗的蠟！」

樓道裡又有了說話聲，是個女的在說英語，好多「兒音」，像是美式英語。張翔覺得奇怪，探出頭去，看見隔壁房間的古阿姆正陪著一個女的出來，像是亞洲人，又不太像。

等古阿姆和那個女的下了樓走在操場上時，馬大文從窗裡一看，說，那是方家模，Maria Fang，美院的美國留學生，麻省貝爾蒙特人，華裔。

他們就說古阿姆挺有本事啊，上星期跟一非洲妞兒，這會兒又拍了一美國妞兒。

「聽說中美建交的當晚，美院幾十個學生就圍著這個方家模，爭著請她跳舞，還唱了《音樂之聲》裡的哆來咪。」馬大文又說。

這有點令人羨慕。

「聽說古阿姆還拍過喀麥隆總統阿希喬的女兒呢。」馬大文說。

「老馬這都是從哪根兒聽來的？」張翔和司子傑都感到驚訝。

「古阿姆說的，也不一定準。」馬大文說。

慢慢地，舞美系的男生都起了床，宿舍樓開始喧鬧起來。

午飯時間到了。

樓道裡響起了吵雜聲，有人用湯匙敲打著搪瓷飯盆，有人高喊：「食堂包餃子啦！」

待大家拿了飯盆和湯匙湧進食堂時，打飯的五個窗口前已經排起了長龍，一直排到門口。雖然大半外地同學都回家過週末去了，食堂裡卻湧進了很多職工家屬。大家嚥著口水，敲著盆碗，是一派學校歡騰的節日氣氛。

窗口要十二點才開門，餃子的味道卻已經飄散出來了。

餃子是豬肉白菜餡的，數量有限，只能先來後到，做不到按需分配，人人有份。排在前面的自然信心十足，興奮地說著笑著，耐心地等待著。排在後面的卻毫無把握，就用湯匙敲著飯盆，表示著自己的遺憾和無奈。

搪瓷飯盆大多是十五到二十公分的口徑，底上印了套色圖案，每人拿了一或兩隻，都是自己管自己的。

馬大文排在二號窗口的隊伍後面，抱著收音機，戴著耳塞機在聽英語廣播，一邊看著前面的黑板，有點信心不足。他的前面都是兒童班的少年們：閃增紅、薛白、許亞軍、鄧曉光和蔡國慶，他們一邊敲著手裡的搪瓷飯盆，一邊興奮地說著話。馬大文後面的是舞美系燈光班的丁寧，再後面的是二班的黃巨年，他們排到了食堂的門外，信心已經蕩然無存。

司子傑排在了三號窗口的靠前位置，前面只有表演進修班的陳道明、導演系的張金娣、導演進修班的李保田和戲文系的胡紅彤四人。張金娣手裡抱著一大本筆記，封面寫著：《導演學的片段導演》，眼睛卻望著前面的窗口。司子傑既有信心，又有把握，皮鞋底敲打著地板，一邊愉快地吹著口哨。

突然間，門口響起了一聲炸雷般的吼叫：「司雨堂，你他媽的幫我帶八兩餃子一頭蒜！」

大家都轉過頭去，原來是布景二班的廣西大漢王猛，手裡高舉著一個鋁製飯盆，差不多臉盆般大小，正衝著司子傑搖晃著。他說的「他媽的」三個字，其實只不過是一種習慣和民俗，並無罵人之意。他剛剛從畫室奔進食堂，一手還握著一大把油畫筆，四下張望後發現差不多快排到窗口的司子傑，便使勁擠向前去，興奮和急切中忘記了這不是在宿舍。

每個人都警覺地向前靠去，生怕被插了隊、加了塞兒，還相互提醒著：「跟住跟住，先來後到啊！」

司子傑回過頭去，知道王猛說的「司雨堂」是自己，卻不做理會，繼續吹著口哨。

真正的司雨堂本是學校保衛科的幹事，因為有幾個二班的同學覺得這三個字充滿了詩意，又朗朗上口，便常常把這名字當作一個不錯的綽號，強加在司子傑身上。

見司子傑不理，王猛就又喊了一句：「司雨堂！你他媽的幫我買……」

王猛還沒喊完，猛然間覺得有人重重地在肩上拍了一掌，原來竟是真正的司雨堂來了。

王猛認得他，一怔，想起要打個立正行個軍禮，卻一時不知所措，慌忙改口：「司……維坦……」一邊佯作在研究著窗口上的黑板，白色粉筆寫著：「白菜豬肉水餃，數量有限，賣完為止。」「水餃」二字寫的是粗體，就像文革時期報刊上凡出現毛主席「最高指示」時，必得使用黑體字以示尊崇一樣。粗體「水餃」二字的前面正飛著一隻綠色的蒼蠅，「嗡嗡」地叫著呢。

「蒼蠅……有幾隻蒼蠅碰壁。嗡嗡叫，幾聲淒厲，幾聲抽泣……」王猛唸了句毛主席詩詞《滿江紅．和郭沫若同志》，一邊打著叉，手裡的面盆向那隻蒼蠅拍去。

「你這位同學搡啥？咋兒埋汰人捏？」司雨堂看出了王猛的詭計，厲聲斥喝道，唐山口音。他穿了一套去了領章帽徽的草綠色軍裝，簇新。他個頭雖然不高，卻是個八三四一部隊中央警衛團的退伍兵，練過擒拿術學過散打，守衛過毛主席和黨中央。這樣的手拍在肩上，王猛感到了一種「槍桿子裡面出政權」般的力量。

「我……我……我是說前邊那位同學捏！他的綽號叫司維坦，我喊的是他捏！」王猛胡亂編了個瞎話，指了指前面的司子傑。

「這位同學，你明明喊了聲司雨堂他媽的，咋兒又改嘴了捏？」司雨堂說，又扯了嗓子，朝快排到窗口的司子傑走過去：「那位同學！喂，頭髮發亮的那位！你的名字叫司雨堂？還是叫司維坦捏？」

司子傑聽到司雨堂問話，不敢不答，就說：「報告司幹事，俺的名字既不叫司雨堂，也不叫司維坦，俺叫司子傑，是那傢伙看走眼兒，認錯人兒咧！」

司雨堂說：「淨瞎掰！你心中那點小六九當我知不道咧？他明明喊滴是司雨堂捏！」

司子傑說：「報告司幹事，俺攬著您是聽走了音兒捏。那傢伙喊的是司務長，不是司雨堂，也不是司維坦，連司子傑都不是捏！」

司雨堂說：「快拉倒吧，你磨嘰個啥？我連自各兒滴名兒都知不道捏？」

這時，又聽到「那位同學」王猛一聲吼，音量比前次小了許多：「司務長，你他媽的幫我買八兩餃子一頭蒜！」

司雨堂摳了摳自己的耳朵，說：「喔？不是司雨堂，是司務長？學校也沒有這個編制啊！要八兩餃子一頭蒜？飯量不錯，糧票還挺多捏！」又轉回頭去找王猛，邊說，「那位同學，你是舞美系的吧？你再說一遍？他是司務長？」

不料，「那位同學」已經不知在什麼時候不見了，是鞋底子抹油，溜了。

司雨堂搖了搖頭，說：「怪不得我前麼想就攬著耳頭不對勁兒，難不成我這又聽擰歪了？」

周圍的人觀看了這一幕，竊竊地樂了。

隊伍前面已經有人成功地買到了餃子，豬肉白菜餡的，端在飯盆裡，冒著熱氣，香味四溢。

司雨堂說：「傢伙雷子，這餃子味兒正，也忒好聽誒！」

「聽」就是「聞」，大家都禁不住「聽」了起來，「聞」了起來，還使勁嚥了下口水。

吃到餃子的人都顯出三分意猶未盡，七分春風得意，吃完就回宿舍高談闊論去了。沒吃到餃子的都顯出三分凜然正氣，七分悵然若失，說堂堂七七級，不就是一頓餃子嗎？吃過無數苦難，這餃子不吃也罷，遂草草沖洗了飯盆，又有些無所適從，不知該幹些什麼才好。

「都是三七開！」

「主席說的。」

「成績是主要的。」

「是咱們的一貫傳統說法。」

大家紛紛說。

揭湘沅「老街」在樓道裡喊了一嗓子：「哪一過跟我去地安門恰包子嘍？」「恰包子」就是吃包子。老街雖然愛吃地安門的包子，卻因財政所限，並未真正吃過幾回。

「算我一個！」

「也算我一個！沒恰到餃子，恰包子也不錯！」

「我也去！誰借我點糧票和錢票？」

揭湘沅「恰包子」的提議一下子吊起了幾個人的胃口。

被吊起胃口的是一班的馬大文、滕沛然、二班的劉杏林、黃巨年和刁建邦。他們這時都因沒吃到餃子而沉浸在七分的失意和鬱悶之中。

在二樓的東樓梯口碰到二班的女生蔡蓉，正攥著一大把油畫筆回宿舍。聽說老街他們要去地安門吃包子，就說：「要的，算我一個嘍。我剛從畫室回來，這會兒不但餃子沒吃到，連清湯寡水的啥子素菜都還沒沾上邊兒呢！」

他們在籃球架子旁見到設計課老師李暢，推了輛舊自行車，正向劇場方向走去。他脖子上挎了個一三五海鷗相機，棕色的皮套在機身下搖晃著。

大家向李老師打招呼說：「Hello, Teacher Li!」

李老師也和大家打招呼說：「Hello，年輕人，young fellows！看樣子有點無精打采呀！好像是沒吃飽。嗯，正好你們來了，我給你們拍張照。這相機裡的三十六張捲兒還剩了一張。」

李老師招呼大家站到剛剛落成的實驗劇場前，說這兒做背景好，有專業感和現代感。

劇場建在原來的老食堂位置。七七級入學後不久，劇場就開始施工，如今終於像模像樣地落成了。在設計和施工過程中，李老師始終參與，為籌劃舞臺上的轉臺車臺升降臺和電動吊桿四處奔走，花費了不少心力。

李老師年過五旬，留小平頭，額上一小塊白髮像是貼上去的一樣。李老家學淵源深厚，英文也好，是學生們最敬仰的前輩之一。大家雖然都聽說李老師是名門之後，是李鴻章兄長李瀚章的第五世孫，但都不好意思開口求問。

大家湊近相機取景目鏡觀看，發現那落地窗的玻璃閃著寶藍色的光，樓梯前縱線斜線交錯，果然極具現代感，有點像李老師上課時提到的著名舞臺設計《樂觀的悲劇》，便說太好了，李老師您說怎麼構圖？

李老師說你們就都站在不同的階梯上，高度可有些變化，隨意些，看看能形成什麼樣的感覺。

階梯在劇場外。大家隨意走上去，就像對構圖心領神會一般，一下子就站出了一個絕妙的「金字塔」構圖，還無意中站出了古希臘戲劇中「歌隊」的陣勢：

左下方站了揭湘沅，一襲棉被似的軍大衣把全身包裹得嚴嚴實實，衣扣也扣得一絲不苟。左面依次站上去的是蔡蓉。蔡蓉有著典型天府之國女子的天生麗質，深色的夾克裡露出淺色高領毛衣，與背景的現代感相映成趣。斜著上去的馬大文頸掛黑灰相間的格子圍脖，兩腮凹陷，神情嚴峻，與右手邊的劉杏林並無呼應。而劉杏林則穿了一件肥大舒適的藍色大棉襖，雙手插在衣袋裡，形成了「我自巋然不動」的篤定。他的上面，「金字塔」的頂端，黃巨年的口微張，長髮被早春的冷風吹起，和他右手邊的刁建邦形成了對比。刁建邦的長髮則保持著良好的髮型，像是打過司子傑的髮蠟一般。他的雙手也插在棉衣口袋裡，衣襟敞開著。棉衣是「棉猴」，頭後的帽子像中世紀武士鎧甲般地掛在頸後，微微傾斜的動勢恰到好處地撐起了「金字塔」。「金字塔」中唯一戴帽的是滕沛然，戴的是棉質「雷鋒帽」。他半蹲在階梯上，口略呈「O」狀，似乎正要口哨吹出電影《葉塞妮婭》的主題曲……

大家站出的「金字塔」構圖呈現了一種堅如磐石般的穩重感。

這時李老師忽地說了聲：「Wonderful！『塞高影』金字塔構圖，絕妙！三，二，一！」遂「啪」地按下了快門，就把「金字塔」定格在海鷗裡。

聽說大家要去地安門吃包子，李老師笑了，說：「Wonderful! Delicious!」把海鷗裝進皮套，又說：「嗯，餃子沒吃到，不是樂觀的悲劇，而是悲劇的樂觀！你們風華正茂，正當年啊，希望寄託在你們身上！」

又拍了拍馬大文的肩膀，指了指車把上掛著的沉甸甸的黑色人造革公文包，說：「Portfolio，就是公文包，指的是你的作品夾。老美那邊要看你的作品！」李老師在給馬大文解釋這個單詞，是美國一所大學在來信中提到的，查了幾次字典也不清楚什麼意思。問過李老師，李老師知道了，就順路告訴他：「Portfolio，好好準備準備！」

馬大文覺得李老師真厲害。

大家遠遠地看得到宿舍樓三樓右數第三個窗被打開了，裡面探出來三個頭，是吃了餃子，一直在高談闊論的張翔、吳平和司子傑，正向這邊遙遙張望著，似乎在議論著什麼呢。

冷風吹過，灰色宿舍樓上的常春藤「爬山虎」蕩起了一片漣漪。窗口裡，張翔舉起一把大提琴琴弓，揮動著。司子傑的長髮被風吹得抖動了起來，頭上髮蠟的光澤在冷風中依稀可辨。

「《遠島飄髮》！」馬大文說，記起了吳平說過的一本書名。

吳平的頭轉向天空，仰望著，好像在注視著漂浮的雲。他的頭髮太短，任憑冷風吹著，卻並未顯出什麼特別的動靜來。

14 新年快樂 Happy Chinese New Year

公元一九八一年春

寒假和暑假，對於外地的學生，都永遠是太短暫、太匆忙了。特別是寒假回家過年，當你千辛萬苦千里迢迢終於到了家，吃了年夜飯拜了年放了鞭炮宣告每人都長了一歲，便容易生出一種莫名的失落，好像這個曾經屬於你的世界，從離開的那天起，就連同你先前的歲月和記憶，在這劈劈啪啪嗶嗶剝剝的爆竹聲中離你遠去，並一去不再復返了。

辛酉年春節，司子傑回老家山東過年，經歷了史上最短的探親之旅。

大年初一，公元一九八一年二月五日這天上午，司子傑離開了宿舍才一天，竟然又匆匆趕了回來。校園裡的人差不多都已經走光。三個喀麥隆留學生去香港了，吳平回朝陽門水碓子了，張翔回四川了，司子傑回山東了，樓道對門的揭湘沅滕沛然袁慶一朱小岡還有其他班的多數人都走了，沒走的就還在睡覺呢。

一樓電視房失竊後，宿舍樓就沒有電視可看了。去年年底的一天清早，有人去開水房打開水，經過電視房前，不禁大驚失色：電視房門上的「三環牌」大鐵鎖被用老虎鉗切斷，掛在那兒，微微地搖晃著。房門大開，全校唯一可看的「日立」彩電不翼而飛。保安科幹事司雨堂帶人調查，寫了報告拍了照立了案作了分析研究了案情，得出的結論是「疑似內盜行為，不排除社會上不法分子作案的可能性」。過了幾個星期，案情卻毫無進展，這件事就不了了之了。

沒有了電視機沒有了電視觀眾的宿舍樓裡顯得有些安靜，就像《大西洋底來的人》中的麥克・哈里斯永遠地返回到海底世界，海面上恢復了平靜一樣。

馬大文剛剛呼嚕呼嚕地吃完了最後一口掛麵。食堂不開伙，掛麵是用司子傑的電爐子煮的，儘管小心，那隻鋁飯盒還是燒糊了底，散出一股放完鞭炮餘留的火藥味道。他暑假時回過家，寒假要省錢，就決定呆在學校裡。

馬大文的土綠色毛衣裡套了件格子襯衫，是地安門商場前「大鬌角」地攤買來的處理品，出口轉內銷，花了兩塊五毛八，不要布票。格子衫是絨布的，大藍格子套黑條，遠看像阿爾巴尼亞電影裡酒館的桌布，很好看。買回來後發覺有點過於鮮豔和扎眼，一時穿不出，又忍不住要感受一下「阿爾巴尼亞生活方式」，便在一次電影觀摩時悄悄穿在二大棉襖裡，黑暗中脫下棉襖，不時地低頭看看衣袖。

那天正在觀摩的是內部電影，好萊塢牛仔片，沒有翻譯配音，臨時找了個英語口譯，南方口音，偶爾才解說一句，看得大家一頭霧水，片名也沒弄清，卻領略了牛仔亨利・方達的風采。電影中的牛仔們穿著牛仔褲格子衫戴牛仔帽，比穿軍大衣三接頭皮鞋戴墨鏡還要來得威風。

格子襯衫還是被坐在後邊的司子傑看到了，遂揉了揉眼，說：「俺才發現老班長穿了這麼身行頭，怎麼有點兒像上海灘的阿飛呀？」

這話被旁邊的張翔聽到，也覺詫異：「我倒覺得老馬穿這格子衫更像電影裡的牛仔！」

馬大文有些不好意思「抹不開」，說：「牛仔就是牧馬人！等你們將來畫米國牛仔牧馬人，這衫可以借給你們參考用！」

張翔說：「要得要得！牛仔就穿這過衫喔。只不過這是人家牛仔的工作服，得畫得舊些才算味兒正。」

馬大文覺得張翔對牛仔頗有些研究，說：「喔？要是配上老街的麂皮防油工作鞋，那味兒就更正了。」

張翔說：「對頭對頭，那就是地道的牛仔。你別說，咱說不定還真有一天要畫畫牛仔呢！」

司子傑說：「老街的麂皮防油工作鞋對頭，就是鞋後跟兒得加上馬刺。老張你畫牛仔，俺畫小風景和靜物。」

銀幕上正放著一對男女熱烈擁抱接吻的鏡頭，全場觀眾都屏住呼吸，目不轉睛地盯著畫面。前面的一個青年教師轉過頭來，做了個「噓」的手勢，轉回頭時，那鏡頭已經被切掉，便惋惜地連聲「嘖嘖」不停。馬大文趕緊穿上二大棉襖，把格子衫遮蓋了起來。

今天宿舍裡沒人，馬大文正好穿這格子衫再次體驗一下「阿爾巴尼亞生活方式」。此外，他還戴上了個十字架。不久前，他和戲文系的學生胡紅彤、杜曉鷗，還有語言學院的日本留學生神田千冬去過教堂做禮拜。那是一所「三自」基督教教堂，在東邊的米市大街一帶，離學校只有幾站路。教堂的音樂不禁令他感動。後來，他就自己做了這個十字架，是用牙膏皮化成鉛水倒進模子裡鑄成的，最後加了條鑰匙鏈，偷偷掛在頸上，蓋在衣服裡。

剛吃完掛麵，出了汗，馬大文把毛衣脫掉，格子衫就全部露了出來。他從語言學院進修英語回來後，一直沒有出國留學的消息，想著又是一年過去，覺得有些鬱悶和無聊，吃掛麵的當兒，就作起詩來。他把學校附近的胡同、街道和藥店都寫進了詩裡。

一滴麵條湯滴在紙上又散開，竟成了一隻雄雞的形狀。

「Psychic！Amazing！不可思議！今年不正好是雞年嗎？農歷辛酉年！」馬大文自言自語道。

停了片刻，他把那詩誦讀了出來：

兵馬司內飼兵馬
棉花胡同捅棉花
鑼鼓巷裡響鑼鼓
地安門後安地門
立新藥店要新立
寬街對過過街寬
雄雞打鳴又一載
嗨披牛業發大財

馬大文搖了搖頭，自言自語道：「七律？不是。朦朧詩？也不是。莫名其妙，無釐頭！」「無釐頭」這句話是他在語言學院進修英語時跟班上的一個廣東同學學到的。昨天，他還去了次中關村南大街的友誼賓館，見了語言學院的外教Charles Weaver，請他把這句話翻譯成英語。Charles並不懂中文，他們討論了好一陣子，最後覺得翻成nonsense最恰當。

不巧的是，馬大文沒有掌握好時間，錯過了末班公交車，只好從友誼賓館徒步走回了校園。這時，雖然仍是料峭的晚冬寒夜，他早就熱得摘下了帽子，拉掉了圍脖，渾身汗涔涔的了。他看了看腕上的「東風」錶，螢光錶針已經指向清晨兩點半。

「My goodness！Nonsense！整整長途跋涉了三個半小時！真是無釐頭！」他對自己說。夜裡十點從友誼賓館出來，等了一會兒公共汽車，好一陣子也沒見個車的影兒，問了問過路的人：「同志您知道現在還有公交車嗎？」過路人說：「這會兒怎麼可能還有？搭十一號大卡車吧您！」

「十一號大卡車」的意思就是邁開雙腿自個兒走，算是「兩萬五千里長征」，此外，就別無他法。

馬大文本想計算走路的步數，以打發時間。計了兩百步，覺得沒有意思，就放棄了。

路途遙遠，馬路上車少人稀。馬大文沮喪地走過一個又一個暗黃色的街燈，拖出一個又一個的身影，走了一陣，覺得無聊，就索性邊走邊背誦起英語，是在語言學院時的英語課文The Man Who Escaped，《逃亡者》：

「Edward Coke used to be an army officer, but he is in prison now. Every day is exactly the same for him——」遂覺得不夠盡興，又用東北話翻譯了這個句子：「二大革・叩客早先是個軍官，可現而今他卻進了笆籬子。」說完後覺得好笑，沮喪的情緒有了些緩解。

沒有人聽到他，也沒有人注意到他。他疾步走過無數個路口，經過無數個街燈，街燈下拖出無數個身影，背出了一段段《逃亡者》，又翻譯成東北話，使用了不少「那嘎噠」、「扯犢子」之類的話，終於走過地安門，走進帽兒胡同，經過東不壓橋胡同、雨兒胡同，穿過南鑼鼓巷，最後，回到了東棉花胡同三十九號。

「Long Day’s Journey into Night——這真是長夜漫漫路迢迢啊。」馬大文說。Long Day’s Journey into Night是美國劇作家尤金・奧尼爾的四幕話劇，他雖然還沒看過這個劇本，卻似乎理解了一個向黑夜走去的人所懷有的心境。

學校的鐵門早已關閉上鎖。他拍了幾下，沒有人應，門衛張師傅早就下班回家了，收發室打更的應該是睡著了，馬大文就索性登著大門鐵管間的空隙翻門而過。沒有人聽見，更沒有人干涉他。

宿舍樓布滿常春藤「爬山虎」的藤蔓間，除了兩三點不太明顯的光亮，四層樓的窗都已經關了燈，整個校園都早已進入了夢鄉。

他找尋著自己的窗子，先找到三樓，從右向左數著。右數第一間是留學生的閱覽室，窗開在東側牆，正面沒有窗。第二間是阿姆巴和恩臺比的宿舍，第三間是古阿姆的宿舍，第四間還隱約亮著燈光，那正是他和張翔、司子傑、吳平的宿舍。

他爬上樓，悄聲地推開門，裡面的空氣渾濁，有一些辣椒油的味道。屋子裡的什麼地方還響著微弱的聲音。

那燈光是司子傑的臺燈，遮在一進門的簾子後，十五瓦的燈泡發出和廁所裡一樣幽暗的光，是他忘記關了。桌子上放著一個飯盒，殘留著一點「夜宵」，是他自己做的辣椒油疙瘩湯。書桌旁的下舖睡著司子傑。他床邊的水泥地上，掉了一本《包法利夫人》，一定是他吃完疙瘩湯，讀了會兒書，讀著讀著就睡了，書被碰落在地。

微弱的聲音是從靠窗上舖張翔的收音機裡發出的，一定是張翔在睡前收聽英語短波節目，聽著聽著就睡了。短波收音效果不好，馬大文聽那斷斷續續的英語像是美國口音，但他不太確定。

牆角豎著一把大提琴，張翔有時會抓過琴弓，拉上一會兒。這時，大提琴也睡下了。

吳平也睡了。他床頭的桌子上放了一個掏空了的麥乳精袋子，一隻蒼蠅正叮在旁邊的湯匙上，一口一口地舔舐著留下的殘渣。

馬大文躡手躡腳地撿起司子傑的《包法利夫人》，放在簾子裡的書桌上，又關閉了司子傑的臺燈，關閉了張翔的收音機，轟走了偷吃吳平麥乳精的蒼蠅，竟突發了奇想：「書是封資修大毒草，廣播是帝國主義敵臺，麥乳精是資產階級生活方式，擱幾年前就夠判個現行反革命了。」馬大文家的經濟條件雖然不好，卻是少數有半導體收音機的人家。他那時背著家人，晚十一點夜深人靜時插著耳塞機偷著收聽

「敵臺」。夏夜開著窗，敵臺的信號不太好，《莫斯科郊外的晚上》和《雨打芭蕉》時斷時續地從遙遠的天邊外傳來，忽高忽低，很飄渺，他覺得特別新奇、刺激和神祕。

他又想起自己今天去友誼賓館見了個美國人，友誼賓館可是外國人出入的地方。還有，沒經上報，就私自和外國人在一起，還去了教堂，這問題就更大了。他說：「擱幾年前這還得了？裡通外國，這得進笆籬子了，跟《逃亡者》裡的Edward Coke一樣。不過，這一切現在都不是什麼事兒了。It's all over，嘿嘿！」

他草草地漱洗後，爬上靠窗的上鋪，卻不能馬上入睡。

到友誼賓館見的Charles Weaver是美國人。Charles並不教馬大文，卻因為瑞典的留學生Anna Lena Hansen的介紹而認識，混了個臉熟。Anna Lena的中文名字叫韓安娜，因為要去戲劇學院進修繪景和學中國畫而認識了馬大文。

去年夏天一個炎熱的下午，馬大文揹著簡單的行李去北京語言學院參加英語培訓，半年後總算通過了出國留學模擬托福考試，實際上是教育部的ＥＰＴ，專為申請公派出國留學人員設立的英語水平考試，最後按考試分數擇優錄取。

拿到結業證書回到戲劇學院，竟一下子緩不過勁來，滿腦子裝的都是英語課文The Man Who Escaped——《逃亡者》。那課文裡的好多段落都背得出來。在語言學院進修英語時，這篇《逃亡者》是閱讀課教材。每天早上，三層灰磚宿舍樓的外面就看得到一些用功的大齡學生手舉書本，穿著窩囊的舊中山裝，捏著煙捲兒，皺著眉頭，嘴一張一合，結結巴巴地讀出這樣的句子：

Every day is exactly the same for him.

他在語言學院的同學畫家白敬周說，《逃亡者》裡說得全對，他們每天的生活，還真如Edward Coke一樣，「日復一日，天天如此」。

不過，他總算是通過了E P T，餘下的，就得看運氣了。聽白敬周說，如果形勢穩定，大概有望畢業後就能出國。那時，Every day就不會「日復一日，天天如此」，肯定要精彩和colorful多了。

對於出國，馬大文雖然十分嚮往，卻沒有明確的概念。出國，有點兒像收音機裡的電子音樂，有點兒虛無縹緲，有點兒不可捉摸和「無釐頭」，就像他剛剛寫的「朦朧詩」一樣。

白敬周來信了，仍然是一筆一劃工工整整地寫在橫格信紙上，正反兩面，滿滿當當。來信中說有些學校的出國留學生會領到國家發下來的一百二十元錢，叫「出國置裝費」。他們去王府井雷蒙服裝店選料子，請師傅量體裁衣。一百二十元錢可以做多少衣服呢？要是做毛料的，能做一套中山裝、一套西裝，還可以買一件黑呢子大衣。如果更節省一點的話，還可以買一雙三接頭皮鞋，再加一條領帶。無論是中山裝、西裝，還是黑呢子大衣，腰身和衣袖都得寬鬆肥大，裡面要套得進毛衣和馬甲，袖口上都得保留著一塊「雷蒙」商標，領帶則是有「中國特色」的梅花圖案。

來信中還說我們這批藝術院校的留學生有望明年年初出國。他自己已經聯繫了美國的幾所大學，其中有南伊利諾州立大學，叫Soutern Illinois University，並且已經收到了教授的回覆，說你這水平已經遠遠超過我們的學生了，但還是歡迎你來我校深造。

收到信後，馬大文還特意騎自行車去了次白敬周的家，在西城大乘巷。白敬周留馬大文吃了頓午飯，是白夫人徐盤溪下的廚。徐盤溪為每人做了一份「套餐」，有一勺白米飯、一勺炒黃瓜片、兩片醬牛肉、一個煎蛋，色彩搭配得十分好看。

「真不愧是美院和美院附中畢業的！」馬大文說。

白敬周騎了輛舊自行車，「除了鈴兒不響哪兒都響。」白敬周嘻嘻笑了笑說。果然，那車騎起來渾身都響，就是車鈴兒壞了，車鎖的彈簧也壞了，用一根鐵絲吊起來。

白敬周送了馬大文一本他畫的連環畫，叫《藤野先生》，是用乾墨擦出來的，石版畫效果，非常好看，構圖也很有電影畫面感。

按學校的意思，馬大文的留學國是英國，現在已經成功地爭取改成了美國。這主要是因為英國的學制是兩年甚至一年，而美國的學制是三年。

「越久越好，三年好過兩年，至少多學一年英語。既然是公費，多一年劃算。」

……

忽然聽到樓道裡傳來了腳步聲，漸行漸近，即使拔掉了鞋底的鐵釘掌，也還是聽得出那是司子傑的步履，那聲音似乎在宣告：「俺回來了！」

果然，司子傑破門而入，帶進來一股冷風：「老班長，俺回來了！」

「老司你你你你不是回山東了嗎？嗨拔牛業！」見到昨天上午才離開的司子傑又出現在面前，馬大文吃了一驚，覺得這又是一個無釐頭。

「老班長俺俺俺俺是在去年回去了，可俺又在今年回來了！新年快樂！」司子傑放下背包，自己都有些吃驚。

「這這這這到底是怎麼回事兒啊？」馬大文仍是一臉驚奇。

「老班長，別提了！俺年夜飯都沒吃，鞭炮都沒放，除夕之夜，老爹就把俺趕出來了！」脫下軍大衣，指了指自己的喇叭褲，「都是這喇叭褲惹的禍！俺老爹看不慣！」

「喇叭褲？山東那嘎噠還沒興起來吧？」馬大文說。

「見都沒見過！整個山東省，恐怕就俺一個人穿。俺在年三十兒坐了六個多鐘頭的車，一路被當成小流氓，小地痞，小癟三，都躲著俺。瞧那眼神，好像在說，這這這這不三不四，不倫不類，流裡流氣，不男不女，咱惹不起，得敬而遠之啊！俺下午五點左右到的家，一進門，見俺老爹正在包餃子擀皮兒呢，一抬頭見俺這身打扮，二話不說，劈頭蓋臉就把俺訓了一頓，說二小子你學壞了，你穿的這叫哪一套？不像個正派人吶！」司子傑說。

「老爺子是反諷吧！」馬大文說，「『反諷』二字是新近在民間刊物上看到的。」

司子傑樂了：「反諷？俺也是這麼說的！俺還說老爹你不知道，這褲子叫喇叭褲，出口轉內銷。俺老班長就穿這種褲，二班班長老范也穿，燈光班班長趙國宏正在計劃著穿，說世道變了，他那身軍裝眼下成了過時貨。還有，俺同學劉Good更穿這種褲，人家可是正派人！」

「這句話應該正是反諷。」馬大文說。

「俺老爹哪兒信啊？說老班長顧得，老連長可顧不得。反諷正諷，俺看得整整風啦！」司子傑說著，哭笑不得。

「你沒說這種喇叭褲是咱的傳統民族服裝，山東孫二娘都穿過？」馬大文說。

「俺老爹不容分說啊！俺還說這不是過年了嗎，紅褲子喜慶！紅喇叭吹起來秧歌調那更喜慶啊！」司子傑說。

「老爺子是說你褲子的色兒太紅了，紅得好像燃燒的火。我這黑的還穩重點兒！」馬大文穿的是一條黑燈芯絨喇叭褲，是在地安門買的水貨。「『紅得好像燃燒的火』這句話是電影《冰山上的來客》裡的歌詞。

「俺老爹說俺沒看過《紅與黑》，掄起擀麵杖就要動武，俺這不？連夜又坐火車趕回來了！碰巧還買到了車票。」他說。學校有個焦師傅，專門幫學生們買火車票回家探親，卻不管買返校的。

「好在你跑得快，那擀麵杖沒打著。你沒提在學校畫女裸體和拉簾子的事兒吧？」馬大文說。

「哪兒敢啊？俺老爹還不把俺送進局子？」司子傑說。

「你別說，咱學校還相當寬容。就說劉Good那身行頭，在有些學校，一准兒被做思想工作被組織找談話了。」

「聽說南方有個大學，老師拿著剪刀守在校門口，專剪學生的喇叭褲腿，還掛出一條標語：喇叭褲能吹響向四化進軍的號角嗎？」

「扯王八犢子。」

「很快，有學生偷偷在那標語上加了一句：請問：什麼褲能吹響？」

「丫那大褲衩能吹響！」

「我就奇了怪了，咱中國人從什麼時候開始穿得這麼怪誕不經，一個個灰不溜秋，跟一群土鱉似的！」

「這已經有相當長的歷史了。聽說上邊早在五十年代初就對著裝有明確細緻的規定：男幹部一律灰色中山服翻領，八角工人帽。女幹部一律延安服，也就是列寧服。」

「跟這個外面的世界格格不入！」

「跟蘇聯老大哥也不一樣啊！」

「中國特色！」

司子傑拉開了床頭桌前的簾子，去年，也就是昨天吃疙瘩湯的飯盒還擺在桌上，沒洗。坐下來，一腳踢到桌子底下的一個什麼鐵器，發出「咣啷」一聲響。拿起來一看，原來是一隻鐵皮茶壺，有些癟了，是外面撿來的。他把這壺放在桌上，和飯盒湯匙擺在一起，調整了一下位置和燈光，端詳了一陣，對自己說：「不錯，俺正好畫張靜物。」

忽然間門外傳來一聲響亮的喊叫：「Good morning! Happy New Year!」

一聽就知道是樓道斜對門的劉楓華「劉Good」來了。

劉楓華仍穿著紅色燈芯絨喇叭褲，高領毛衣外卻套了一件嶄新的「太空服」大棉襖，湖藍色，鮮豔得像十月八達嶺的天空，沒有汙染。忽然間，他擺出一個造型，一動也不動，像一尊塗了色描了彩的「兵馬俑」。

這令人眼睛一亮。

「行為藝術啊！」司子傑和馬大文齊聲說。

他們見過外國人穿這種大棉襖，還見過《人民畫報》上的登山運動員也穿這種大棉襖，只不過聽說那叫登山服，登山時既輕便又暖和，與軍大衣不能同日而語，便都湊過去摸著那「兵馬俑」的太空登山服。

「這裡面的棉花倒是相當軟和！」大家說。

「No no no！裡面的可不是棉花，是鴨絨啊！」劉楓華連忙說。

果然，仔細查看，發現有幾根細碎的鴨絨毛從裡面露了出來。大家揪著那些絨毛，舉到嘴邊吹起來飄著，又伸出手去抓。

司子傑馬大文正要問你這太空登山服花了多少錢，劉楓華卻先開了口：「老馬哪兒有畫女裸體的？算咱一個唄！」一見司子傑也在場，就驚訝地說：「哎，老司你不是回山東了嗎？」

司子傑把經過又說了一遍，特意提到母夜叉孫二娘也穿過喇叭褲的事。

劉楓華說：「Good！老司你應該告訴老爺子，說李二娘也穿喇叭褲！」

司子傑問：「李二娘是哪一個？」

馬大文開始虛構了：「這個我知道，李二娘是胡同口居委會主任，主管計劃生育和檢舉外來人口。李二娘的大褲腳寬是寬，可人家把喇叭口用腿綁紮起來了，看著就利落！」

劉楓華說：「老馬淨整幺蛾子！那褲腳一紮，不就成了馬蜂，成了螞蟻？Not good！」又注意到馬大文毛衣裡的格子衫和十字架，就喊了起來：「行啊，老馬！Good！這格子衫配喇叭褲正合適，還有十字架，齊了，味兒全對啊！」

「還是地安門地攤大鬢角那身行頭厲害，穿著花襯衫，下擺掖進褲腰裡，前胸印著大牡丹，後背印著大鯉魚，味兒更正！」馬大文說。

劉楓華覺得司子傑的經歷挺有意思，就說：「咱們國家搞改革開放，指不定哪天你家老爺子也迷上喇叭褲呢。」

沒過多久，吳平、朱小岡和王猛陸續回到宿舍。吳平和朱小岡覺得還是學校裡有意思，就回來了。他們看起來都臉色很好，肯定都在家裡吃過餃子。

王猛家在廣西，回去一趟勞民傷財。看他紅光滿面的樣子，嘴巴上現在還見得到油漬，昨晚肯定是到熟人家蹭飯去了，是剛剛改善了伙食。聽到這邊有動靜，就湊了過來。

「我昨晚在和老師那兒吃餃子，豬肉大蔥餡，一口一個，連吃了五十口，外加一頭蒜，一海碗餃子湯，把我喇叭褲的拉鍊都撐開了！」果然，王猛用軍大衣裹住了喇叭褲。

「五十個餃子？那少說也有八兩啊！和老師？和哪個老師啊？」馬大文問。

「和和老師，和鐵龍！和平的和。」王猛說。

「喔，和……我一直以為是『何』或者『賀』呢。」馬大文說。

「滿族人，咱們的前輩校友。油畫風景特牛！」王猛說。

大家都記得這個名字。和鐵龍現在廣西藝術學院教油畫，王猛常提起他。

和老師這次來北京是為籌備拍電視劇《西遊記》的事，六齡童的兒子六小齡童章金萊主演。大家聽說場景設計馬運洪、和鐵龍二位要拉王猛加盟，都很羨慕，說那可是個大工程，得有不少特技要做，能賺到不少銀子吧。

朱小岡和王猛都穿著紅燈芯絨喇叭褲，都是在地安門大鬢角那地攤買的。吳平自己從來不買穿的，家裡給什麼穿什麼。

又說起了畫裸體的事。

馬大文說：「聽說張老師找到了模特兒，美院的。快上人體課了，畫『棵體』！」

劉楓華說：「Good！畫『棵體』？老馬唸錯了！故意的吧？」

馬大文說：「有點兒！社會上很多人還不知道有『裸體』這個詞兒，把裸體讀成了『棵體』。」

司子傑說：「老班長還別說，『棵體』和『裸體』這兩個字兒至少還形似。」

馬大文說：「老范把裸體唸成『果體』，故意的，除了形似還有幾分神似！」

其實，「裸體」二字因為在「兩報一刊」上從不出現，有這兩個字或和這兩個字有關的書籍早就被禁了，所以很多人根本就不會讀，把「裸體」讀成「棵體」或「果體」的也大有人在。

「棵體還是果體，這的確是一個問題。」大家哄笑起來，順著馬大文的笑話將錯就錯。

馬大文說：「吳平就說過，他認識的一個領導在一本舊畫報上看到一張裸體油畫習作，就皺著眉，搖著頭，說：赤體不好，不要畫赤體。」

劉楓華說：「這哥們兒的老婆大概從來不赤體！」

馬大文說：「這些傢伙，視棵體為耍流氓，難道他們自己穿著軍大衣睡覺？」

劉楓華說：「不說這些了。聽說老馬要走了，去美國留學了！有這事兒吧？」又套了句京劇《智取威虎山》裡的臺詞：「老九不能走啊！」

馬大文說：「慚愧啊。走不走還不好說。形勢老變，一會兒緊一會兒鬆，不上飛機不算數。」

這時「奶酪」郭志清也進來了，穿著同樣的紅色燈芯絨喇叭褲，一邊拿出一紙包東西，一邊說，帶著濃重的新疆口音：「這就是奶酪，酸奶疙瘩。給馬哥哥司哥哥劉哥哥拜年了！」

三人也紛紛給奶酪拜年，說「奶酪」真是名副其實的「奶酪」，禮數全，嘴巴甜，一邊使勁嚼著那奶疙瘩，連聲誇獎著味兒對味兒正。

奶酪郭志清是錫伯族，家在新疆塔城，得到「奶酪」這個綽號屬於必然。

郭志清去年暑假回家，要先坐四天三夜的火車到烏魯木齊，再坐公共班車，兩天一夜到塔城，單程就要七天，來回十四天，比三個喀麥隆留學生回趟非洲還要費周折。郭志清過完暑假回來時帶給大家的哈密瓜在車上就爛了，唯獨奶酪和奶疙瘩還能吃。大家嘴裡使勁嚼著，總算嚼出了些「新疆是個好地方」的味兒，就送了個綽號「奶酪」給他，表示感謝。

「我們新疆那裡還有很多好吃地東西：羊肉串手抓飯拉條子饢包肉油饊子大盤雞！多得很呢！」奶酪郭志清一口氣說出了這許多好吃的。

「這些咱都沒吃過。地安門『買買提』的羊肉串咱也只是聞過味兒！我這兒買喇叭褲太空服把錢全花光了！」又想起二順子「買買提」的臺詞，遂勾起對新疆的嚮往：「新疆是個好地方，姑娘們年輕又漂亮！」

「你這太空服是在哪嘎噠買的？花了多少外匯券？」馬大文問。

「王府井，十五元吧，花的是人民幣，外匯券早沒了。」劉楓華答。

「Not good！太貴了。」馬大文說。「不過這太空服有助提高風度，你這身打扮也夠赴舞會了！」

「Good！正要跟你們說這事兒。今天正午十二點，戲文系幾個外地的女生在宿舍舉辦家庭舞會，侯露杜曉鷗請咱系同學去跳跳，咱們都去吧！侯露杜曉鷗她們也穿喇叭褲。」劉楓華說。

「就是開喇叭褲舞會？地下舞會！大年初一大中午就去跳？在宿舍裡跳得開嗎？」馬大文問。

「聽說挪開了兩張床，緊密點兒，跳得開。還要掛窗簾，點蠟燭，放音樂，有情調。Very good！」

「跳跳就跳跳，咱都去，反正俺老爹他看不見。興許能跳上個什麼妮子呢，是吧？」司子傑說。

「那得先準備準備了。」奶酪郭志清說。

「老班長，俺喇叭褲有了，下一個問題是怎麼搭配上裝。」司子傑說。

「可惜沒有一件文化衫來配！」郭志清說。

「不就是那種老頭汗衫嗎？收發室張師傅夏天穿的那種？」司子傑說。

「不完全是。那上面得有圖、有字兒，這才能體現其中的『文化』二字！」馬大文說。

「說了半天還是老頭衫！咱自己寫上點什麼、畫上點什麼，那還不是輕而易舉嗎？用油畫色兒，畫上個兵馬俑啥的，不怕洗，不掉色兒！」劉楓華說。

「你們說得都不全對。那叫T恤衫！就是說那衫的形狀像字母T，按漢字的叫法就是『丁』字衫，我在語言學院進修英語時見到不少外國留學生穿這種衫，下配牛仔褲，腳穿白膠鞋。」馬大文說。

「老馬說對了一半。T恤衫配牛仔褲是對的，白膠鞋得叫旅遊鞋，老外來中國留學和旅遊，都是這身打扮。以後新疆開放了，老外也會到咱們塔城來旅遊的。」郭志清說。發覺有點走題，就轉了回來：「喔，牛仔褲！牛仔褲也可以配中式對襟大褂的，于爾格就這麼穿！」

「沒有T恤衫，沒有夾克衫，沒有太空登山服，沒有旅遊鞋，沒有中式對襟大褂，最主要的是沒有鈔票，按老揭的話來說，就是口袋裡冇的米米。中山裝成嗎？」劉楓華說。

「中山裝？Not good，中山裝和牛仔褲不大配套。我看老司那件套頭毛衣還行。最好加件風衣！」馬大文想起《追捕》裡杜丘的那件黑毛衣和淺色風衣。

「風衣可沒有。俺這軍大衣中不中？」司子傑問。

「不中，不中！軍大衣像床大棉被，得把妮子們嚇跑了。」馬大文說。

「那就喇叭褲配毛衣配三接頭皮鞋吧。Good！」劉楓華說。

「三接頭皮鞋得打打油！」奶酪郭志清說。「聽說人家日本老太太，八十幾歲了，要是不化妝就堅決不出家門，說這是對別人的尊重。」

「就像俺這皮鞋，必須擦了皮鞋油兒才能出門一樣！」司子傑說。

「我這有皮鞋油兒，髮蠟也有，還在床底下擱著呢，沒人動過。」馬大文說。

「老班長，那就把皮鞋油兒借俺用用。髮蠟……你那髮蠟早就被俺用光了！」司子傑說。

「用光了也好。『滿洲國』的老貨，味兒不太正了。」馬大文說。

司子傑劉楓華郭志清的肚子都叫了起來。馬大文的掛麵消化得快，覺得也該吃點什麼了。

「一人吃塊奶疙瘩！」奶酪說。

「杯水車薪，可惜太少！」馬大文說。

「Good！舞會提供免費餅乾和奶糖。」劉楓華說。

「舞會，我看……免了吧。我平生唯一一次跳舞是和孫路，跳倒是沒跳起來，好幾次踩了孫路的腳！咱這體育欠佳，還是先練好跳鞍馬再說吧。」馬大文說。

「老班長跳鞍馬俺不敢恭維！」司子傑說。

張老師的體育課跳鞍馬時，馬大文有好幾次沒跳過去，騎在了鞍馬背上，和揭湘沅的動作不相上下。

「Not good！不行，今天老馬怎麼也得跟咱們去跳跳，格子衫十字架得出去亮亮相！」劉楓華說。

「對頭，反正都是跳。舞跳好了，鞍馬就跳好了。您去實踐實踐？」司子傑說。

「那就實踐實踐。實踐是檢驗真理的唯一標準！」馬大文說。

「咱們身上最好再灑點香水兒，五講四美。」奶酪郭志清提議。

「沒有香水兒啊！我這兒最接近的是蛤蜊油。」司子傑說。

「Not good！還是花露水兒好些。我們屋有。」劉楓華說著，回屋在床底下翻出小半瓶驅蚊蟲用的上海花露水，每人淋了幾滴，覺得挺香，就說，Good！味兒全對！

樓下響起了錄音機放出的音樂聲，是斯特勞斯的《藍色多瑙河》，大家說這大概就是舞會的音樂了，挺有過年的氣氛。

「古為今用，洋為中用。」馬大文說。

窗外，不知在哪條胡同裡響起了劈劈啪啪嗶嗶剝剝的爆竹聲。間或，也看到「躥天猴」躥向灰色的天空，發出「颼」的一聲呼哨，在這大年初一的上午，顯得親近，又顯得遙遠。

尾聲：世界是你們的 The World Is Yours

公元二〇二〇年春

北教學樓的牆上也爬滿了常春藤「爬山虎」。

從窗裡傳來了歌聲，是表演系的學生們在合唱羅大佑的《明天會更好》，很好聽，應該是為晚近的什麼活動準備的節目：

輕輕敲醒沉睡的心靈
慢慢張開你的眼睛
看看忙碌的世界
是否依然孤獨地轉個不停
春風不解風情
吹動少年的心
讓昨日臉上的淚痕
隨記憶風乾了

歌聲在北教學樓前不大的花園上空迴盪。藤蘿架上彎彎曲曲的籐蘿枝攀爬纏繞在白色的木條上，一串串淡紫色的藤蘿花吊鈴般地搖晃著。

舞臺美術布景設計七七級一班畢業了三十八年的老同學們，除了四位「失聯」的留學生和英年早逝的袁明，其餘的九位都聚集在這裡了。

他們散落在世界的各個角落，在畢業三十八年後重逢於校園。重履斯土，他們都不自覺地去追尋他們已經逝去的青春，唏噓之餘，彷彿又回到了從前的歲月。

「這座樓還是四十年前的老樣兒！」馬大文興奮地說。這期間他曾多次回過校園，偶爾也會邂逅那時的老師，每一次都拍些照片帶回去。

「注意三樓右數的三個窗戶，是咱們的設計課教室！」吳平指著北教學樓說。吳平穿了一件紅色羽絨服，戴著棒球帽，脖子上掛了一副眼鏡，這使他看起來和他的油畫《雲》中的紅衣人一模一樣。

「入學第一天秦老師帶著咱們大掃除，花費了九牛二虎之力，才把文革十年的積垢清理得差不多。」

「那時每個人都帶著燦爛的希望和憧憬！」

慢慢地，那些塵封了的記憶便開始一點點地顯露，彷彿電子時代虛擬的3D浮空投影技術，一切都被纖毫不差地再現出來，熟稔、親切而生動……

「俺還記得那天，三個喀麥隆留學生嘰哩咕嚕地說著法語，愣著站在那兒，就是不肯動手幹活兒！」司子傑說。

「那是四年中唯一的一次大掃除。」馬大文說。

「大掃除後班上十三位男女同學圍著秦老師坐定，聽秦老師宣布教學大綱，宣布學期開始，宣布文革期間荒廢了十多年的教室被重新啟用。」

「後來設計課教室不怎麼用了，我就在那兒開闢了一個工作室，下課後的全部時間都泡在那兒。」張翔說。

「人稱那是『張辦』，Zhang's Office！」吳平說。

「咱宿舍的人都是夜貓子，早回去也沒法兒早睡呀！」張翔說。

「老司常常在宿舍接見前來訪問的女士們，我們屋快成了釣魚臺國賓館會客廳了！」馬大文說。

「老班長，俺可都是拉著簾子接見的啊！」司子傑說。

「就像舞臺上的邊沿幕，防止穿幫！」馬大文說。想起了秦老師上舞臺布景技術課時，特別強調的技術問題。

大家又議論起張翔來。

「老張的一把大提琴，緩緩拉出『深深的海洋你怎麼不平靜』，擾亂了無數少女的芳心！」

「老張在張辦時還畫了幅大油畫，記得畫上還有個拉大提琴的文藝青年。巨作呀！」

「那大提琴手好像頭戴牛仔帽。」

今天的張翔恰好也戴了頂牛仔帽，眉宇間原有的黑痣卻不見了，差點被從新疆趕來的「奶酪」郭志清當成了山寨版張翔。

「那時表演系的女生們都知道舞美系有個大提琴手。」

「怪不得上共修課時老張引起了表演系女生們的注意。」

「喔？有過這回子事兒嘛？我自己都不曉得囉！」張翔說。

「咱們的共修課也是在這樓裡上的。」馬大文說。

「設計教室裡的張辦常常燈火通明，一派大躍進大幹快上的景象。」滕沛然說。「老張在用屏風隔出的張辦裡學英語、畫畫兒、鑽研斯坦尼布萊希特郭老曹、搞設計、出圖、做模型、聽音樂、煮雞蛋、吹口哨，每天深更半夜才回宿舍。」馬大文說。「郭老曹」指的是郭沫若、老舍和曹禺。

「那時候老張設計《李爾王》，那斜平臺和向前傾倒的木頭柱子很給力，味兒全對！」滕沛然說。

「記得一次在那兒跟老張學吹口哨，老張的口哨吹得響亮，吹到了hi C，我怎麼練也比不上。」朱小岡邊說，邊試著吹了個「Do-re-mi」，吹到高八度時，就再也吹不上去了。

「咱們的畢業答辯也是在設計教室。老馬的畢業創作是京劇《鬧天宮》，答辯那天穿了件棕色對襟小棉襖，呼應了劇中的緊身英雄衣！」揭湘沅說。

「老街的畢業創作是京劇《趙氏孤兒》，答辯那天穿了雙麂皮防油工作鞋，呼應了劇中的白色高底靴！」馬大文說。

「逗霸！莫繚我囉！老馬總是拿俺當年最豪華的裝備開涮！」揭湘沅說。

「畢業答辯時，教室前面掛了一條橫幅，上面是袁青老師寫的篆字：舞臺美術系八一屆舞臺設計一班畢業考試，一排畫架上擺著答辯者的設計圖，桌子上還鋪了白色的檯布。」孫路說。

「除了專業設計課，其他的像藝術概論、劇本分析、英語課、繪景課，還有政治課，都是在那兒上的。」孫路說。

「導演系、戲文系的所有課都是在那兒上的。」揭湘沅說。

「表演系的聲、臺、形、表、擊劍都在那兒上。」吳平說。

「可惜那時沒機會學擊劍。」馬大文說。

「喔？還不知道老馬對擊劍有興趣呢！」張翔說。

「嗯，一次在美國排演Hamlet時，偷偷拿起演員的一把道具劍，對著鏡子猛練了一陣！」馬大文說。

「哈哈，過了把癮！」滕沛然說。

大家又記起了一些馬大文的事兒。

「老馬那時瘦得可以！那後背，側面看，平的！」滕沛然說。

「那時我的體重是四九・八五公斤。」馬大文說。

「練輕功比較合適！」滕沛然說。

「體育課在形體教室，半地下。還記得張老師教我們練跳馬，大家都跳過去了，只有老街老馬沒過。跳馬對於他們，藍度好像很大！」袁慶一說，那時他是體育課代表。

「是有些『藍度』。老街老馬連跳數次，每次都是一跳就坐在了馬背上！」朱小岡說。

「『藍度』是不小。老街老馬前滾翻時呼地一下躺倒在地！」滕沛然說。

「『藍度』是太大，知藍而退，老街老馬從此連『南球』都不打了！」袁慶一說。又發覺自己有些「難」、「籃」不分，就補了一次：「藍，勒——安——藍，難，訥——安——難！」

「俺記得老班長在這個藤蘿架下還練習跳過板櫈，好像就是這兒！」司子傑說，指了指連著藤蘿架的一條木櫈。

「那回好像是跳過去了。」馬大文說。

「這藤蘿架居然還是當年那樣！和我家後院的葡萄架差不多。」朱小岡說。

「藤蘿架是當年談情說愛的勝地。」孫路說。

「足以和老司那布簾子接待處媲美！」滕沛然說。

「藍，勒——安——藍，南，訥——安——南！」袁慶一又練習了一次發音，「可惜袁明不在了，不能再糾正我的發音了！」

大家議論起了袁明。

「袁明走的那年，也就是三十歲出頭，太可惜了。」

袁明的事兒每人都只知道個輪廓，卻都不願意提起：那年袁明被分配到央視做場景設計後不久，因為提出要和男友分手，被男友喪心病狂地殺害，男友旋即自殺。

「太慘烈了。」

「可惜袁明當年沒能破解人生的密碼！」

「我老是感覺袁明還在，在某一個地方，有一天會突然出現在我們面前。」吳平說。

大家都有些傷感。

「那邊是咱們打開水的水房！」司子傑指著宿舍樓東側的一間小屋，轉移了話題。「俺在那兒還摔碎過一個暖壺。這以後俺就只能在電爐子上坐個飯盒燒水了。」

他們看到北教學樓門口ＬＥＤ顯示屏上的海報，是表演系三年級的經典劇目片段匯報演出，清一色的曹禺劇目。馬大文記起了多年前在這裡與曹禺打過照面的事。那時的曹禺大約七十歲左右。

那天，馬大文在藤蘿架下學英語，恰巧有一群人從北教學樓前的臺階上走下來，中間一位戴眼鏡的長者似曾相識。仔細一看，原來是學校的名譽院長，著名的曹禺先生。

曹禺的個兒不高，拄著手杖，陪同他的是他的女兒萬芳。他的淺灰色翻領上衣介乎於「中山裝」和「人民服」之間，或者說是「中山人民服」更為恰當。他胸前插著的一隻鋼筆，看上去與眼下的時代似乎有點脫節。

幹練可敬的系辦主任馬老師馬馳招呼馬大文過來，對曹先生說：「這是我們要派去美國留學的馬大文，學舞臺設計的。」

曹禺笑咪咪地點點頭，說啊，好啊好啊，就不再多說話了。

馬大文看見曹禺完全是個普通人的模樣，普通人的裝束，不禁想：這就是那個二十三歲時寫出《雷雨》、二十五歲時寫出《日出》、二十六歲時寫出《原野》，大名鼎鼎的劇作家曹禺嗎？陽光透過藤蘿的枝蔓，照在曹禺的身上。他筆下那個悶熱、陸離、優雅而悲情的時代，已經從他穿上這樣奇怪的「中山人民服」之日起就消失了。取而代之的是《明朗的天》、《膽劍篇》和不久前看過的《王昭君》，真誠和光澤沒有了，像沈從文、錢鍾書等老先生們一樣，他們「偉大的靈通寶玉」，都被時代碾碎了，為勢位所貽誤了。他們「不知道怎麼寫好了。」「老覺得，這麼寫對嗎？這麼寫行嗎？他的腦子已經不自由了。」

學校的攝影師文武周和狄蘭舉著照相機和閃光燈前後跑著，不時地記錄下這些歷史鏡頭。

……

馬大文從雙肩背包裡抽出幾本書，說：「我的新書，記錄了我們的校園生活，班上每人一本，算作小小的紀念。」

揭湘沅翻開書，見書名叫《有天窗的畫室》，遂大致瀏覽了一遍序曲，說：「好手筆！雖說文字有點調侃，讀之感到鼻子有點酸。」

滕沛然說：「不禁令人沛然淚下！」

馬大文說：「那是因為我的文字有點酸！一個不留神，把醋放多了。」

袁慶一說：「我真佩服老馬，這麼多年過去了，這些事還記得。」

司子傑也翻著序言，說：「好啊，老班長，這想像力確實是天馬行空啊！」

張翔在微信群裡讀過一些片段，說：「好耍，寫出自己的風格來了。要得！」

揭湘沅注意到馬大文的名字頻頻出現在書中，說：「強烈要求老班長文章施行實名制，讓讀者更有親切真實的歷史還原感！」

司子傑翻著書，一下子就看到了「皮鞋油兒」和「髮臘」幾個字，就說：「老班長還念念不忘俺那皮鞋油兒和髮臘的事兒呢！」

「必須要記得，往事並不如煙！」馬大文說。「甚至你那著名的簾子和疙瘩湯，都全部記錄在冊，一個都不能少！」

「已經過去那麼多年了，現在一切都已經塵埃落定。但是我們都活著，也許下面還有很多故事，你就慢慢地記錄吧。其實很有意思，所謂的表現生活，就是表現自己熟悉的生活，寫書也罷，畫畫也罷，我看都是如此。」司子傑說。

「嘿，瞧瞧這兒，老馬還寫到了《茶館》！」滕沛然說。

書中的確記錄了八十年代初看《茶館》的一段往事。

北京人民藝術劇院的話劇《茶館》去海外巡演歸來不久，學校組織去首都劇場觀摩過原版的演出。那時演員的陣容強大，于是之扮王掌櫃，藍天野扮秦仲義，鄭榕扮常四爺，英若誠扮大劉麻子和小劉麻子。回學校後，宿舍樓三樓舞美系的男生們便開始學起了戲裡的臺詞：

「哈德門煙是又長又鬆，一頓就空出一大塊，正好放白麵兒。」

「大英帝國的煙，日本的白麵兒，兩個強國侍侯著我一個人兒，這點福氣還小嗎？」

「我看呢，大清國要完！」

「官廳兒管不了的事，我管！官廳兒能管的事呀，我不便多嘴！」

「我餓著，也不能叫鳥兒餓著！」

「好容易有了花生米，可全嚼不動！」

學得最像的是滕沛然，他把其中一句小劉麻子的臺詞學到了家，模仿得「立格兒愣倍兒棒」，到了亂真的地步：「處長說好！他呀老把好說成蒿，特別有個洋味兒！」

大家琢磨著「蒿」字從何而來，發現原來是英語的how，就像大家開口閉口說「顧得」good一樣，「特別有個洋味兒」。

不久後的一天，學校請來了北京人藝的英若誠，在辦公樓四樓悶熱無比的禮堂做報告。英先生剛剛從美國歸來，說起百老匯時，套用了《茶館》裡小劉麻子的口氣說：「所謂的百老匯Broadway，意思是『寬口的大道』，翻成咱北京話就是『寬街兒』！」

大家腦中立即浮現出北京「寬街兒」的畫面。

「寬街兒」就是美術館後街，是學生們去美術館看展覽和去人藝看演出的必經之路。「寬街兒」的「街」倒是很「寬」，卻被副食店門前堆積如山的秋菜大白菜佔據了老大一片。學生們聽了英先生關於百老匯的介紹，想像著大洋彼岸紐約城神祕的百老匯，並非像字面上那樣「百老聚匯之地」，而是像北京的「寬街兒」一樣，大馬路被爛白菜幫子爛白菜葉子和爛稀泥漿子覆蓋，眼前便浮現出紐約人穿著體面的大皮靴子，劈哩啪啦稀哩嘩啦呱哩呱噠地踩著路面狼狽而過的尷尬畫面。

……

布景二班和燈光班的同學們也都先後趕過來了。缺少的是「失聯」在新疆某地的阿合贊、病逝在廣西的王猛和病逝在加拿大的黃巨年。

大家大聲地互相打著招呼，彼此叫著多年前的綽號。

「司雨堂！」

「劉Good！」

「奶酪！」

「老街！」

「老班長！」

「范大果！」

「樹熊！」

「祝爺！」

「一米八厄厄！」

……

「畢業後就再沒見。」

「一轉眼就是三十幾年。」

「王猛、黃巨年和袁明彷彿還在我們中間！」

「老馬！直到如今仍然不能忘記！那年你、我和奶酪去山東實習，在泰山之巔舌戰群氓，然後一溜煙兒就逃下山去！」范舒行提起了在泰山和幾個小流氓吵架的事，至於是什麼原因卻不記得了。

「那是八一年夏天。我們那時走了不少地方：濟南、泰安、曲阜、臨沂、岱崮、沂蒙、青島……老實說，前後總共也就畫了三、四張畫，淨玩兒了！」

「那次是老范管錢！有一天咱們螃蟹吃多了，連拉了兩天肚子！老馬後來你的出國批下來了，從青島提前回了北京。我和老范乘船去上海，在上戲住了一天，又去了杭州，老范那兒有熟人。記得老范揹了個馬桶包，網兜兒裡裝著臉盆和三角架，像個上山下鄉的知識青年。」

「七九年去河南輝縣上八里寫生，日子過得不錯，不但吃了幾次雞和山羊，還在場院看了幾場電影，用輝縣話來說，屆各換換灣典英，意思是今天晚上放電影。」于海勃說。

「大漁島那次也行，吃了不少油炸澱粉裹臭魚羊油豆腐湯，按秦老師的說法是好喫好喝，回來時髒衣服裡裹著粘在一起的油畫小風景。」

「那次古阿姆他們也去了。當地漁民沒見過非洲人，問：你們這些同志身上怎麼這麼黑呀？留學生回答說，同志，我們也是漁民，太陽下曬的呀。漁民們還真信了。」

「現在的大漁島可變了，從前那些草頂房子沒剩下多少了。」

「哎，咱們好像都沒大的變化呀。」

「是啊！」

「真的沒大變化嗎？互相忽悠忽悠而已！」

「也不是。一見面時，覺得彼此都胖了，長頭髮也沒了……」

「您老怎麼剃了個禿頭？原來的一把抓不是聽挺給力嗎？配上個大紅鼻子，酷似彩繪兵馬俑！」

「改頭換面了。禿頭打理起來方便！」

「不管是一把抓還是禿頭，不被當耗子抓就是好頭。」

「肚子大了，眼袋大了，老了。」

「有點兒像《茶館》第二幕第三幕中的人物造型，被歲月畫了一層濃妝，被返聘而出現在這個舞臺上。」

「嗯……不過，說起話來，大家聊著聊著，慢慢就忘了這些，覺得你還是當年的你，我還是當年的我。」

「我們這些人差不多都退休了吧？」

「雖然過著退休的生活，身體和內心永不退休。我們永遠快樂！我們永遠年輕！祝願我們的一九七七永遠最牛逼！」

「雞湯味兒整得挺正！挺Good。」

「散養野雞湯！」

「比爆炒豬腰燕京啤酒味兒還正！」

……

「都過來，大家拍張合影，三個班，三十三人，姿勢隨意點，千萬千萬別像峰會合影那樣一本正經！」有人喊起來。

「就在這兒拍！藤蘿架下。」大家嚷嚷著，每人都高舉著手機，沒有人用自拍桿。

「我這兒有真傢伙！」說話的是布景二班的張景，手裡舉著個照相機，裝著長鏡頭，果然是真傢伙。

張景幾年來在老同學的聚會中充當攝影師，用的是單反數碼，比吳平當年的小奧林帕斯還先進，拍完後發到微信群裡，得到了一致的點讚。

「那會兒還多虧了老吳那部奧林帕斯，才留了些珍貴的照片。現在有了相機，卻時過境遷了。」

「人也變了，所謂物是人非。」

「那時有相機的大概除了留學生，就是吳平和祝明了吧？」

「我家那會兒條件好些。」吳平說。

「我有臺『東方牌』，銀色機身。咱們紀念冊上的好多照片都是那相機拍的。那相機花了大概一百四十元，是我入學前兩個月的工資，加上一些出差補貼，咬咬牙，買了它一臺！」祝明說。

「你那會兒真有錢啊！」

「那時新疆工資高。哦，蔡蓉也有相機！」祝明說。

「不過稍晚點，大概是七九年買的吧。」蔡蓉說。「那相機三十六元，一個人一個月的工資，是安徽產的『紅梅牌』塑料相機，不足以翻拍課堂作業。我的第二臺相機是八〇年左右買的，那次參加全國青年美展，得到筆獎金，才買了所謂的好相機，拍過一些咱們同學和導七九同學的頭像。」

「那時膠捲兒金貴，三十六張的黑白捲兒，要拍幾個月才用完。拍前要選好景，構好圖，擺好架勢，才捨得按下快門兒。」

「照片洗出來雖然都是黑乎乎的，可都是極其珍貴的留念。」

「當時有相機的都得多喝杯燕京和二鍋頭，以致謝忱！」

「必須的！」

「好好好，大家不必擺，隨意，我抓拍。」張景說。

「千萬別裝。」

「別裝，就照咱七七級的英雄本色。」

「女士們飄起絲巾！男士們舉起單反！」

「跳起廣場舞！」

「喝起雞湯！」

「談起養生！」

「唱起《洪湖水浪打浪》！」

「祭奠起我們逝去的青春！」

「發起朋友圈！」

「做起美篇！」

「搶起紅包！」

「整起網購！」

「傳起謠言！」

「攪起醬缸！」

「哈哈哈哈！」

「今天的天空格外藍！」

「格外『南』，南，越說越順口！」

張景的單反「咔咔咔咔」響了一陣，說：「我稍微調調發給大家！」

沒有裝模作樣，沒有矯揉造作，沒有虛張聲勢，更沒有絲巾廣場舞雞湯養生洪湖水浪打浪美篇紅包網購謠言和攪醬缸，雖然也會間或地「得意」和「嘚瑟」一下，但那是他們特有的自信。他們洗滌了羈旅中滿身的風霜，仍然是四十年前的自己。

沒有人圍觀，只有些在校的學生遠遠地站著，冷靜地看著。

在校學生們的面孔都年輕稚嫩，像七七級的當年。他們穿著時尚，渾身透著「明星範兒」，一定令當年七七級身上的人民服喇叭褲相形失色。他們大概不知道「這些老傢伙們」就是許多年前的「他們」，也是許多年後的「我們」。

「這個銅像還是張秉堯老師的作品呢！」大家圍著老校長歐陽予倩的銅像說。銅像的基座上鐫刻了鄧穎超的題字：歐陽予倩同志　鄧穎超。

他們的眼前浮現出教過他們素描的張秉堯老師：禿腦門，大鬢角，周圍蓬鬆地散著一圈亂髮，有點像詩人普希金。

「歐陽院長的女兒歐陽靖茹老師在學校教聲樂，那時她和夏立民老師來往挺多。歐陽老師就住在離學校不遠的張自忠路。我還吃過她醃的鹹菜呢。」馬大文說。「她們都沒趕上非艱難時期，但她們都生活在優雅的世界裡。打一個比方，如果收音機裡正播放著古典音樂，比如柴可夫斯基——老柴，她們這樣說，本來要鎖門出去了，卻無論如何也要返回來聽完再走。她們是真正的最後的貴族。」

大家都說「當下標榜的貴族，充其量就是些暴發戶。這個時代哪兒還有什麼真正的貴族？全是他媽裝出來的。」

「周老還健在吧？」有人問。

「每次在東四路過段祺瑞的故居，就不禁想起周老。」

周老就是布景二班教油畫的老師周路石。當年去周府看畫的事兒彷彿就在昨日。

「周府」其實是寄居在「段府」二樓的兩間破舊小屋。段府就是中華民國國務總理段祺瑞的府邸，只不過輪到周老住段府的時候，堂堂總理府邸的舊地板走起來咯吱咯吱作響，走廊裡堆滿了鹹菜罈子、煤油爐子、舊畫框子、白菜土豆、破舊的自行車和雜物，一扇倒貼了「福」字的門敞開著，門把手上纏了塊破布，滿是油膩，屋裡屋外充斥著一股發霉發臭發酸的味道，竟有點像豬圈一樣邋遢不堪了。

周老穿了件舊人民服，釦子繫錯了位，下襬左邊短右邊長，顯得非常滑稽。學生們本要提醒他，卻全然沒有機會。周老談論起繪畫和至高無上的藝術時滔滔不絕、口若懸河、手舞足蹈，一邊給大家看著成堆成摞的油畫習作，大多是微妙的紫羅蘭色調。

「藝術這玩藝兒邪乎啊，沾上了就上癮，它戒不掉啊！」周老一口濃重的遼寧話。因為缺了顆門牙，周老說起話來不時地發出「發絲發絲」的聲響，使人忘記了諸如穿衣戴帽柴米油鹽這般微不足道的小事，全身心地沉浸在純粹而高貴的藝術世界之中。

「難得的、純粹的藝術家啊，在我們這個時代已經找不到了。」大家感慨地說。沒有人知道周老的近況。算下來，周老應該是九十六歲的高齡了。

「看看我們的宿舍樓！」大家說。

宿舍樓還是當年的樣子，當年的常春藤「爬山虎」依然如故地掛滿青灰色的磚牆上。微風吹過，蕩起一片片漣漪。

「那是曾經的電視房！」他們指著一樓靠右手的幾個窗戶說。

大家一下子想起了當年擠在那裡跟著電視學陳琳英語看《大西洋底來的人》的情景。

「遺憾的是咱們最終也沒看完《大西洋底來的人》。那彩電失竊案最終也沒破獲，成了千古之謎！」

「在美國多年也沒找到這部錄影帶。」

「不過現在網上可什麼都能找到。」

「哎你別說，我倒真想看看《加里森敢死隊》！」

「那時這部劇也風靡了全國！」

《加里森敢死隊》是繼《大西洋底來的人》後中國第二部引進的美國電視劇，於八〇年十月開播，每週六晚八點播放一集。原本二十六集的連續劇播完第十六集後，便以黑底白字正告觀眾：本劇播放完畢。但誰都看得出來，這劇肯定沒完。國人不知發生了什麼大事，遂紛紛給中央電視臺寫信。後來傳聞說是因為內容的問題，說這是一部打鬥胡鬧的純娛樂片，因沒有多少藝術價值而停播。

「聽說主要原因是這部劇顛覆了我們的價值觀，讓流氓小偷四類分子牛鬼蛇神當上了英雄。」

「搞笑。照這麼說，從小鄉長到副國級，流氓小偷四類分子牛鬼蛇神蒼蠅老虎遍地都是啊。」

「就像那老歌裡唱的：獐狍野鹿滿山滿嶺打也打不盡。」大家哄笑著說。

「我女兒遙遙就是在那間屋出生的，長到三歲才搬走。」馬大文說，指著宿舍樓西門左側的窗說。

「我那時和張孚琛老師住隔壁。」

「張老師是極棒的導演，孟京輝的導師，走的卻完全不是一條路子。」

「三樓右數第三個窗，是我們的宿舍，記得是三〇四號！」吳平、張翔、司子傑和馬大文說。

「對門是我們屋，房間號實在記不得了。」揭湘沅、滕沛然、袁慶一和朱小岡說。

「我們左手住了二班的李強、胡曉丹、刁建邦和郭志清奶酪，可能是三〇五號。再左邊住了燈光班的趙國宏、王志純、方國文和姜滬生，應該是三〇六號。」馬大文說。

「右手住了古阿姆，三〇三，再右就是阿姆巴和恩臺比，三〇二。最東的一間是閱覽室，三〇一。」張翔說。

窗已經不是當年淺黃色的木窗，窗框都換成了金屬的。他們要進去看看，門衛卻無論如何也不准他們進，說是「學校有規定」。

「那時連天安門廣場都是隨便進的。記不記得我們拎了畫箱子就進故宮，支起馬扎就寫生？」

「我那時騎了自行車，門口登個記就能進文化部！」

「那時國家主席楊尚昆常常來學校看戲，根本就沒有安檢這回事兒，只不過一入場就亮起追光燈罷了。楊尚昆到首都劇場看《北上》那回，追光燈把前幾排座位照得雪亮，全場起立，熱烈鼓掌。」

「唯一的一次歷險是坐在陳永貴的四合院門口畫畫，我們被門崗趕走了！」

「那時的空氣也比現在好多了。」

「今非昔比，八十年代的空氣早就被霧霾汙染了。」

「我們入學時那兒停了一輛破舊的小汽車。」

「黑色的『伏爾加』，蘇聯造，楊尚昆夫人副院長李伯釗的廢棄座駕。」

「四個輪胎癟了三個，車裡面有股尿騷味兒。」

「是給學生們提供了方便的臨時廁所。」

「令人敬而遠之。若按老揭的說法，這輛車的致命傷是它的氣缸失靈！」

宿舍樓左側是劇場，現在叫「逸夫劇場」。後臺那個裝臺的貨臺如今看起來顯得十分狹小而簡陋，像個做得不太好的舞臺布景模型。

「我女兒遙遙小時候還在上面練過『空手道』呢！」馬大文說。「遙遙小時候的幼兒園現在還在。」

「對，就是棉花胡同幼兒園啊！我女兒滕小一那時也在那所幼兒園，和你家馬遙遙同學！」滕沛然說。

他們又說起了他們的下一代。

「巧了，咱同學的下一代是女兒居多。老街的女兒揭小晴，老馬的女兒馬遙遙，老張的女兒張洋洋，小岡的兩個女兒Mona和Juli！」
「只有慶一的是兩個兒子，Eurasians！中法混血！」
「他們的日子比我們當年好多了。」
「他們這會兒才是早晨八、九點鐘的太陽呢。」
校園上空的太陽已近中天，快到吃午飯的時候了，大家議論起去哪兒吃飯的問題。
「This is the question，這是一個問題呀！」
「我有點兒想去當年鑼鼓巷吃油餅的小食店，油餅八分錢一個，豆漿五分錢一碗！那時候還用手擦擦筷子，探到碗底，攪和攪和砂糖，好吃好喝呀！」
「那店倒還在，改良了，叫『鑼鼓洞天』，早就不要糧票了。」「改良了」是話劇《茶館》裡的臺詞。「糧票」二字聽起來倒有點兒晃若隔世的感覺。
「那個小店本來髒兮兮的，連個名兒也沒有，幾經改良，桌上加了檯布，門口加了霓虹燈。」
「我見過那霓虹燈，還加了英文呢，叫Barbecue & Coffee，外加斜在下面的一個酒瓶子，太像《茶館》第三幕了，特別有個洋味兒！」
「有一年還叫過『夢綠』！」
「哈哈，相信本意是叫『夢緣』，給他們整錯了。」
「叫『夢綠』也成，夢都綠了！」
「『夢』字兒在這一帶時興了好一陣兒。旁邊的一家店乘機叫了『幽夢』，另一家店乾脆加了個日本字兒，叫了『夢の屋』。」

「咱當年那條鑼鼓巷變成了一條商業街，賣些稀奇古怪的工藝品紀念品，是個挺熱門的旅遊景點。」

「跟劉Good請我和老司吃水餃那年大不一樣了。那年是千禧年。」

「我還是懷念當年學校食堂的肉龍捲兒！」

「和邱師傅的紅燒茄子棒子麵粥！」

「調侃歸調侃，『鑼鼓洞天』就甭去了，地溝油油餅就免了吧。」

「咱們的中飯就去地安門『馬凱餐廳』怎樣？」大家說。

「對頭！『馬凱』是老吳的指定就餐地。」

「咱們施行ＡＡ制，就像當年在鑼鼓巷小食店吃油餅時一樣。」

「咱們的母校裡也有食堂，承包給了什麼集團，味兒全變了。」

「老校園也只剩了個空架子。新校區建在昌平，建築挺現代，挺大，挺牛！」

「還是老校園味兒正，有我們的過去。」

「希望能夠保留下來。」

「實際上，我們剛剛去過的畫室並不是當年的原建築了，是拆毀後重建的，雖然也有天窗。」

「那我們當年的畫架、習作又是怎麼回事？還有老吳的六喇叭SHARP收錄音機？這些東西都在，落了厚厚一層灰塵啊！」

「那間有天窗的畫室，真正地變成過去了。我們只是走進了一個電子模擬的空間，找回了一些記憶的碎片，再把它們拼湊起來了而已。」

「老吳擅長修復舊畫，修復碎片，修復殘缺美，修舊如舊。」

「虛擬的時代，素描不需要畫了，靜物不需要畫了，寫生不需要畫了，人體不需要畫了，一切都能靠虛擬來解決。」

「或者畫畫兒的筆都不需要了，來點更絕的活兒，用注射器噴射啥的！」

「是不是會有點兒失落呢？」

「嗯……有那麼一點兒。咱們那時都嚮往著遙遠的天邊外，嚮往著通過托福考試，拿到全額獎學金，拿到外國簽證，最後登上中國民航，縱橫在天邊外的風景之中。再後來，這些嚮往都實現了，直到有一天忽地回過頭來，發現還是那間有天窗的畫室好，還是我們那些年輕的歲月好。」

「是啊，我沒等參加畢業典禮，就迫不及待地負笈遠遊去了。那以後，無論是精彩或無奈，日子都毫不留情地飛逝而去。待終於有一天，在你還沒有來得及數算和思索的時候，才發覺：旅行，是為了找到回家的路。」

「詩人啊！」

「我們只是步入了人生的另一個旅程而已。任憑時光流逝，日換星移，春天來了所帶給人的希望和憧憬，卻應該永不褪色，應該永遠是燦爛和年輕的。就像『湖藍』的天空永遠是『南』的一樣！」

「任憑時光流逝，日換星移，俺那小風景小靜物還照畫不誤。」

「畢業四十年，才發覺我們個個都是詩人！」

「畫你喜歡畫的風景、靜物、人像、牛仔、塑膠袋，兵馬俑，還有雲，用你喜歡的顏料，油畫、水彩、坦培拉，幹你喜歡幹的，銀子可多可少，日子『過得剛……』好就好。」

「郭德綱？老馬會說相聲了！」

「對頭！俺有個事兒要宣布一下：」司子傑說：「本市順義區後沙峪羅馬湖康德美術館有個展覽，

掛了俺的風景和靜物，還有姜國芳、王沂東、艾軒的，歡迎各位屆時蒞臨指導！對了，到時候，俺還有畫冊贈送！」

「羅馬湖……那是義大利吧？康德……那是德國人或是溥儀的年號吧？」

「這跟義大利沾不上邊兒啊！早在二三十年前吧，這一帶有個『羅各莊』和『馬各莊』，兩莊決定聯手造個湖。等坑挖好了還沒放水，村民們說咱得給這坑起個名兒啊。這時村支書來了說，各莊的地道都有不少高招兒，我這兒也有一個高招兒：咱們就羅各莊馬各莊各取第一個字兒，叫『羅馬湖』吧。從此這羅馬湖就叫起來了。另外，『康德』姓康名德，畫廊老總，跟德國人或溥儀更沾不上邊兒。」司子傑說。

「可那羅馬湖康德美術館不是早在去年六月二十四號就被拆除了嗎？」

「其實是拖到了七月十號。那天黃色的大鑽頭車像超級巨無霸一樣開到羅馬湖，突突了一陣，康德美術館從此就被夷為平地。」

「這不是問題。當今的科技，足以把這羅馬湖康德美術館虛擬了，再實境般地復原出來！」劉楓華劉Good說。

「『羅馬』二字的來由有另一個可能：羅各莊有群騾，馬各莊有群馬，和起就是『騾馬莊』，湖也就成了『騾馬湖』。從風水的角度來說，也就是『落馬湖』。」馬大文說。

「老班長解釋得好啊，不愧是大作家，想像力豐富啊！」司子傑說。

「只不過這『落馬湖』仨字兒聽起來有點不吉利，官員們紛紛落馬呀！」馬大文說。

「這有什麼可怕的？咱們不在馬背上，也就不怕落馬，是不是？」司子傑說。

「Good！」大家異口同聲地說。

「顧得顧不得，大家盡量去。俺帶瓶二鍋頭招待，瓷瓶的！」司子傑說。

除了司子傑，班上其餘八人都是剛剛從海外歸來，叫「海龜」。儘管是長途跋涉，大家都歸來了。

「按劉Good的理論，其實本人到不到也無所謂。人類已經進入了電子時代，虛擬人像製作加以3D浮空投影技術，就能把人成功復活！還有電子模擬出的人會動，也會說話，也會思想，而且模擬得相當強大！對了，日本人還做出了機器人『妻子』，一出廠就被搶購一空。」馬大文說，忽然覺得有點離題。「可以想像，你老司把手機搖上一搖，全班同學的模擬版頃刻間即到，比順豐快遞還要順風順水。你老司把手機再搖上一搖，那模擬版紅點兒就劈哩啪啦飛到標籤上，那模擬版裝了銀子的紅包就呼漾呼漾落進口袋裡。」

滕沛然說：「模擬咱年輕像樣兒的青蔥時代！」

「也不必模擬得太年輕，也不必模擬得太像樣兒，倒退四十年，回到咱那時的那樣兒就好！那時學校食堂的飯菜不錯，至少食品是安全的，都是中南海的水平。我最難忘的是咱中戲大師傅做的米粉肉和肉龍捲兒！」張翔說。

「趕明兒個兒個兒得給張的師做個模擬肉龍捲兒吃吃。」馬大文說。

「老馬的引句報道新風格很巴適！」張翔說。「巴適」是四川話，意思是「很好」。

「那時咱都才二十啷噹歲兒。」朱小岡說。

「身高一米八厄厄！」袁慶一說。

「好像早晨八、九點鐘地太陽！」揭湘沅說，模仿著湘潭口音。

畢業前不久的一天，他們突然接到通知，說是臨時有個活動，是專門為首都文革後首屆大學生安排的，要求大家「穿戴整齊點兒」，但是並沒規定不能穿喇叭褲留長頭髮和戴蛤蟆鏡。

坐著學校的大客車拐進交道口大街，大家本以為要去哪一個禮堂俱樂部或體育館，便問司機說師傅這是去哪兒啊，師傅說你甭著急，到了你就知道了。

大客車從棉花胡同向南行，拐來拐去，經過北河沿大街，開到北池子，進到長安街天安門廣場，最後竟在莊嚴雄偉的人民大會堂前停了下來。大家不禁議論紛紛：莫不是要接受中央首長的親切接見？互相看了看身上的喇叭褲頭頂的長頭髮和鼻子上的蛤蟆鏡，咧開嘴：給咱七七級的優待可以呀！他們知道，他們的校園生活就要在這兒畫上一個句點了。

踏上花崗石臺階，穿過大理石廊柱，來到富麗堂皇可容萬人之多的會廳，環視了一下，已經黑壓壓坐滿了七七級大學生們。聽說還有大老遠從天津來的七七級，又聽說中共中央主席胡耀邦會出席大會，學生們不禁有些激動。

胡耀邦並未到場。

演講者七十出頭，聲音宏亮，底氣十足。然而，令人失望的是，演講者好像是拿錯了稿子，講的大半竟是「經濟問題」。而且，他的濃重口音實在難以聽懂難以忍受。一小時過去了，演講者還在講。冗長的演講不設休息，聽眾都很不耐煩，玩起了桌上的表決按鍵，全場到處都是「咔咔」的響聲。大家又開始在大會廳和休息廳間竄來竄去。兩個小時過去了，演講者還在講，沒完沒了地講。

臺下開始混亂。如廁的人成幫結夥，此起彼伏。他們如廁後便一杯接一杯地喝著大桶裡的免費茶水，又一趟接一趟地如廁，大會廳和休息廳亂成了一鍋粥。

正當臺下有人起哄時，臺上的演講者高著嗓門，出其不意地喊了一句：「同學們，革命地傳統絲不能丟地！遵義會議地精神絲不能掉地！」

這話把臺下的聽眾弄得一頭霧水。沒等大家緩過神來，演講者自己也一怔，旋即回轉頭去問會議主持人：「鵝咋忘記了，遵義會議絲哪年召開地捏？」

主持人看上去有七十來歲了，幾乎完全禿頂，卻是個知識份子的模樣。見他本要答話，卻因毫無準備而一時語塞無言以對。沉默了片刻，主持人囁嚅著，聽不出是何方口音：「個廂……個廂……」正要和左右的人交頭接耳，臺上臺下突地爆發出一陣滾雷般的哄笑……

主持人又繼續說了點什麼，卻被笑聲淹沒了。

近四個小時的講話終於盼到了尾聲，演講者的濃重口音說：

「鵝至達，有一句話要送給膩們，那就是在許多年前，鵝們地主席同志在莫斯科送給留學生們地。」

咳了一聲，又說道：「世界是膩們地，也是鵝們地，但是歸根結底是膩們地……」

演講者站了起來。臺下的聽眾正要鼓掌，卻不料演講者做了個手勢，意思是「鵝還莫完咧！」遂繼續道：

「鵝至達，再用英語說上它一遍咧：The world is yours, as well as ours, but in the last analysis, it is yours！鵝地講話完咧！」說著，做了一個領袖般的手勢。

英語也帶著濃重的口音，儘管七七級大學生們聽得一頭霧水，卻還是猜出來那英語的意思是「世界是膩們地，也是鵝們地，但是歸根結底是膩們地」，遂報以另一陣暴風驟雨般的嘩笑和掌聲。

廁所裡，有好幾個青年學子躲在茅坑上抽煙，也有好幾個在洗手池前對著鏡子，模仿著臺上演講者的濃重口音，說著「膩們地」和「鵝們地」，樂得前仰後合，搥胸頓足，不能自已。他們相互指點著，說「唉呦喂！膩包社列！」意思是「Oh my goodness，就甭說了您！」

……

「不過，我們那會兒還沒意識到，能坐在人民大會堂開會，對於我們中的每一個人，應該是絕無僅有的第一次和最後一次。」大家不無感慨地說。

「老班長一畢業就立馬去了美國吧？你走的時候我們都不在學校。」司子傑問。

「那是一九八二年二月八號，星期一，正好是元宵節，沒吃上元宵就走了。那天學校還派了輛小麵包車送行李，秦老師馬馳老師去機場送行。志純當時在學校，也跟車去了。」馬大文答。

「喂，志純！難不成志純要順路再看一回《潑水節》上的裸女？」有人問。

「沒看成！《潑水節》早就被封起來了。老馬那天帶了四個大皮箱，一件手提行李，真是負笈遠遊啊！」志純見證了馬大文三十八年前的那一幕。

「老馬你那時可把我們嫉妒死了！」有人說。

「不過，有一得必有一失，我也錯過了好多國內精彩的東西，還錯過了電影《勝利大逃亡》。到了美國，一頭扎進學業中，沒顧得上去找來看看。」

「我們沒出去的都看了這部片子，相當來勁兒，像當年看《大西洋底來的人》一樣！」

「你們過幾年後也都先後漂出去了，而且是一個比一個幹得好，後來者居上！」馬大文說。

舞美系七七級畢業生果然都紛紛漂出去了，大多去了美國、英國、法國、日本和加拿大。

「畫《潑水節》的袁運生後來也漂去了美國。」

「我在紐約還和白敬周去過袁老家參加派對，記得袁老的小兒子中英文混著說：My糖！」馬大文說。

「那次，還見到了咱同學張小艾，說起了當年的『高級灰』！」

「對了，張小艾，還有勞江聲，不知如今她倆漂在何處。」

「我們一晃就漂了三十多年！只是外面的世界並沒有歸根結底地屬於我們。」

一陣輕快的鋼琴練習曲從琴房傳來，仍然是車尼的作品二九九號，彷彿還是當年鮑莉莉老師的琴聲，像一群鴿子飛躍校園上空時發出的悅耳鴿哨。

掛滿常春藤「爬山虎」的灰色辦公樓裡，臺階上忽然走下了一堆人，是當年七七級的老師們。他們說著笑著，做著手勢，有意無意間擺出了拉斐爾《雅典學院》的畫面，是當年導演系課堂作業「畫面小品」的完美構圖，流溢著哲學的肅穆和藝術的溫馨。

走在中間柏拉圖位置的是邢大倫。邢老紫銅色臉膛，戴寬邊眼鏡，花白的頭髮隨意地攏向後面。與其並排、走在亞里士多德位置的是李暢。李老留小平頭，前面頭髮的一塊小三角已經全白。他的手裡握著一本英文書Theatre Architecture，《劇場建築》。

走在畫面左側亞歷山大和蘇格拉底位置的是一班班主任秦學惠和二班設計老師王韌。秦老頭戴鴨舌帽，王老鼻架厚眼鏡，他們手裡都拿著香煙「香山」。

站立在阿爾西比亞底斯位置的是設計老師齊牧冬。齊老瘦高，身穿米色風衣，一顆門牙缺了一塊，幾乎全白的頭髮凌亂地垂在額頭上。

畫面右側第歐根尼、芝諾和布拉曼特位置的是孫家銓、韓樂基和青年教師姜國芳。孫老剛剛從壩上寫生歸來，頭戴一頂藍色草帽，手提一個沾滿油畫顏色的畫箱。韓老高個頭，細眼睛，手裡拿了《參考消息》和《北京晚報》。姜國芳手裡抱著厚厚的一本畫冊，是英文版的《倫勃朗》。

最前排的是周祖泰、周路石、張重慶、何韻蘭、鍾林軒、張秉堯、李松石、安林、葉明、慕百鎖、黃峰、郭強和鍾傑雄。他們或行走、或交談、或爭論、或深思、或坐或臥或站立，神情興奮而熱烈，臉上流露出特有的光彩和狡慧，都沉浸在濃郁的藝術、學術和自由辯論的氣氛之中而毫無倦意。

這個畫面真實而虛幻，像電影銀幕上的畫面一略而過……

「黃金般的八十年代！」

「那是一個不急功近利的時代，是一個藝術思想相對兼容並蓄、自由開放的黃金時代，學者藝術家們濟濟一堂，而非當今博士教授大師巨擘泰斗滿天飛的虛擬時代。」大家說。

車尼很快就被羅大佑覆蓋了。北教學樓的歌聲高亢而熱烈：

抬頭尋找天空的翅膀
候鳥出現它的影跡
……
玉山白雪飄零
燃燒少年的心
使真情溶化成音符
傾訴遙遠的祝福
……
唱出你的熱情
伸出你的雙手
讓我擁抱著你的夢
讓我擁有你真心的面孔
讓我們的笑容

充滿著青春的驕傲
讓明天獻出虔誠的祈禱

七七級的同學們彷彿回到了他們四十二年前入學時的原點。

後記

本書中出現的人物，大多採用了生活中的原名，即按書中「老街」所說，是「實名制」。書中故事雖屬「虛構」，但相當一部分的人物、時間、地點、事件，甚至對話都刻意保留了生活中的原貌。書中人物（包括布景二班及燈光班的同學）後來的生命軌跡，均在網上有據可循，惟因篇幅所限，在此不能做一一贅述。以下列表僅提供書中「布景一班」同學的工作及藝術成就之粗略輪廓，並以姓氏筆畫為序：

司子傑 Si Zijie：畫家，中國美術家協會會員，曾任總政歌劇團舞臺美術設計師，北京舞蹈學院客座教授。其美術作品大多樸素無華，透出對生命誠摯的感受，並多次在國內外展出、拍賣及被收藏。書中提到的紅色燈芯絨喇叭褲現已不知所終。

朱小岡 Xiaogang Zhu：旅美畫家、設計師。曾任奧蘭多環球影城（Universal Studio）、美泰文化創意有限公司蘇珊娜會議有限公司（Theme-tech Culture & Creative Co. Ltd. Suzanne Sessions Inc.）、美國布希花園、海洋世界、肯尼迪航天中心、迪拜法拉利主題公園以及中國長隆和上海迪斯尼等主題公園設計師及藝術總監。書中提到的燈芯絨喇叭褲及軍大衣現已不知所終。

吳平（吳蘋）Ping Wu：教授、畫家、中國美術家協會會員、蘇格蘭景觀協會會員、愛丁堡美術學院研究員、愛丁堡大學博士。其作品曾多次在國內外展出、拍賣及被收藏。著有《西方景觀文化中的殘缺美》、攝影集《遠島飄髮》、行為藝術專輯《縫石頭》等書。書中所提《雲》之系列仍在進行中。

馬大文 以作者為原型，在此不做複述。當年的黑燈芯絨喇叭褲及熊貓牌收音機現已不知所終。

孫路（孫鎔）Sun Lu：舞臺美術設計師，旅法畫家，中國美術家協會會員、法國藝術家協會會員，以使用蛋彩（坦培拉tempera）見長。其作品曾多次在國內外展出、拍賣及被收藏。著有《點擊法國畫廊》、《孫路坦培拉繪畫作品》等書。書中提到的燈芯絨喇叭褲現已不知所終。

袁明 曾任中國中央電視臺場景設計師。

袁慶一 Qingyi Yuan：旅法畫家，平面／界面設計師。其作品曾多次在國內外展出、拍賣及被收藏。代表作品包括《春天來了》等。作品中流露出現實主義細膩的情感體驗和抽象主義冷靜的哲理思考。袁慶一當年的天空仍然很「南」。

張翔 Xiang Zhang：旅美畫家，曾任新奧爾良狂歡節花車設計師。其繪畫作品多為表現西部牛仔生活，為美國多家美術館展所收藏。其作品被收入《西部藝術傳統》、《德克薩斯藝術傳統》、《美國肖像畫集》等畫集中。繪畫之餘，張翔仍會拉起大提琴。

揭湘沅 Xiangyuan Jie：旅美畫家、高級設計師／美術師。曾出任Mulan, Lion King, Tarzan, Lilo and Stich, Brother Bear, Ice Age 2&3等片的設計及製作等職。其作品曾多次在國內外展出及被收藏。著有《中國當代油畫家風景寫生畫集——揭湘沅》、《工業設計表現圖技法》等書。書中提到的麂皮防油工作鞋已不知所終。

滕沛然Peiran Teng旅美舞臺設計師、教授，現任教於Nassau Community College, New York State University。曾任電影Royal Tenenbaums（獲奧斯卡電影節最佳電影提名）肖像畫家、電視劇Rescue Me草圖畫師及參與The Chris Rock Show, The Daily Show的創作工作。當年的清朝善本英華詞典已不知所終。

古阿姆・讓Kouam Jean：喀麥隆畫家，任教於喀麥隆雅溫得大學（University of Yaoundé）。

恩臺比・恩臺比Ndebi Ndebi，**阿姆巴・艾曼紐Ambah Emmanuel**及**于爾格・甫倫德Jürg Pfründer**因多年失去聯絡，故近況不詳，現應分別居住在非洲及歐洲。

釀小說112　PG2328

有天窗的畫室：
大時代的大城小事 1978-1982

作　　者　馬文海
責任編輯　陳慈蓉
圖文排版　林宛榆
封面設計　馬文海
封面完稿　王嵩賀

出版策劃　釀出版
製作發行　秀威資訊科技股份有限公司
114 台北市內湖區瑞光路76巷65號1樓
電話：+886-2-2796-3638　傳真：+886-2-2796-1377
服務信箱：service@showwe.com.tw
http://www.showwe.com.tw
郵政劃撥　19563868　戶名：秀威資訊科技股份有限公司
展售門市　國家書店【松江門市】
104 台北市中山區松江路209號1樓
電話：+886-2-2518-0207　傳真：+886-2-2518-0778
網路訂購　秀威網路書店：https://store.showwe.tw
國家網路書店：https://www.govbooks.com.tw
法律顧問　毛國樑　律師
總 經 銷　聯合發行股份有限公司
231新北市新店區寶橋路235巷6弄6號4F
電話：+886-2-2917-8022　傳真：+886-2-2915-6275

出版日期　2020年1月　BOD一版
定　　價　330元

國家圖書館出版品預行編目

有天窗的畫室：大時代的大城小事1978-1982 / 馬文海著.
-- 一版. -- 臺北市：釀出版, 2020.01
面；　公分. -- (釀小說；112)
BOD版
ISBN 978-986-445-366-5(平裝)

857.7　　108019586

讀者回函卡

感謝您購買本書，為提升服務品質，請填妥以下資料，將讀者回函卡直接寄回或傳真本公司，收到您的寶貴意見後，我們會收藏記錄及檢討，謝謝！

如您需要了解本公司最新出版書目、購書優惠或企劃活動，歡迎您上網查詢或下載相關資料：http:// www.showwe.com.tw

您購買的書名：________________________________

出生日期：________年________月________日

學歷：□高中（含）以下　□大專　□研究所（含）以上

職業：□製造業　□金融業　□資訊業　□軍警　□傳播業　□自由業

□服務業　□公務員　□教職　□學生　□家管　□其它_____

購書地點：□網路書店　□實體書店　□書展　□郵購　□贈閱　□其他

您從何得知本書的消息？

□網路書店　□實體書店　□網路搜尋　□電子報　□書訊　□雜誌

□傳播媒體　□親友推薦　□網站推薦　□部落格　□其他__________

您對本書的評價：（請填代號　1.非常滿意　2.滿意　3.尚可　4.再改進）

封面設計____　版面編排____　內容____　文／譯筆____　價格____

讀完書後您覺得：

□很有收穫　□有收穫　□收穫不多　□沒收穫

對我們的建議：________________________________

____

____

____

請貼
郵票

11466
台北市內湖區瑞光路 76 巷 65 號 1 樓
秀威資訊科技股份有限公司 收
BOD 數位出版事業部

（請沿線對折寄回，謝謝！）

姓　　名：＿＿＿＿＿＿＿＿　年齡：＿＿＿＿　性別：□女　□男

郵遞區號：□□□□□

地　　址：＿＿＿＿＿＿＿＿＿＿＿＿＿＿＿＿＿＿

聯絡電話：(日)＿＿＿＿＿＿＿＿（夜）＿＿＿＿＿＿＿＿

E-mail：＿＿＿＿＿＿＿＿＿＿＿＿＿＿＿＿＿＿